Totenvogel, Liebeslied

Gelsenkirchen, im Oktober 2006

Michael Klaus

Totenvogel, Liebeslied

Roman

Liebe Ulli!

Auch in Gelsenkirchen wachsen Liebesgeschichten

Herzlich Dein

Michael

assoverlag

Meiner großen Liebe

1 Ich hatte nicht vor, eine Truhe zu kaufen. Sah sie zwischen Gerümpel, fragte nach dem Preis, versuchte, den Preis zu drücken, was mir nicht gelang, und nahm sie mit. Transportierte sie sorgsam nach Hause. Wusch sie ab und setzte mich daneben. Ich rauchte, trank Kaffee und starrte sie an.

Minuten später war sie vollgestopft mit Zeitungsseiten und Schnipseln, Notizen auf Briefkuverts, Disketten mit Sicherheitskopien von Romananfängen, mit vor Jahren herausgerissenen Illustriertenseiten, und schloss nur so gerade eben, weil der Deckel gewölbt war. Wenn alles beieinander ist, statt zwischen und hinter Büchern zu stecken oder in Schubladen unter Nähgarn und fast vergessen in Telefonbüchern, wenn all die Pläne, die hinter Regale gerutscht waren oder im Portemonnaie vergammelten, erst einmal an einem Ort versammelt sind, dachte ich, Zettel aus Taschen lange nicht getragener Anzüge, alte Bandaufnahmen unterm Bett hervorgeholt, verblasste Fotos voller Erzählungen, wenn das alles zusammengefegt und in die Truhe gekippt ist, dann, so mein Traum von der Ordnung, wird alles ganz leicht.

Ich rauchte und gab mich dem Trugbild hin, einmal ganz in Ruhe arbeiten zu können. Oder noch naiver: Eines Morgens, dachte ich dann, werde ich meine grüne Truhe auf den Buckel nehmen oder sie auf einen kleinen dickköpfigen Esel schnallen und damit von Haus zu Haus ziehen: Wer will was erzählt kriegen? Wer bietet was wofür?

Ich hatte sie nicht kommen gehört.

»Na, triffst du wieder Vorbereitungen?«

Meine Frau stand im Türrahmen.

»Du und mich verlassen? Du kommst keine zehn Schritt weit!«

Ich wollte aufspringen und ihr eine knallen. Ließ es. Dachte stattdessen sorgfältig Wort für Wort: Du bist mir ein letztes Mal ins Hirn gekrochen!

Ich fand, sie hatte zu oft gemeint, meine Gedanken lesen zu können, war der Meinung, wir hatten genug gestritten, zog mir die Schuhe an. Da warf sie sich lang aufs Sofa, war sofort außer Atem, und fasste sich ans Herz.

»Soll ich einen Arzt rufen?«

Meine Frau, die meinte, eine Prinzessin zu sein, stöhnte, schnappte nach Luft und schrie. Ich telefonierte gegen ihr Schreien an. Klickte danach das

Gespräch weg. Der Arzt würde kommen, das sagte ich ihr, mehr nicht. Ihre Sicht unserer zwanzigjährigen Ehe schoss in schneidenden, unerbittlichen Bildern aus ihr heraus. Ich lächelte. Da weinte sie wie ein kleines Kind. Ich gab ihr Tempos, holte mir saubere Socken und Wäsche.

»Bleib, bis der Arzt da ist!« flehte sie.

Ich legte ihr meine Hausschlüssel vor das Sofa.

Ich schob den rostigen Drahtesel unseres Nachbarn. Irgendwann käme sicher die Gelegenheit, mich zum Diebstahl zu bekennen. Es war warm. Meine linke Hand am Lenker, die rechte auf der Truhe. Ich war nicht mehr schwerfüßig. An jeder Ampel hob ich vorsichtig den Deckel, linste hinein: Zwischen Notizbüchern mit Personenbeschreibungen von Menschen, die ich mit Genuss in Zügen beobachtet hatte, hingen die Schreie vom 11. September. Zwischen Polizeiberichten merkwürdiger Todesfälle glänzte das Lächeln einer rothaarigen Frau in Berlin Tiergarten, schimmerten kleine Romanzen, lauerten Internetadressen abgebrochener Recherchen zu Themen, die mich auf der Stelle so faszinierten, dass ich am liebsten in einer Stunde einen dicken Roman geschrieben hätte, die mir trotzdem aus den Augen kamen, vielleicht nur, weil gerade jemand anschellte. Dazwischen meine Socken. Und Notizen über meine stickige Ehe. Ich freute mich über die vielen Stoffe, Arbeit genug. Einiges schien sich gerade im Moment zu ordnen, rutschte sogar schon im Kopf zu Sätzen zusammen.

Ich schob das Rad direkt zu Insas Reisebüro. Sie saß mit strenger schwarz gerandeter Brille am ersten Tisch, den man vom Eingang erreichte. Ich blieb vor ihr stehen. Ihre Kollegen hoben die Köpfe. Ich sagte, wenn sie immer noch wolle, könnten wir es ab jetzt miteinander versuchen.

»Um sechs hab ich Feierabend»« sagte Insa. »Wo kann ich dich treffen?«

Ich wartete auf sie in einem Biergarten unter Kastanien. Die Gäste hatten ihre Gläser und Tassen mit Bierdeckeln gegen Taubenscheiße gesichert und sich selbst aus Zeitungspapier gefaltete Hütchen aufgesetzt. Eine Kellnerin in roten Stiefeln wirbelte Staub auf. Ich bat sie um eine der Tischdecken aus Papier. Ich hatte die Truhe neben mich gestellt und wollte sie schützen.

Ein paar weiße Wolken. Darüber ein silbernes Flugzeug. Eine Leichenbitter vom Nebentisch glotzte mich an, hörte aber nicht auf, in ihr Mobil zu quasseln. Ich versuchte, mich über ihren stieren Blick zu ärgern, aber es gelang mir nicht. Ich trank sehr viel Kaffee, wollte mir die Wartezeit mit Notizen vertreiben, begnügte mich schließlich damit, nur ans Schreiben zu denken. Und staunte darüber, wie einfach alles gewesen war. Ich dachte, spätestens jetzt müsse sich Herzrasen einstellen, aber das tat es nicht. Das bisher schier Unmögliche, meine Frau zu verlassen, war geschafft; nicht heimlich, still und leise, und trotzdem ohne Schwindelanfall. Nichts war geklärt, wer wo wohnt, wer an wen was zu zahlen hat. Nicht einmal, wie ich überhaupt an Geld kam, was ich mit meinem Haufen Schulden machte. Kein Mangel an Chaos. Trotzdem saß ich gelassen auf dem Gartenstuhl.

Selbst meine Bibliothek, die mir jahrelang als Ausrede diente, nicht abhauen zu können, war mir gleichgültig. Sollte sie die zerreißen. Ihr erster Versuch vor Jahren scheiterte kläglich. Schon nach zehn dünnen Taschenbüchern taten ihr die Finger weh, nach vierzehn hatte sie aufgegeben.

Ihr klägliches Scheitern an Taschenbüchern machte ich noch am selben Tag zu einer Rundfunkgeschichte von Zweiminutendreißig. Damals schrieb ich wie ein Verrückter. Über Zocker in Wettbüros, über Kinderkarussells mit Holzpferdchen, über monumentale Eintrittspforten mit nackten Frauen aus Stuck. Über Leute, die so aussahen, als fehlte ihnen ein Chromosom. Alle meine Liebschaften machte ich zu Zweiminutendreißig. Die Biografien meiner Eltern, meiner Verwandten ließ ich auf Zweidreißig schrumpfen. Ich schrieb übers Saufen und übers Nüchternwerden in Zweidreißig. Kaum waren sie fertig, las ich die Geschichten im Studio. Die Rundfunkredakteure kauften und kauften und zahlten gut, und es war nicht so, als hätten meine Frau und ich das Geld aus dem Fenster geworfen. Trotzdem war fehlendes Geld unser Hauptthema. Und ging ich runter zum Briefkasten und sah, dass ein Scheck noch nicht eingetroffen war, musste meine Frau, wenn ich mit leeren Händen oben wieder angekommen war, wie aus Zwang noch einmal sagen: »Der Scheck ist ja immer noch nicht da!«

Immer mehr Menschen setzten sich in den Biergarten. Ein Mann mit Bartstoppeln und gelbem Jackett. Zwei Pärchen mit Einkaufstüten. Zigaretten im Mund. Kinder kamen aus der Schule. Ich sah sofort, wer eine schlechte Arbeit im Rucksack hatte. Ich hörte Lippengeräusche und Schmatzen, dann die Stimme meines Vaters: Gut gemacht!

Mein Vater war der einzige, der jemals zu mir gesagt hat: Du hast eine kranke Frau geheiratet. Ich hatte ihm nicht geglaubt.

Vage Schatten. Ein paar Halbschlafbilder.

Vor fast genau zwanzig Jahren hatte man alles daran gesetzt, die unappetitliche Affäre zwischen Insa und mir vom Tisch zu bekommen. Nach all den Verhören und Drohungen, die über uns losbrachen, wäre es beinahe gelungen. Bei ihren paar Anrufen in den Jahren bis heute hatten wir wie selbstverständlich jeden privaten Ton herausgenommen, was absurd knappe und trockene Wortwechsel ergab. Mal hatte sie sich aus schwindelnder Höhe eines Frankfurter Bankenturms gemeldet, wo sie kurz davor war, sich wegen eines Jobs vorzustellen. Dann rief sie aus einer Kölner Zeitungsredaktion an. Mal aus einem Hotel, wo sie mit vorgebundenem Schürzchen die Betten machte. Nie fragte ich sie nach ihren Telefonnummern oder ihren Adressen. Wir vermieden jeden Nebensatz, der etwas preisgegeben hätte und machten uns gegenseitig vor, ordentlichen Abstand voneinander gewonnen zu haben. Trotzdem hing ich diesen dumm amtlichen Telefonaten immer lange nach. Ihre Kette von Jobs zeigte nicht die Spur eines Systems. Und auf einmal war sie wieder in der Stadt. Und diesmal reichte der wie nebenbei erwähnte Name des Reisebüros.

Noch eine Stunde. Ich würde mir eine andere Uhr kaufen. Eine ohne Tiefenmesser, ohne Registerring zur Flugdatenberechnung, ohne Alarm. Noch neunundfünfzigeinhalb Minuten. Eine Uhr ohne Datenbank, ohne Weltzeit für dreißig Städte: bloß eine schlichte Uhr.

Am Besten gar keine. Keine Uhr. Nur einen Esel und die Truhe. Ich war schon dabei, den gierig fressenden Esel von den Hecken aus wilden Rosen irgendwo in Italien zu zerren, ging durch einen gotischen Kreuzgang, denn erzählt hatte ich den wildfremden Menschen, mit denen ich ins Geschäft gekommen war, für heute genug. Wollte nur eine preiswerte Unterkunft für die Nacht. War fast schon bei den Mönchen mit ihrem lateinischen Chorgebet, hörte schon eine feine Oberstimme singen. Das war aber die Leichenbitter, die plötzlich neben mir stand.

»Sie wird nicht kommen«, hatte die feine Oberstimme gesagt.

»Nein?« Ich sah sie an. Im Stehen so hoch wie ich im Sitzen. Guckst du hin, guckst du weg.

»Nein.«

Nach meiner Trauung hatte ich den Ehering gut vierzehn Tage getragen. Danach hatte ich ihn in eine Schachtel gesteckt. Dass ein Mann, der wie in leichtem Fieber dahockt und ständig auf die Uhr starrt, dass der auf eine Sie wartet, war nun nicht gerade der Gipfel des Kombinierens. Eine Anmache, die ich nicht brauchte. Deshalb lächelte ich sie an und sagte weiter nichts.

»Sie hat es sich anders überlegt.«

Es war kein Tag für Probleme. Was sollte ich ängstlich werden. Zwar hatte ich kurz darüber nachgedacht, ob sich meine Frau inzwischen Verletzungen beigebracht, ob sie die Wohnung in Brand gesteckt und mir auf die Art die Bullen auf den Hals gehetzt hatte, zwar hatte ich darüber nachgedacht, wie ich, hätte sie tatsächlich etwas in der Art inszeniert, meinen Vater in den Zeugenstand setzen sollte. War aber sicher, es hinzukriegen.

»Mehr kann ich nicht für Sie tun«, sagte die Frau und ging. Es war Punkt 18 Uhr. Entweder würde Insa genau jetzt auftauchen oder das Nachschminken in den Toilettenräumen des Reisebüros hatte länger gedauert. Oder sie war kurz nach Hause gefahren, um das Strenge loszuwerden: andere Brille, weg mit dem Kostüm, die Haare offen. Da täte mir ein Bier ganz gut, das meine haarsträubende Zielstrebigkeit von der Ehefrau direkt zu einer Frau, mit der mich eine schauderhafte Vorgeschichte verband, verwischen würde.

Rostiges Fahrrad mit grüner Kiste: Meine Ausstattung als Verführer war kein Brüller. Ich wollte mir mit einem weiteren Bier wenigstens die Falten um den Mund wegtrinken. Ich tippte die Nummer des Reisebüros ins Handy und bekam vom Band die Geschäftszeiten.

Vier Bier pro Stunde. Gleichbleibende Schlagzahl bis Neun. Ich fragte die Kellnerin in den roten Stiefeln, ob sie die kleine Frau von gerade kenne.

»Guck mich nicht so an«, grinste sie. »Ich muss schon meinen Mann erlösen, und den Koch hier auch. Such dir ’ne andere.«

Ich schob mein Rad zum Reisebüro, fand aber nirgendwo an den Fensterscheiben eine Telefonnummer für Notfälle. Schob Rad und Kiste zurück zum Biergarten. Die Kellnerinnen hatten gewechselt. Ich setzte mich. Das Rad im Rücken, die Kiste vor mir auf dem Tisch, erzählte ich ein paar Jugendlichen vom Nebentisch zuerst einen Reißer von ganz früher: dass die Ägypter Anfang des Zwanzigsten Jahrhunderts ihre Eisenbahnen häufig mit Mumien heizten. Weil ich nämlich nicht sofort von Insa reden wollte. Direkt danach aber schoss ich los: Dass sie damals Fünfzehn war, blond, schmal, und in einem riesig großen Wohnpullover hauste.

»Sie kreuzte plötzlich alle meine Wege durch die Stadt. War ich mit meiner Frau zusammen in einem Kaufhaus, blieb sie drei Gondeln hinter uns und ließ sich nur in einer verspiegelten Säule blicken. Alles, was ich sagte und wie ich es sagte, war dann für sie. Jede meiner Bewegungen galt nur ihr. Mal sah ich nur ihren Schatten. Mal roch ich sie bloß.

In diesen Augenblicken änderte sich mein Gang, das könnt ihr mir glauben, und ich konnte sogar meine Frau ertragen, die schon eifersüchtig wurde, wenn ich nur ein Buch las, statt mich mit ihr zu unterhalten.«

Ich wollte ihnen die ganze Geschichte in einer einzigen Wortsalve verkünden. Weit vor der Hälfte merkte ich aber, dass sie gegangen waren.

Als wäre er ihre Ablösung, setzte sich ein Motorradfreak in einer glänzenden Kombi zu mir. Ein frisches blondes Kerlchen. Ich erzählte ihm, wie die Ägypter Anfang des Zwanzigsten Jahrhunderts ihre Eisenbahnen heizten.

»Meine Frau wollte dich hier verschimmeln lassen«, sagte er und bestellte Schnaps für mich mit.

»Insa?«

Er schüttelte lachend den Kopf. »Die hat einen Ingenieur. Die andere. Eigentlich ist sie erst ab nächster Woche meine Frau. Du erinnerst dich: Sie ist klein und gemein.«

Er war schlank trotz Kombi. Und blond und sympathisch. Obwohl er diese Arschlochfrisur hatte. Zu glattes langes Haar gescheitelt, was ihm andauernd in die Stirn fiel, die Seiten rasiert. Noch zwei Schnäpse, und unter Lampions und dunkelrotem Himmel wollte ich ihm alles brühwarm erzählen: »Mal roch ich sie bloß. Jetzt wird mir von Patschuli kotzübel. Aber damals!«

Er unterbrach mich mit Schnaps und lud mich zu sich nach Hause ein.

»Da sind sowieso noch ein paar Leute. Oder willst du ins Hotel?«

Als er ein Taxi bestellte, erkannte ich, dass er keine Motorradkombi trug, bloß enges schwarzes Lederzeug.

»Is' was?«

»Du siehst aus wie ein Knautschlacksofa«, sagte ich.

Er schnappte sich meine Kiste. »Die muss mit, ja? Und was ist mit dem Fahrrad?«

2 Im Taxi lief sofort ein undurchsichtiges Geschäft zwischen dem Fahrer und dem blonden Marc. Der Fahrer reichte ihm einen Zettel. Ob er das alles besorgen könne. Aber Marc wehrte den Zettel ab.

»Ohne Vorkasse läuft gar nichts mehr.«

»Hab ich dich jemals auf das Geld warten lassen? Hab ich das jemals gemacht?!«

»Jedes Mal.«

Damit waren sie die ganze Zeit beschäftigt. Der Taxifahrer versuchte ständig, den Zettel in Marcs enge Lederkluft zu schieben. Hatte die Strecke und die Starenkästen im Blut, bremste blind ab, gab wieder Vollgas. Dann hielten wir vor einer üppigen Villa, und ich kriegte die merkwürdige Szene mit, wie nicht der Kunde zahlte, sondern ein Taxifahrer seinem Kunden am Ende der Fahrt ein Bündel Geldscheine in die Hand drückte. Der Himmel hatte ziemlich irre Muster.

3 Das Glitzern des schwarzen Fußbodens, riesig wie ein gefrorener See, machte mich wehrlos. Sofort dachte ich, ich würde ausgleiten. Das schwarze Kalb von Hund sah ich erst, als es rot und weiß gähnte. Für meinen Zustand war alles viel zu dezent beleuchtet. Vor mir eine verwinkelte Architektur, so vermutete ich, denn ich hörte Musik und wirre Stimmen, sah aber weder Menschen noch Türen. Marc nahm mir die Truhe ab. Ich schlitterte über drei nachtschwarze Stufen hinunter. Fing mich. Sah sie immer noch nicht, die da lachten. Vielleicht war dieses ägyptische Hallengrab hier wie ein L angelegt. Im kürzeren Balken des L würde Insa zwischen ihnen sitzen und mich erwarten.

Großes Hallo. Teure Poloshirts in Hellblau und Pink hoben ein Stück Hintern aus der Sitzlandschaft. Jeder gab mir die Hand und meinen korrekten Namen. Ein Dutzend Leute hatte seit Stunden, da war ich mir sicher, meine Geschichte durchgehechelt. Wer ich war, wer ich bin: kein rätselhaft zu spät gekommener Gast.

Da es doch Insas Freunde waren, versuchte ich, mir die Namen zu merken. Aber sie gossen nur ihre Kosenamen über mich aus, zu denen mir jede Eselsbrücke fehlte. Ich nickte jeden kurz an mit jenem unbeholfenen Lächeln, das mich einer meiner Großmütter ähnlich macht (ihr Foto in der Kiste).

Ich kannte niemanden, alle etwa in Marcs Alter, eine komplett andere Clique als meine bisherigen. Versuchte, in schwindelnder Eile auf den Tischen ein Glas auszumachen, das ich niemandem hätte zuordnen können oder eine glimmende Kippe, an der viel Asche klebte. Dann hätte sie nämlich das Taxi gehört, wäre rasch aufgesprungen und gerade dabei, ihr Makeup zu korrigieren. Ich versuchte, einen einzelnen Mann mit Mordgelüsten ausfindig zu machen … scheiß was auf ihren Ingenieur …

Da kam die Leichenbitter, nicht wiederzuerkennen, quiekte, war fast eine schöne Frau. Ich sah sie an, als müsste ich mein Schicksal von ihren Augen ablesen.

»Lass ihr Zeit!« gurrte sie, nannte ihren Namen, Chris, zwang mich hinter eine Flasche Calvados, griff sich die glimmende Kippe, an der viel Asche und viel Lippenstift klebten, nahm einen Zug, knipste sie aus. Küsste im Vorbeigehen Marc, der in einer Woche ihr Ehemann würde. Und noch einmal an mich gewandt: »Du benutzt zu viel Parfüm. Aber deines mag ich sowieso nicht.«

Sofort nahm mich einer in Beschlag, der mir seine detailliert ausgearbeiteten Finanzierungs- und Lebenspläne – er hatte einen Hauptplan und mehrere Alternativen – auseinander legte: »Du bist doch Schriftsteller …« Er hatte am Morgen als Vertreter für Schulmöbel gekündigt, um

Hemingway zu werden. Mit dem zurückgelegten Geld würde er sparsam haushalten. Kein Schnaps außer dem von Marc, ab sofort nie wieder Tabledance. Wollte endlich seinen Roman zu Ende schreiben und brauchte Streicheleinheiten.

»Worum geht's in deinem Roman?« fragte ich.

»Um Frauen, die mich verlassen haben!«

Er wollte nachts mit dem Wagen durch die Gegend fahren, wollte mit Reiseschreibmaschine und Marcs Schnapsvorrat und einem riesigen Sägefisch unterm Arm in kleinen Hotels den Nachtportier heraus klingeln.

»Warum bist du eigentlich Dichter geworden?« wollte er wissen.

»Schon mein Vater sprach in Metaphern. ›Hab ich 'n Brand!‹ sagte er gerne.«

Eine bauchfreie Magersüchtige drehte die Musik hoch und fing an zu tanzen. Hemingway schrie mir seine weiteren Vorstellungen ins Ohr: er würde die Hotelstiege hoch stiefeln, sich an einen wackligen Tisch hocken, die Flasche köpfen und loslegen. Aber erst einmal wuchtete er sich aus dem Sofa und überfiel die knochige Tänzerin.

»Du bist alt«, rief mir Chris aus einiger Entfernung zu. »Aber mach dir nichts draus. Meiner ist sogar fast Sechzig.«

Und weil ich Marc entgeistert ansah, schrie der von der Bar aus: »Nicht ich, ihr Liebhaber!« Und ungeniert weiter, denn außer mir schienen alle im Thema: »Morgen früh fahr ich sie zum Flughafen. Dann fliegt Chris nach Basel und wird ihm beichten, dass wir heiraten. Ich denke, er ist vernünftig genug, das zu verstehen.«

»Er ist selbst verheiratet«, ergänzte Chris. »Wird aber trotzdem wie vor den Kopf gestoßen sein.«

Marc fingerte in seiner hautengen Hose nach dem Zettel des Taxifahrers und reichte ihn Chris. Die klemmte ihn unter ein Glas und beachtete ihn nicht weiter.

»Quatsch!« tröstete Marc. »Das kriegt er hin. Zwischen uns Dreien wird sich nichts ändern.«

»Zwischen euch Vieren«, versuchte ich den Weltmann.

»Seine Frau weiß von nichts«, sagte Marc.

»Apropos Thailand.«

Auch über andere Reiseziele wurde geredet. Vietnam in der Regenzeit und zurück zu thailändischen Garküchen.

Wieder hatte mich der stabile Hemingway in seinen Fängen. »Nur, damit du ungefähr weißt, worum es geht. Da gab es mal eine spanische Nachtschwester, die wegen zu wenig Schlaf ständig fror. Sie hatte in Barcelona Mann und zwei Kinder zurückgelassen, auch die katholischen Priester, mit denen sie dort geschlafen hatte. Schlief jetzt in Gelsenkirchen mit spanischen Priestern und eben mit mir.

Konzentrier dich! schrie sie immer. Aber das konnte ich nicht. Ich sah die ganze Zeit ihr Mobile an der Decke, wo fünf Priester aus Pappe umso heftiger schwangen, je verzweifelter Gloria an mir zerrte. Ich mein, das ist doch ein Bomben-Einstieg!«

»Keine Chance!« rief ich zurück.

Mehr hatte ich wirklich nicht gemacht. Also einmal kurz die Frau von Chris' Liebhaber ins Spiel gebracht und den Hemingway angelogen, denn seine Geschichte war schon so gut wie in meiner grünen Truhe. Chris tat aber plötzlich so, als hätte ich die komplette Fete geschmissen. Dabei waren die übrigen Gäste wenigstens so hackedick wie ich. Sie riss Marc an den Haaren und schrie ihn an: »Warum hast du ihn mitgebracht?! Hab ich nicht gesagt, er soll im Biergarten verschimmeln?!«

Ich an seiner Stelle hätte sie einfach weggekickt. Aber Marc knickte ein. Bat um Verzeihung. Sie schlug ihm ins Gesicht, und er, nach Atem japsend, jammerte tausend Entschuldigungen.

Ich dachte, die anderen seien aufgesprungen, um das Paar zu trennen. Dabei wollten die Partygäste unter wildem Zischen nur sehen, wie es weiter ging, wie Chris ihren Bräutigam, der schon auf seinen Knien hing und nicht mehr hoch kam, über den Boden des unübersichtlichen Gebäudes schleifte. Stufen hinauf. Und dann gab es plötzlich doch Türen. Die eine schmiss sie auf, hieb ein Licht an, das mir die Augen weg fraß.

In der langen Zeit meiner Blindheit hatte ich die Stimme Hemingways als einzigen Orientierungspunkt: »Oder diese eine Fete, als ich sechzehn war. Ich hab das damals gar nicht gemerkt, dass von den Mädchen nicht alle Mädchen gewesen sind. Es muss ja kein langer Roman werden!«

Ich stand da mit meiner frischen Stuyvesant, suchte nach Feuer und dachte mit einem Schlag Arztpraxis. Meine Augen machten wieder mit, und ich sah alle medizinischen Geräte, die sich sonst durch meine Alpträume schnitten und bohrten.

Während Chris einen Rohrstock unter einen Wasserkran hielt und danach mit ihm in die offene Handfläche wippte, eröffnete sie Marc das Programm: »Zwanzig Stockhiebe. Dabei erwarte ich mannhaftes, tadelloses Verhalten, verstanden?«

Sie wirkte dabei kein bisschen bedrohlich. Eher wie eine Tante Chris aus dem Kindergarten, die der ewig gleichen Spiele überdrüssig ist.

Die Magersüchtige legte Marc von hinten einen breiten, festen Ledergurt um die Taille. Fast gleichzeitig nahm ein ruhiger bäuerlicher Typ das baumelnde Ende von Marcs Halsband auf, zog ihn ruckartig auf die Behandlungsliege und hakte das Ende in eine Öse an der Liege. Unmittelbar darauf zog Chris rechts und links je einen breiten Schnallenriemen durch die Schlaufen an seinem Gürtel und fixierte ihn an der Liege.

»Hände über den Kopf und schön nach hinten, damit ich ein freies Arbeitsfeld habe!«

Ein Jogi, ich glaube so war sein nickname, band ihm die Hände.

Chris hielt ihm ihren Stock unter die Nase. »Wenn du schreist, werde ich mit dir ein strammes Sondertraining durchziehen.«

Ihre Finger rissen sein Hemd auf. Spazierten vom Kehlkopf abwärts über seine Brust. Marc schwitzte. Seine Haarsträhnen klebten ihm im Gesicht.

Ein schwirrendes Pfeifen, ein dumpfes Klatschen. Rohrstockhiebe schnell und ansatzlos. Marc spannte jeden Muskel und presste seinen Körper mit aller Macht gegen das Leder der Prügelbank. Die Hiebe kamen schärfer.

Buchstäblich aus dem Hinterhalt legte die Magersüchtige ihm ein nasses, heißes Handtuch als Kompresse über die Striemen.

»Das fördert die Durchblutung«, sagte sie.

»Und verteilt den Schmerz«, erklärte Chris.

»Halt deine Klappe und mach!« schrie Marc sie an.

Das Handtuch flog herunter, und Chris zog den Striemenzieher fünfmal kurz hintereinander quer über seine Brust.

Die Chronologie, wer sich weiter wie an wem zu schaffen machte, ist mir entfallen. Ich kam mir vor wie ein Übriggebliebener im Tanzkurs, nur diesmal froh darüber, keine Partnerin abgekriegt zu haben. Sie trugen ja keine Masken, hatten ihre Identität preisgegeben. Was machte ich mit diesen Hobby-Henkern, wenn ich sie auf der Straße träfe? Schlimmer noch: in den Kreditabteilungen von Banken, in denen ich früher oder später vorbeten musste? Denn nach der Qualität der T-Shirts zu urteilen, die sie vor wenigen Augenblicken noch angehabt hatten, war das hier mittleres Management.

Und was war aus Insa geworden? Wann war sie aus ihrem verschossenen Wohnpullover umgezogen ins Peitschen-Outfit einer Notburga Cassinone? Strenge, schwarz gerandete Brille … bereit zu allem … Auch, wenn sie selbst nicht anwesend war, immerhin waren das hier ihre Freunde!

Plötzlich musste ich mich des Hemingways erwehren, der mir seine Hundefresse ins Gesicht stieß und tausend Krallen hatte. Dabei ging mein rechter Hemdsärmel drauf. Mit aller Kraft versuchte ich, den nackten Ärschen zu entkommen. Zappelte mich aber statt zur Tür immer näher an den zerprügelten Marc auf seiner Liege heran.

Ich seh jetzt noch seine Augen. Wie er den Kopf hebt, so weit er kann, auf meinen Oberarm starrt und mich vollkommen sachlich fragt: »Hast du das schon lange?«

4 »Ich werde es weiträumig rausschneiden«, sagte Dr. Marc Radtke. Die Lederhose hochgezogen, den grünen OP-Kittel angelegt, das Gesicht halb vermummt, hatte er keinerlei Ähnlichkeit mehr mit dem idiotischen Maikäfer, der auf dem Rücken gelegen und um Prügel gebettelt hatte.

»Noch nie beim Hautarzt gewesen?«

»Nee.«

»Und dein Hausarzt? Nie was dazu gesagt?«

Die sich gerade noch ihre Geschlechtsteile um die Ohren gehauen hatten, waren längst in ihre Wagen geklettert. Marc und ich waren allein.

»Das Ding hab ich schon immer. Bist du sicher, dass es Krebs ist?«

Was er herausgeschnitten hatte, legte er in ein durchsichtiges kleines Plastiktöpfchen, das er mit einem Deckel verschloss. Ich hatte keine Angst. Als er mir die Betäubung setzte, hatte ich noch gesagt: »Gib mir nicht zu viel. Denk daran, dass ich gesoffen hab!« Und als er anfing zu schneiden: »Ich hab immer damit gerechnet, von parfümiertem Klopapier Rosettenkrebs zu kriegen.«

»Bist du oft in der Sonne? Sonnenstudio? Braten am Strand ohne Creme?«

»Fast nie.«

»Chris spricht mit einer Freundin vom Hygieneinstitut. Die fängt heute extra früher an. Sie wird deine Sache vorziehen. Spätestens übermorgen wissen wir mehr.«

Bisher hatte ich nur Kinderkrankheiten gehabt. Gegen die hatte es Hausbesuche eines honorablen Arztes mit schwarzem Hut gegeben. Der hatte Zäpfchen verschrieben oder Wadenwickel verordnet, meine Mutter hatte mir die Brust mit Wick eingerieben, mir mein Lieblingsessen gekocht, und die Wehwehchen waren aus der Welt, so dass es nur noch darum gegangen war, durch nicht übertriebene aber ausgeklügelte kleine Theaterstücke meine Rückkehr zur Schule so weit wie möglich hinauszuzögern. Fehlte noch, dass der Arzt mit dem Hut backenbebärtigt gewesen wäre.

»Chris wird versuchen, ihren Flug vorzuverlegen. Auf dem Weg zum Flughafen fahren wir am Institut vorbei. Besser, du kommst mit, dann könnt ihr auch ausmachen, wie du zu erreichen bist.«

Marc nähte.

»Die Fäden lösen sich nach einiger Zeit von selbst auf. Ich geb dir was gegen die Schmerzen mit.«

Ich zog eines seiner Arzthemden an. Schlicht weiß. Seine einzigen unverfänglichen.

Er bot mir seinen Wohnungsschlüssel an. Keine Ahnung, warum ich ablehnte.

Im Wagen redeten wir nicht. Marc lutschte Pastillen gegen seine Fahne. Chris saß da wie meine alten Tanten, wenn die widerwillig eine Autofahrt hatten antreten müssen, die Handtasche in den Schoß gedrückt, die Henkel fest im Klammergriff. Marc fuhr auf den Hof des noch dunklen Instituts, stieg mit mir aus, schellte an einer Glastür, linste in die Flure, aber nichts rührte sich. Chris' Freundin hatte sich offenbar verspätet und seine Zeit drängte. Er steckte mir zwei Packungen Schmerzmittel zu. In drei Tagen wollte er den Verband gegen ein Pflaster tauschen.

»Kommst du allein zurecht?«

Seit wir Radtkes Haus verlassen hatten, hielt ich das Plastiktöpfchen mit meinem Muttermal in der linken Hand. Die Grundfläche des Töpfchens war etwas kleiner als sein oberer Rand. Es ähnelte denjenigen, aus denen man Mitte der Sechziger Wodka-Pflaume trank.

Ich wartete einige Zeit. Abgerissenes Vogelgezwitscher. Ich fror. Mein Jackett lag in der grünen Kiste. Die Kiste stand bei Radtke. Endlich kam eine junge Frau in fliegendem Trench über den Hof. Sie sagte nicht viel. Aber die wenigen Worte mit heller Stimme und ihre Gesten waren mir zu salbungsvoll. Ich wollte nicht hier sein, was ich ihr wohl überdeutlich zeigte. Sie schloss die Glastür auf, bot mir erst gar nicht an, mit ihr in ein Büro zu gehen, holte ein offizielles Papier. Ich drückte das Blatt Papier im Flur gegen eine Wand, unterschrieb und setzte meine Mobilnummer unter den Namen.

Das Hygieneinstitut lag in der Nähe meiner Wohnung. Ich mied die Trampelpfade meiner Frau. Wollte auch nicht auf Bekannte oder Freunde stoßen. Was nach beinahe fünfzig Jahren in einer Stadt unmöglich war. Alle waren auf den Beinen und ich auf dem Sprung, mal in einen Hauseingang, dann hinter eine Litfasssäule. Als Student hatte ich mich semesterlang im Mief des Balikinos versteckt, in dem schon morgens um sieben schmutzige Filmchen liefen. Das gab es aber nicht mehr. Vor Jahren machten hier in der Gegend viele Kinos dicht. In der letzten Vorstellung brach man sich ein Stück aus der Brüstung, nahm es mit nach Hause, und am nächsten Tag war Aldi drin, wo man vorher so viele Liebesgeständnisse gehört und nachgeahmt hatte.

Auf der Litfasssäule las ich die Ankündigung eines Konzerts. Es würde in zwei Monaten stattfinden.

Der Sprecher/Schreiber bezieht das Futur I auf Zukünftiges; dabei schwingt oft ein Moment der Unsicherheit mit …

Ein verzweifelter Morgen. Der Schnaps des Abends und der Nacht zeigte sich deutlich von seiner verschissenen Seite. Weil ich nicht weiter wusste, rief ich ein Taxi und versaute dem jungen Fahrer den Tag.

»Wie war der Urlaub?« fragte ich.

Und er ganz stolz: »Sieht man immer noch, was?«

Ich zeigte fürsorglich auf die Sommersprossen, Leberflecken, Muttermale auf seinen nackten Armen: »Und … immer schön eingecremt?« Irritiert folgte er meinem Finger. Ich rollte meinen rechten Hemdsärmel auf und zeigte ihm den Verband: »Wenn sie früh und tief genug schneiden, ist alles kein Problem.«

Dann suchte ich mir einen Fleck in seinem Nacken aus: »Den hier, den würde ich besonders gut beobachten.«

Auf dem Friedhof nahe den anonymen Begräbnisfeldern kickten Schüler Kastanien durch die Gegend. Ich durchquerte ihre Staubwolke mit einer Hand vor der Brille und stand vor dem Grab meines Vaters. Wenn ich mit ihm redete, sah ich immer auf den liegenden grünen Sandstein, als sei der sein Gesicht. Ich bückte mich zu ihm. Mit dem Zeigefinger säuberte ich seinen Namen.

Eigentlich wollte ich ihm die Geschichte der letzten zwei Tage erzählen und mich ausheulen. Dann sprachen wir aber doch nur über Schalke. Etwa eine Viertelstunde, dann hatten wir die Mannschaftsaufstellung für nächsten Samstag zusammen.

»Mach's gut!«

Auf dem Rückweg rollte die Staubwolke immer noch hin und her. Eine alte Frau mit Stock kam am Rand der Wolke in Schussposition und konnte es einfach nicht lassen. Wollte eine auf sie zufliegende Kastanie zurück über die Schüler heben, trat vorbei, knallte auf den Rücken und rührte sich nicht. Die Kinder und ich dachten natürlich, sie sei tot und rannten davon.

5 »Is' was passiert?!«

So war meine Mutter. Ich kannte sie nicht anders. Unverhofftes Auftauchen verband sie automatisch mit Katastrophen. Ich war überrascht, dass meine Frau nicht schon zumindest per Telefon versucht hatte, ihr das Licht auszublasen. Meine Frau stand nämlich auf Sippenhaft.

»Jemand hat angerufen, das stimmt«, flüsterte meine kleine, bucklige Mutter. »Aber ich dachte, es wär meine Schwester. Da hab ich aufgelegt.«

Sie schlurfte vor ins Wohnzimmer. Statt den Teppichboden reinigen oder raus reißen zu lassen, hatte sie jeden Flecken Bratensauce unter einer bunten Brücke versteckt. Die vielen Brücken überlappten sich, standen an den Ecken hoch. Drüber und drunter lief das verwuselte Telefonkabel. Geduldig zuckelte sie um die Hindernisse herum. Ich hasste diese Wohnung. Unsere jahrelangen Saalschlachten zu dritt, Vater, Mutter, Sohn, jeder gegen jeden, waren für zweiundsiebzig Quadratmeter zu üppig ausgefallen. Da ließ sich nichts mehr auslüften.

Ich erzählte ihr kurz vom beschlossenen Ende meiner Ehe und länger von meinem Arm. Sie hockte in ihrem geschmacklos altdeutschen Sessel wie ein Würmchen und Tränen liefen ihr über die Wangen. Sie japste nach Luft und flüsterte etwas, was ich nicht verstand.

Ein junger Arzt hatte meiner Mutter bei einer Krebsoperation vor sechs, sieben Jahren mit einem falschen Schnitt die Stimmbänder durchtrennt. Die schwangen nicht mehr. Seitdem sprach sie fast tonlos. Außerdem hatte Hedwig nur eine halbe Lunge und musste doppelt um jedes Wort kämpfen. An ihre Stimme, wie sie einmal klang, konnte ich mich nicht mehr erinnern. Sie war dunkel. Jedoch nicht so dunkel wie meine.

Ich kannte ihre Flaschenverstecke und kramte eine halbe Flasche Weinbrand hervor. Ich dachte, sie würde vor Wut hochgehen. Aber Hedwig kam nur aus dem Sessel hervor gekrochen, um die Kerze unter ihrem Marienbild anzuzünden, was so lange dauerte, dass ich nicht hinsehen konnte. Dann begann sie damit, aus der Kammer große Fotokisten über die Diele ins Wohnzimmer zu zerren. Warf zwei Hände voll Fotos auf den Tisch und fing an zu suchen. Urlaube, Silvesterfeiern, steife Hochzeiten, abgestempelte Passbilder aus abgelaufenen Ausweisen.

»Bei Sportfesten …«, flüsterte sie, »… wenn ihr in der Schule Bundesjugendspiele hattet … davon haben wir doch Fotos.«

Sie streute zitternd die nächsten zwei Hände voll Fotos über den Tisch, während ich den Fusel mit Sprudel verdünnte und trank.

»Da hattet ihr doch alle nackte Arme. Da muss man das Muttermal doch sehen können.«

Abrupter Themenwechsel: »Steckt eine Frau dahinter?«

Ich kaute an der komplizierten Antwort. Klopfte mir eine Stuyvesant aus der Packung. Stellte mich ans offene Fenster, um den Rauch nach draußen zu blasen.

»Hier!» sagte sie plötzlich. »Aber hier ist nur dein linker Arm zu sehen.« Ich als Sextaner mit Igelschnitt, lieb grinsend, in weißem Sporthemd mit grünem Brustring und Schulwappen. Sie schaufelte weitere Fotos auf den Tisch. Viele glitten ihr aus den Händen. Flatterten einige Sekunden lang. Bald waren die Teppichbrücken mit Verwandten übersät.

»Jedenfalls habe ich das Ding schon immer gehabt«, sagte ich.

Ich schnippte die Kippe durchs Fenster, setzte mich ins tiefe Sofa und nahm mir Fotos vor.

»Mit den Fotos können wir Krebs-Skat spielen«, sagte ich. »Onkel Josef, deine Mutter, Tante Henny, Onkel Paul, Vater, alle Krebs. Mehr Krebs auf einem Foto gibt 's ja wohl nicht, das hier ist Trumpf.«

Ich schüttete mir nach. Sie traute sich nicht, in meiner Gegenwart zu trinken. Heulte sich leise die Brillengläser voll.

»Oder Domino. Hier: Irgendein Silvester: Onkel Heinz, Tante Vera, du, Vater. Vier Krebs. Kann ich anlegen. Jetzt brauche ich ein Foto mit drei Krebs oder eines mit sechs.«

Die Wohnung lag im Parterre. Wenn ich die Köpfe der Vorbeigehenden sah, meist nur ein Stück Frisur bis zur Schläfe, zuckte ich zusammen wie vor über dreißig Jahren. Denn schon damals schuldete ich allen möglichen Leuten Geld. Aktuell konnten es natürlich auch Leute sein, die gesehen hatten, wie ich eine alte Frau auf dem Friedhof hatte liegen gelassen.

»Hier 'ne eins. Ria allein!«

»Die hat sich umgebracht, weil sie bescheuert war. Nicht wegen Krebs«, sagte Hedwig über die Tochter der Cousine ihrer Mutter. »Als bescheuerte Frau darfst du nicht noch einen bescheuerten Mann heiraten! Und schon gar nicht, wenn du auch noch eine bescheuerte Mutter hast:

Kriegerwitwe! Kriegerwitwen konntest du alle in die Tonne kloppen. Wenigstens die Meisten.«

Auf einem Foto saß ich als Fünfjähriger hinterm riesigen Lenkrad eines alten Magirus. Es war die Zeit, als ich davon träumte, ein großer, fetter Bierfahrer zu werden. Zwischendurch immer wieder Fotos von Freundinnen, die mittendrin in unseren Familienfesten saßen, als hätte ich jede brav nach Haus geschleppt und sie meinen Eltern vorgestellt.

»Immerhin sehe ich mein Leben hier nicht chronologisch vor mir ablaufen«, giftete ich.

Ob man es mir wegen dieses Auftritts bei meiner Mutter glaubt oder nicht: Ich hatte schon immer Furcht, Ärgernis oder Missfallen zu erregen.

»Trink nicht so viel!«

Der Magirus, die Freundinnen, blond, braun, schwarz. So viele verschiedene Möglichkeiten hatte ich gehabt: Wählen Sie die Tür, durch die Sie gehen wollen! Hatte ich mir offene Wege verbaut? Wenn ja: Welche?

Mein Handy schrillte mit dem Ton, als sei es ein großes, schweres Bakelit-Telefon aus einem alten Film. Es war keine Nummer aus meiner Adressenliste.

»Ist dir kalt?« fragte meine Mutter.

Ich schlotterte am ganzen Körper. Schaltete das Handy ab.

Plötzlich hielt meine Mutter ein Foto hoch.

»Mein nackter rechter Oberarm?«

»Nein«, sagte meine Mutter. »Sie ist fast nicht drauf auf dem Foto. Nur ihre Knie. Ich hab ihren Namen vergessen. Aber das ist das Mädchen, wegen dem du deine Frau verlassen hast.«

6 Als Angesoffener, der ungeduscht am Mittag Straßenbahn fährt, fällt man bei uns nicht weiter auf. Ich fuhr am alten Stadion vorbei über Emscher und Kanal, am neuen Stadion vorbei bis zum Rathaus.

Ich bin tot. Ich bin tot. Ich bin tot.

An der Bude neben dem SPD-Büro kaufte ich Zigaretten. Ging durch die Einkaufsstraße und sah in jedem Dritten einen im Gummistring von gestern Nacht.

Vom Mexikaner in der Hagenstraße aus hatte ich das Reisebüro im Blick. Das heißt: ich musste an meinem Fensterplatz die Schläfe an die Scheibe drücken, um fast am Ende der Straße die Leuchtreklamen des Büros zu erkennen. Ich sah nicht die Tür selbst, würde aber das Rein und Raus mitkriegen. Eine ziemlich bescheuerte Position. Aber die einzige Möglichkeit, ungesehen zu belauern. Die Kellnerin kam. Sie war schwanger. Der Versuchung, weiter zu trinken, widerstand ich etwa zwanzig Sekunden.

Die Hagenstraße ist eine sehr enge Einbahnstraße, dazu auf der linken Seite ständig zugeparkt. An Werktagen gehen die Fahrer einigermaßen mit der Geschwindigkeit herunter. An ihrem Jagen und an ihrem Herzflimmer-Techno erkannte ich, dass das Wochenende begann. Ab Freitagmittag umkurven sie die Blocks. Hoffen, Frauen abzuschleppen. Aber wie soll das gehen, wenn sie ihre Autos nur zum Auftanken verlassen?

Nach dem Fusel meiner Mutter schmeckte mir nichts mehr. Ich goss einen Rachenputzer runter wie einen scharfen Hauhaltsreiniger, im Glauben, alles auf Start stellen zu können. Ich hatte noch nichts gegessen. Sogar Mutter hatte vergessen, mir etwas anzubieten.

Etwas weiter unten in der Hagenstraße hatten vor Jahrzehnten meine Träume vom Schreiben begonnen. Im *Fuck*. Wichtige Bücher ausgepackt, wichtige Notizzettel in Bierlachen gelegt. In einem Rutsch wichtige Verse hingeworfen. Ich hätte jetzt gerne da gesessen, in der Atmo der Siebziger. Aber von dort konnte man eben das Büro nicht beobachten.

Ich kannte die Ecke Hagenstraße/Albertstraße also seit meiner Schulzeit. Nur der Mexikaner war relativ neu. Dass sie für mich jetzt in meinem Zustand die ruinöseste Ecke der Stadt war, kriegte ich an diesem Tag erst später mit.

Die kleine Schwangere war wieder hinter den Tresen gegangen, wo sie an einem Bleistift kaute, etwas notierte, es sichtlich unzufrieden wieder strich. Weiter schrieb und strich und schrieb.

Mein Handy hatte ich ausgeschaltet, die Analyse meines Hautfetzens kam also nicht durch. Aber Insas Botschaften, wenn sie denn welche versandte, auch nicht. Ich konnte es wieder anschalten und wenn Anrufe einliefen, alle mir fremden Nummern wegdrücken. Aber wer garantierte mir, dass in einem solch merkwürdigen Freundeskreis die Schweigepflicht eingehalten würde.

»Du, ich krieg deinen Freund nicht an den Apparat!«

»Gib mir die Daten durch«, würde Marc sagen.

Dass jetzt Wochenende war, hieß ja nichts. Das Mädel von der Hygiene fängt ihre Schicht aus lauter Freundschaft früher an und wird auch das Ergebnis aus purer Freundschaft sofort durchgeben, wenn sie 's hat, und wenn es happy hour Samstagnacht wäre. Ich einen Cocktail am Hals und sie ja wohl auch nicht mehr ganz nüchtern, würde sie es, wenn sie mich erkennt, nicht gerade über den Tisch brüllen, aber mich zur Seite nehmen. Und ich wüsste zuerst überhaupt nicht, wer sie ist, da ich mir das Gesicht dieser Bloody Mary nicht gemerkt habe. Würde glauben, sie wolle flirten.

Übrigens war da kein Raus und kein Rein beim Reisebüro.

Oder: über all die zur Verfügung stehenden Wege war mein Ergebnis längst bei Insa. Von einem mit rostigem Fahrrad und grüner Kiste und Krebs im Arm. Da kann ich den roten Alarmknopf so lange drücken wie ich will: »Schwester! Schwester Insa!« So bescheuert kann ihr Ingenieur gar nicht sein, dass sie von ihm auf einen Pflegefall umschwenkt.

Ich hatte keine Wahl, daran zu denken oder nicht daran zu denken. Ich dachte: was war, wenn Marc jetzt endlich den Steifen besaß, den er sich so lange ersehnt hatte? Tut auf Maso und kriegt die ihm vorschwebende Erektion in Wirklichkeit beim Schneiden ins Fleisch, bei der Fahrt mit dem Todeskandidaten zum Hygieneinstitut?

Ich war verrückt vor Angst. Wollte mich auf den Raum konzentrieren. Die Wände waren mit einem Schwamm in Ocker getüncht, auf Cantina gemacht. Aus den Boxen kam mexikanische Folklore. Die Sänger jammerten über tote Esel. Mehr kriegte ich vorerst nicht mit. Wollte mich von der Kellnerin ablenken lassen, die, wie es mir schien, unaufhörlich notierte und strich. Ich sprach gegen die Fensterscheibe. Noch immer kein Rein und Raus beim Reisebüro.

»Einkaufszettel?« fragte ich.

»Ich suche einen Namen für mein Baby«, sagte die Kellnerin.

»Junge oder Mädchen?«

»Mädchen. Ich hab nichts gegen meine Mutter, aber die Kleine soll nicht so heißen wie sie. Sie soll auch nicht so heißen wie ihre Großmütter, wie ihre Tanten, Cousinen. Was soll sie mit einem Namen, den es in der Familie schon gibt? Der Name soll ihr Glück bringen. Wenn ich sie Julia nenne und sie wird achtzig Kilo schwer, bringt ihr das nun wirklich kein Glück.«

»Wie schwer darf man sein, wenn man Julia heißt?« fragte ich.

»Um die sechzig. Höchstens«, sagte sie. »Oder?«

Ich gab ihr Recht.

»Und wenn man sie anschreit. Und manchmal wird man sie anschreien müssen. Ich hör schon dieses Julia mit zehn aaaas am Ende. Und so hoch und keifend, weil ich doch so eine schlimme Stimme habe.«

»Sie machen sich viele Gedanken«, sagte ich.

»Es ist mein erstes Kind. Man darf den Namen auch nicht hässlich verstümmeln können. Man muss ihn immer richtig aussprechen können. Hier in der Gegend wird alles falsch ausgesprochen außer Paul. Und Paul ist der Hund unseres Nachbarn.«

»Mädchen heißen sowieso nicht Paul«, sagte ich.

»Es darf auch nicht der Name eines Schlagersternchens sein«, sagte sie im Vorbeigehen, denn auf einmal waren etliche Tische besetzt und sie nahm Bestellungen auf.

»Der Name einer Heiligen?«

»Besser nicht.«

»Da bleiben nicht viele.«

Die Mutter in spe schleppte und zapfte und spülte Gläser. Und trocknete sich die Hände ab, um weitere Namen aufzuschreiben. Zapfte, spülte, strich mit nassen Händen aus wer weiß welchen Gründen wer weiß welche Namen.

Da ich aber jetzt meine eigene Stimme gehört hatte, wurde mir auch der Raum klarer. Das passiert mir oft. Die schweren, fast unverrückbaren Stühle. Das Weiß im Blick des Kochs, ein fröhlicher Kasperl in seiner Durchreiche.

Ich blieb sehr lange hocken und trank. Nur für einen winzigen Augenblick hatte ich Ruhe: Draußen versank ein Smart in Herbstblättern. An einer Litfasssäule warb ein Plakat für eine Picassoausstellung mit einem uralten Lehrerurteil: *Pablo malt gern!*

Durch die Wand hinterm Tresen quoll plötzlich Disco-Musik. Die Kellnerin drehte das Gejammer über die toten Esel hoch, dass die an die Wand getackerten Papierskelette - *Día de los Muertos*, in Mexiko nur an Allerheiligen und Allerseelen, beim Mexikaner in Gelsenkirchen dreihundertfünfundsechzig Tage im Jahr - anfingen zu flattern, eines in kobaltblau, eins in giftigem Grün. Ich riss meinen Kopf von den Skeletten los. Und draußen: viel zu brillant ausgeleuchtet *Egons Laden*, eine Institution, seit dreißig Jahren Shit-Bedarf, hatte das Sortiment gewechselt: Busenwunder mit Totenköpfen, grinsende Gerippe auf Motorrädern. Gerippe beim Vögeln. Wie soll das funktionieren?

Wenn hinter mir die große Holztür für neue Gäste aufging: *Bestattungen Bergermann*. Lächelnd die junge Kellnerin, die den Namen ihres Ungeborenen suchte.

Das verfluchte Dreieck aus *Día de los Muertos*, *Egons Laden* (Skelette beim Bocksprung wie im Turnunterricht, Skelette beim Gassigehen mit ihren skelettierten Kötern) und *Bestattungen Bergermann*.

Ich quälte mich vom Stuhl, wurde gegen alle Regeln des Suffs schneller, stürzte an der Kasse vorbei, als hätte ich hier Kredit, stolperte raus in die Lichtkegel, die aus der Disco von nebenan auf die Straße fielen. Kriegte nicht mit, was hier ablief: Minderjährige Mütter hetzten von der Disco kurz über die Straße zu abgestellten Autos. Mädchen in der gleichen Panik wie ich, dachte ich. Aber sie trösteten nur kurz ihre auf den Rücksitzen ihrer Autos abgelegten schreienden Babys, zogen Spieluhren auf, Sonne, Mond und Clowns, hasteten zurück, wo sie, die Karawane der Bauchfreien, von einem alten grauhaarigen Mann, dem Besitzer der Disco, einem Tröster hübscher Nymphchen, vielleicht auch Vater des ein oder anderen abgelegten Kleinen, in die Arme genommen wurden und wieder in der Disco verschwanden.

Ich ging die Reihe der Autos entlang, lustig war 's nicht, sah die kleinen, fest eingepackten Astronautenanwärter in ihren Raumanzügen, wie sie seesterngleich mit unbeweglich ausgebreiteten Armen und Beinen in ihren Wippen lagen. Ich sah mir die Kleinen durch die Autoscheiben eins nach dem anderen an und wollte meine Kinderängste zurück. Spürte eine leichte Hand auf meiner Schulter.

»Komm, du verrückter Hund.«

7 Ein viel zu enger Flur unterm Dach, voller Hindernisse. Dunkles Tischchen mit geklöppeltem Deckchen. Rosa Plastikvase mit hellblauer Plastikblume. Am Rauputz der Wand ein Druck mit kosenden Rheintöchtern im verschnörkelten Rahmen. Die auf Deutsch nachgeahmte *Belle Époque* stank nach Bohnerwachs. Frisiertischchen mit dreiteiligem Spiegel. Insa hatte wegen diesem geschmacklosen Mist schon tausendmal Krach mit ihrer Nachbarin gehabt.

»Wenn du irgendwo vorstößt, kommt sie raus. Magst du hautfarbene Korsetts? Sie trägt nur so was.«

Von diesem vollgestellten Flur gingen sechs Türen ab. Dahinter mussten Wohnungen kleiner als Hühnerkäfige existieren.

»In ihrer Bude muss es noch schlimmer aussehen. Die hat einen Zweimetermann, der ihren gesammelten Plunder einatmet, wenn er nur mal Luft holt.«

Sie steckte den Schlüssel ins Schloß. Drehte ihn aber nicht. Blieb so, die Hand am Schlüssel. Das war viel mehr als ein kurzes Zögern. Wir sahen uns an. Und erst, als ich schon kehrt machte, sperrte sie auf.

Ich stand auf einem blauen Teppich. Suchte nach ihrem Ingenieur. Ging einige wacklige Schritte. Dann lag ich in einem Bett unter einer Schrägen. Ich schlief. Wachte auf. Sah, wie sie mich beobachtete. Sie beugte sich vor. Ich schlief ein. Träumte Zeugs, das ich nicht verstand. Über mir an der Wand eine Lichtergirlande. Schummrig. Gerade recht, um wieder einzudämmern.

»Schlaf weiter.« Warf ihre Mähne zur Seite.

Ich besabberte mir den Handrücken. Wischte ihn am Bettzeug ab. Auch meinen Mund. Mit schräg gelegtem Kopf sah sie mir zu. Ich sah deutlich ungerahmte Fotos, die im Regal leicht gebogen an Buchrücken lehnten, erkannte die Leute, erkannte sie nicht. Wollte die Uhrzeit wissen. Hörte Stöckelschuhe vor dem Haus.

Sie hockte in einem schwarzen Leinensofa und hielt sich mit den Händen die Füße warm.

»Warst du auf Marcs Fete? Hattest du dich versteckt?«

»Schlaf!« sagte sie.

»Du würdest gerne alles rückgängig machen stimmt's?« Meine Knochen knirschten, wenn ich mich drehte.

»Wir haben es wenigstens versucht«, sagte ich. Dass ich endlich meine Frau verlassen hatte, so schien es mir in diesem Augenblick, dass ich lag, wo ich lag, wog alles andere auf.

Neben dem Bett auf dem Boden ein großes Foto einer mir sehr bekannten Frau. Ich kam nicht auf den Namen.

Dann staunte ich über etwas wie Regengeprassel oder Fett in der Pfanne. Es war nach Mittag, es war schön, aufzustehen und es gab Nescafé und Knäcke mit Quark. Aber nichts Gebratenes. Und regnen tat es auch nicht.

»Lass uns wegfahren«, sagte Insa, wirbelte mit einer handlichen Sporttasche herum, noch bevor ich mich in der kleinen Wohnung richtig umgesehen hatte. Bloß, dass sie weder Auto noch Führerschein besaß.

Noch bevor ich mein Ja-aber-Gesicht aufsetzen konnte, aber die Schwierigkeiten aber das Unheil, sagte sie: »Quengel nicht rum!«

Sie trieb mich an. Kontrollierte meinen Verband. Nichts war bisher durchgesickert. Sie spannte ihn nach. Mir blieb noch Zeit, mir die Haare zu bürsten. Letzte schräge Blicke auf die Fotos von Insas Vater, Mutter, Großmütter. Alle hatten noch eine Rechnung mit mir offen. Ich durchsuchte meine Hosentaschen. Fand Unnötiges. Aber keinen Autoschlüssel.

Die Saison hatte für die Schalker gut begonnen. Gegen Stuttgart auf eigenem Platz, das Heimspiel hatten sie schon vor dem Anpfiff gewonnen. Niemand in der Stadt musste leiden. Außer mir jammerte in der Straßenbahn kein Mensch. Natürlich sagte ich kein Wort, ließ mir aber wahrscheinlich alles ansehen. Dicht aneinander gedrängt machte jeder auf Schau, kloppte Sprüche. Wildes Durcheinander. Nur mir ging es nicht gut, weil ich alle möglichen Bilder und möglicherweise vor mir liegende Dialoge im Kopf hatte. Ich würde anschellen, meine Frau würde die Haustür aufdrücken, mich dann aber vor der geschlossenen Wohnungstür verhungern lassen. Mit mir durch die Tür diskutieren, wer eigentlich die ganzen Jahre die Steuern fürs Auto gezahlt hätte, sie oder ich. Laute Szenen einer Ehe. Nicht, dass sie für unsere Nachbarn neu sein würden. Trotzdem beschämend. Sie würde mich durchs kleine Guckloch beäugen, wie ich von ihrer Güte abhinge, nur weil ich den verdammten Ersatzschlüssel nicht eingesteckt hatte.

In der Bahn brachte jeder jeden zum Lachen, nur ich stand wie ein Aussätziger dazwischen. Wühlte wieder in meinen Hosentaschen wie in einem unübersichtlichen Höhlengewirr.

Wir stiegen am Kennedyplatz aus, gingen rüber zum Hauptmarkt, wo mein Wagen parkte. Ich schlich um den Wagen herum. Glaubte immer noch, ich könnte den Schlüssel in meinen Hosentaschen finden. Schaute zu den Fenstern unserer Wohnung hoch.

»Jeder kann Autos knacken, nur ich nicht.«

Wir hatten Frösche auf dem Kopf. Die Leute starrten uns an, das war keine Einbildung. Wir versuchten, zu grüßen. Aber sie wollten uns abstechen. Insa ließ mich stehen und verschwand zwischen den Marktständen.

»Proviant!« rief sie noch.

Ich trat mir in den Hintern, ging über den Markt zum Haus und schellte an. Musste warten. Wieder brannten alle möglichen Bilder in meinem Hirn. Dann summte es. Ich tat was für meine Haltung. Locker die Stufen hoch. Zweiundvierzig Stück. Ein Anstreicher im verschmierten Blaumann stand in der offenen Wohnungstür. Ich hatte ihn nie zuvor gesehen.

»Ihre Sachen liegen im Wohnzimmer«, sagte er und stiefelte über ausgelegte Zeitungen zurück ins Schlafzimmer.

Ich fand einen Autoschlüssel in der Obstschale und nahm ihn an mich. Ich hob einige meiner Sachen an, drehte sie um. Nahm nicht viel. Nahm mir ein Jackett. Dann ging ich zum Anstreicher und sah mir das Schlafzimmer an.

Röschen und Bordüren und rosa Streifen hingen schon an den Wänden. Das Zimmer eines englischen Fräuleins. Gerade malte der Tapezierer eine hellblaue, wolkig getupfte Decke. Fehlten noch Posaune blasende Putten. Oder Ballettröckchen.

»Ich soll Ihnen noch sagen, dass Sie nicht gegangen sind, sondern dass Ihre Frau Sie rausgeschmissen hat«, sagte der Tapezierer von seiner Leiter herab.

Ich fragte ihn nach einem Tipp fürs Schalke-Spiel.

»Da gehts doch nur noch um Geld«, sagte er. »Ich guck mir lieber einen guten Film mit Tieren an.«

Insa kam und setzte sich ganz leise zu mir in den Wagen. Sie hatte Bananen und Wasserflaschen gekauft. Der jetzige Lauf der Dinge gefiel mir.

»Dass du im Reisebüro sofort frei gekriegt hast«, sagte ich.

Insa ging nicht darauf ein.

»Die Wohnung unterm Dach war bisher mein Rückzugsgebiet«, sagte sie. »Mein Heiligtum. Da hab ich nicht mal meine besten Freundinnen rein gelassen. Niemanden.«

»Wer ist die Frau auf dem Foto neben deinem Bett?« frag ich.

»Liz Taylor.«

Nur mein Auto riss mich aus meiner Behaglichkeit. Nach über zwanzig Jahren Arbeit besaß ich immer noch ein Auto ohne Beinfreiheit und quasi ohne Lack. Ich klinkte den Aschenbecher aus. Dann schaufelte ich die leeren Zigarettenpackungen, Papiere von Schokoriegeln und die abgelaufenen Parkscheine aus den Ablagen unter den Türgriffen. Ich ging zum Marktcontainer und dachte noch, dass es gut wäre, in Geld zu schwimmen.

»Wohin?«

Neben Insa war ich ganz klassisch der grauhaarige Mann im karierten Testbildsakko, der wegen einer jungen Blondine seine Familie verlassen hatte.

»Fahr los, du Kinderschänder«, sagte sie.

»Du bist Vierunddreißig!« antwortete ich.

Und sie: »Jetzt ja.«

Der Wagen schepperte. Aber ich wollte nicht alles zu Ende denken. Drei Wochen lang hatte ich mir eingebildet, der Ersatzkanister und die Gießkanne im Kofferraum würden den Krach veranstalten, und ich hatte einfach das Radio lauter gedreht. Bisher hatte der Betrug einigermaßen funktioniert.

Das Scheppern des Auspuffs. Ansonsten war es eine ruhige Fahrt. Meine erste ohne Kartenmaterial, ohne ADAC-Absprachen, ohne Gepäck. Von der A2 auf die A3 Richtung Arnheim abzubiegen, ohne Mittel gegen Verdauungsstörung und Reisefieber im Handschuhfach, wäre zwei Tage zuvor noch erwähnenswert gewesen. Einmal fuhr ich ab zum Tanken. Wir rauchten. Ich hatte den Rückspiegel so eingestellt, dass ich immer in ihr Gesicht sah.

Die Bühne war großartig, gerade wegen der öden Ortsnamen wie Hamminkeln. Nichts als Wiesen und zerzauste Bäume: Viel Platz für uns Hauptdarsteller. Scheunen in gedämpften Tönen. Mal ein Rebhuhnflügel. Kupferfarbene Fasane. Kühe. Sehr langsame Kühe. Und Insa war kein Hirngespinst. Sie hatte ihre Schuhe ausgezogen und die Füße aufs Armaturenbrett gelegt. Träume wurden also wahr. Ich überprüfte, ob wirklich alle meine Träume wahr werden sollten.

Immer, wenn ich was sagen wollte, sagte ich nichts. Ich dachte, es käme zu gestelzt heraus wie aus einem schlechten Schauspieler. Stattdessen streichelte ich ihren Oberschenkel. Wir berührten uns ständig. Es gibt die unterschiedlichsten Arten, an einem Nachmittag unter herbstlicher Sonne zu grinsen. Wir sahen schräggewehte Pappeln.

Und statt weiter die Klappe zu halten: »Lebst du noch mit diesem Ingenieur zusammen?«

»Im Moment doch wohl nicht«, sagte Insa, machte Faxen, kratzte sich am Zahnfleisch: »Bananenfitzel.«

Nicht die Spur gedämpft schienen die Farben, die aus dem Radio kamen. Die Moderatorin stachelte kleine Mädchen an. Wenn sie nicht so feige wären, nur in Drogeriemärkten zu klauen, welche lipsticks würden sie aus feudalen Läden mitgehen lassen? Wiehernde halbwüchsige *bad girls* stachen sich gegenseitig aus mit *High Gloss 12* und *Jet-Set Shine, Bold Rasberry 13,* was ich schneller als Vokabeln lernte. Ich sah Insa mit *Copper Flame,* mit *Blackred Star.* Innerhalb weniger Stunden war ich aus der Trübsal karierter Blusen und tomatenfarbener Westen herausgeschossen worden in die …

Zwei schrille Töne. Ich tat so, als hätte ich sie überhört. Behielt eine Hand am Lenkrad. Drehte mit einem Finger der anderen Kreise in ihren weichen blonden Härchen am Unterschenkel. Nahm meine Hand zurück. Ließ sie sacken. Befühlte unauffällig unter meiner Jacke den Hosengürtel, erst rechts, dann wie beiläufig links. Da hing es nicht. Mein Handy war Gott sei Dank weg. Lag beim Mexikaner oder in Insas Bett oder einer aus der Straßenbahn hatte jetzt ein Handy mehr.

Entweder hatte Insa eines mit gleichem Ton. Aber sie rührte sich nicht. Oder die Töne kamen aus dem Radio. Ich wischte mir die feuchten Hände an meiner Hose ab. Warum sollte bei den aufgekratzten Lolitas, während sie interviewt werden, keine SMS einlaufen? In jede Musik ist heute was eingebaut, was sich wie ein Handy anhört.

»Hey, Mr. Lebemann, was ist los?«

Diagnoseergebnisse per SMS wären doch zu abgebrüht. Ich versuchte durchzuatmen. Der Arzt meiner Kindheit, der mir ulkige Worte wie Ziegenpeter, Worte zum Grübeln schenkte, war das beste Beispiel dafür, dass die Welt der Tragen und Bahren nicht nur von gnadenlosen Psychopathen bevölkert war.

»War was wie ein dö tse fau.«

»Du meinst *déjà vue*«, korrigierte sie.

Kein Handy, keine Diagnose. Blieb meine Überraschung über das *déjà vue* meiner heimlichen Handbewegungen. Die hatte ich schon bei meiner Hochzeit gemacht. Dass mir von meiner Trauung überhaupt noch etwas dämmert, ist ein Wunder. In meiner rechten Jackentasche steckte damals ein Päckchen mit Beruhigungspillen. Davon aß ich, als seien es Veilchenpastillen, schon vor dem Frühstück, auf dem Weg zur Kirche, auf dem Weg durch die Kirche und während der Zeremonie. Immer mit einer Handbewegung, die verschleiern sollte, was ich tat.

Auf einmal zog Insa mein Handy aus ihrer Sporttasche. Las die SMS.

»Dein Handy war ausgeschaltet«, sagte sie. Löschte die SMS. »Aber du hast ja all deine Geheimnummern wie eine Oma im Portemonnaie.« Behielt das Handy in der Hand. Sagte nichts weiter. Ich drückte meine Fingerspitzen gegen die Schläfen, was wie eine spielerische Geste aussehen sollte. Aber mir war das ganze Blut ins Hirn geschossen und die Fahrbahn verschwamm mir vor den Augen.

»Der holländische Anbieter heißt uns willkommen«, sagte sie. »Hast du ein Ladegerät dabei?«

Ich wollte das Handy an mich nehmen. Aber sie stopfte es zurück in ihre Tasche.

»Alles in Ordnung?«

Ich nickte.

»Schwör!«

Wir stellten den Wagen zwischen sandüberzogene Autos auf einen Parkstreifen am Strand. Matahari lebte in Zandvoort und betrieb hier einen Grill. Wir aßen Pommes mit Erdnusssauce.

Während ich dabei war, mir horrende Hotelrechnungen vorzustellen, mir vorzustellen, wie kompliziert es war, überhaupt ein Zimmer zu mieten, zog mich Insa hinter sich her. Die erste Pension, an der sie schellte, nahm uns auf. Linda, eine schmale Person in Armani, lief barfuss voraus und zeigte uns ein Zimmer unterm Dach.

Im Zimmer saß ich nackt auf dem Bett.

»Maunz!« machte sie.

Touristen gingen unter dem offenen Fenster vorbei, laut und angetrunken und abenteuerlustig und zuversichtlich, dass in dieser Nacht mehr passieren würde, als in den Nächten zuvor.

»Gib mir nicht zuviel Macht!« Sie kippte mich aufs Bett und begann mich zu reiten.

»Du gibst mir zuviel Macht!« sagte sie.

Die Pensionswände waren dünn. Die Gäste schienen durch unser Zimmer zu marschieren. Durchs Fenster sah ich beleuchtete Hochhäuser.

»Sie beobachten uns«, sagte Insa. »Macht es dich scharf?«

»Wir machen eine gute Figur«, sagte ich.

Dann stieg sie ohne Vorwarnung von mir ab.

»Finger weg!« warnte sie. »Nichts anfassen!«

Sie zündete sich eine Zigarette an und sah aufmerksam zu, wie ich mich nach Atem schnappend an ihre Weisung hielt.

Das kleine Zimmer in diesem schmalen Haus. Holländische Häuser erinnerten sie an Schiffe. Man ginge von Deck zu Deck.

»Die Treppen sind steil und nie ganz Wendel, weil die Häuser zu eng sind.«

Insas Busch war in Form geschnitten. Ein kleiner Ziergarten.

»Sprich mit mir«, sagte sie. »Erzähl mir, wie es dir geht.«

8 Die kurzen Hosen hoch über den Bauch gezogen, mit frischen weißen Socken, das Haar noch feucht, tapste ein Mann mit seiner Frau und deren schneidender Stimme an uns vorbei in den Herbstmorgen von Zandvoort. Der größte Teil der Flanierenden waren alleinstehende ältere Damen in Tiger, schlank mit goldenen Fingern, ihre Busen durch Spitze hindurch gut sichtbar.

»Ich will mit keinem Mann zusammenziehen«, sagte Insa plötzlich. »Nicht mehr.«

Am Casino rannte ich gegen einen gelben Ferrari, ein niedriges Ding.

»Beruhig dich mal«, sagte Insa. »Deine Schnappatmung macht mir Angst.«

Ich sah, wie sich Insa morgens erst an mich gewöhnen musste. Wir kletterten runter zum Strand und hockten uns auf zwei Liegen. Junge Mütter hielten sich die Hintern ihrer Kinder unter die Nase. Wind und Meer und *Samson*-Löwenköpfe auf den Fahnen. Alte Männer trugen ihre Sonnengläser hochgeklappt, tunkten gezuckerte Kekse in ihren Kaffee, studierten Börsenkurse, leckten ihre Kugelschreiber und lösten Kreuzworträtsel. Eine halbnackte Frau in hohen Hacken baute eine liegende nackte Frau aus Sand.

Wir hatten kaum geschlafen.

»Wenn ich einschlafen sollte«, gähnte Insa, »bewach mich.« Und sang ein paar Worte erfundenes Holländisch: »Sanderen. Sonneren. Es ist gar nicht so schwer.« Wir sahen so glücklich aus, dass einige Leute zahlten, aufstanden und gingen. Ein einzelner Mann starrte uns an. Er besaß den Gesichtsausdruck einer Holzpuppe. Der Pächter des Cafés spielte unaufdringliche Layback-CDs. Lay back in the arms of someone.

Den ganzen Tag über lagen wir am Strand und ließen uns bedienen. Es war immer noch warm. So warm, dass ich mich mit offenen Augen weit weg denken konnte: Auf einem großen Highway in einer leeren, völlig flachen Landschaft, westwärts fahrend. Wo eine deutsche Handynummer unauffindbar blieb.

Ich trank Unmengen süßen Kaffees. Insa lag in der Sonne. Sie bewegte sich nur, um zu rauchen. Während ich ellenlange und überflüssige Telefonate führte, um das Handy zu blockieren.

Sie habe sich in meine Stimme verliebt, damals in der Schule, sagte sie. Einen anderen Grund fand auch ich nicht. Ich sei in den Klassenraum gekommen, habe meinen Namen genannt, da habe sie gedacht: Der muss es sein!

Ein Aushilfslehrer mit rotem Bart so hart wie altes Schamhaar.

Pitschnasse Hunde sprangen aus den Wellen und wälzten sich im Sand. Kinder versuchten, barfuss durch breite Muschelfelder zu trippeln.

»Ich kann ohne dich nicht leben«, sagte ich.

»Doch«, sagte Insa. »Du musst nur regelmäßig durchatmen.«

Der Kellner war noch kein Profi. Er dachte zu oft an die Tasse, die er servierte, und der Kaffee schwappte über. Auf einer Illustrierten war noch Jahre nach ihrem Tod Lady Di abgebildet, und ich sagte: »Warum bist du nicht auf einem Titelbild?«

»Weil ich keinen Prinzen und Millionär gevögelt habe«, sagte sie. »Ich vögel einen grauen Frosch.«

Wir blieben bis zum Abend. Die Frau und ihr Freund neben uns kämpften in einer ganz anderen Gewichtsklasse. Sie hatte goldenen Nagellack aufgetragen. Er gab den Gourmet, die beiden soffen sich durch die verschiedensten Schnäpse, dabei war der Fette so leutselig zum Kellner, dass der die Faxen dick hatte.

Ich kam kaum hoch aus der Liege. Statt Geld hatte ich von meinem Vater sein steifes Kreuz geerbt. Und das Ziehen in der Seite. Vor der sinkenden Sonne trabten Reiter als Scherenschnitte.

»Sie werden was finden«, sagte Insa plötzlich und hatte Bierdeckel vor sich aufgefächert. »Aber es wird so klein sein, dass es nicht gestreut hat und keine Gefahr besteht.«

Das nahm ich sofort für bare Münze. Da sie auf mich den Eindruck machte, als würde sie immerzu genau wissen, was sie tat und was sie sagte.

Ich wollte nur Zigaretten holen. Ich ging zwischen den Nackten hindurch, die hatten ihre Schuhe ordentlich neben die Liegen gestellt. Ein paar Leute duschten sich das Salzwasser ab.

Ich sterb noch vor Liebe.

Ich wollte Insa was schenken. Einen Ring, einen Kerzenständer, eine Sonnenbrille mit blauen Gläsern. In dem Laden legte ich alles wieder zurück, den Schal und das Kleid. Ich holte erst einmal billige Zigaretten, klopfte eine aus der Packung und qualmte drauflos.

Ich sah afrikanische Lampen. Sie hatten Sockel aus vier kleiner werdenden grauen steinernen Scheiben. Darauf stand der zwei Meter hohe trichterförmige Schirm und gab tonfarbenes Licht wie festgestampfter Lehm, wie unwegsames trockenes Gelände. Ich reibe nicht an Lampen, damit mir Wünsche erfüllt werden, die aber fasste ich gerne an. Sie waren mit Sand beschichtet. Ich glaube nicht an Magie. Allerdings fühlte ich Täler und Gebirge, Mulden, Rillen und Rinnen, sah in ihrem Licht, wie kleine Brocken die verbrannte Felskante hinunter rollten in alten Reisefilmen. Sie waren schon gedacht zum Vertreiben böser Geister.

Ich versuchte, mit dem Ladenbesitzer zu handeln, was mir misslang. Da verschwieg ich mir selber den Preis. Ich schulterte eine Lampe. Mit dem Ding ging ich zurück zum Strand. Die Lampe war schwer, mir wurde heiß, und Blödsein ist ziemlich schön.

Ich stieg die Treppe zum Strand hinab, schlurfte durch Sand, zog die Lampe hinter mir her, stellte die Lampe neben Insa.

»Maunz«, machte Insa und blinzelte sich den Sand aus den Augen.

Insa hatte schon mehrere Male gesagt, wir (wir!) hätten keinen Berg von Schulden, ein Schuldenberg sähe ganz anders aus. Auch dafür liebe ich sie. Insa ist jung und sieht aus, als würden ich und hinter mir reihenweise Bedienstete, als wäre es nur natürlich, dass wir ihr geduldig Pakete und Päckchen nachschleppen.

Wir rauchten. Über dem Strand ein Flugzeug mit Reklameschwanz. Flog für einen Coffeeshop.

»Die passt nie in den Wagen«, sagte Insa.

Dann auf einmal weinte sie: »Ich will nicht, dass du stirbst!«

Bei der Liebe kamen meine Füße durch irgendwelche Umstände auf dem Nachttisch zu liegen, und in dieser Stellung sah ich aufs Meer. Insa möchte mit mir alle Inseln dieser Welt besuchen.

Der Anruf erwischte mich, als wir mit Linda in deren Küche standen, Insa sich von ihr ein Ladegerät lieh, und die schöne Holländerin von ihrer Zeit bei *Sotheby's* erzählte.

Ich hatte schon alle angerufen, die ich kannte. Als Letztes fiel mir meine Mutter ein. Ich hatte gewählt, und erst dann bat ich Linda und Insa, die Musik leiser zu stellen.

»Meine Mutter«, sagte ich und machte mit der freien Hand einen klaren Schnitt vor meinem Hals. Merkte erst dann, dass nicht alle Welt meine Mutter kannte und dass meine Geste aussehen musste, als wollte ich meiner Mutter die Kehle durchtrennen oder Linda und Insa mit Mord drohen.

»Ich bins«, sagte ich. Und in die entstehende Pause hackte meine Mutter sofort mit dem, was sie sich zwischen Tempotüchern, Fernseher, den alten Fotos und ihrem Sauerstoffgerät überlegt hatte: »Heirate nicht wieder. Nimm dir ein paar Freundinnen. Du hast immer Freundinnen gehabt. Früher in der Schule eine Uschi, eine Moni. Alles mit i hast du in die Büsche gezerrt. Und Toni und Brigitte. Genieß es, dass sie wollen. Und dann diese verheiratete Kellnerin, die war doch schon Großmutter. Wie hieß die noch mal?«

Ich drückte sie weg. Und als es anfing, zu vibrieren, nahm ich an und brüllte den Namen dieser Großmutter ins Handy.

Es war die vollkommen verschüchterte Frau des Hygieneinstituts. Melanom. Schwarzer Hautkrebs. 0,75 Millimeter.

»Es hängt viel von der Größe ab«, sagte sie. An der könne man in etwa ablesen, ob das Melanom Metastasen gebildet hätte. Und wurde dann noch unsicherer, als ich ruhig nachfragte, was diese 0,75 Millimeter dann zu bedeuten hatten.

»Ich weiß es nicht«, sagte sie.

Linda hatte Tee gekocht. Ich wollte noch nicht aufs Zimmer, sah zu, wie die Sahne sich in meinem Tee wölkte.

»Ich wette, du überlebst es«, sagte Linda. Was bei ihr keine Redensart war. Sie bot mir tatsächlich eine Weddenschap an. Ihre Vorfahren, holländische Soldaten, hatten schon während der Befreiungskriege auf den einen oder anderen Ausgang von Schlachten gesetzt, die noch in vollem Gange waren.

Am Ladegerät hängend sprach ich mit Marc, der mich beruhigen wollte.

»0,75 ist okay. Und ich hab ja was Ordentliches rausgeschnitten.«

»Metastasen?«

»Kümmer dich nicht weiter drum. Habt Spaß und fertig. Mal im Ernst: Ich persönlich wollte es nicht wissen, wenn bei mir schon irgendwas hinterm Auge stecken würde.«

9 Ich war Schlaftabletten nicht gewohnt. Hörte Insa leise gehen und vorsichtig im Zimmer herumhantieren. Ein herrliches Vergnügen: wach genug, um zu merken, dass ich noch nicht völlig wach war. Selbst als ich erkannte, womit sie hantierte, blieb ich vergnügt und rätselte darüber, wo wir wohl waren.

»Gib mir deinen Arm«, sagte sie. Hatte ein großes Pflaster besorgt. Woher kannte sie Marcs Anweisung? Meine Deckung brach mit einem Schlag zusammen.

Insa wickelte den Verband ab und warf ihn weg. Ich sah mir die Wunde an.

»Haifischbiss«, sagte Insa und verklebte den Biss.

»Sprich!« sagte sie.

Die warmen Mulden unserer Betten kosteten sechzig Euro pro Nacht. Eigentlich wollte ich mein Geld zählen, ließ es dann aber sein. Die letzten Tage wischten durch meinen Kopf. Ich hörte die Tage schnattern wie alte Tonbänder im Rücklauf.

Insa erledigte ihre täglichen Eintragungen in ihren goldenen Taschenkalender.

Wir frühstückten mit allen Schikanen. Sogar mit Blumen auf dem Tisch. Später einmal wolle sie ein Haus wie Lindas haben, schmal und hoch mit einer Menge kleiner Zimmer. Jedes Zimmer hätte dann seinen eigenen Charakter. Sie begann damit, kleine Zimmer einzurichten. Ich sah sie nicht an, aber ich hörte ihr zu, wie sie ihr Traumhaus entwarf. *Der Sprecher/Schreiber bezieht das Futur I auf Zukünftiges …*

Ich kaufte Rasierklingen, putzte die Sonnenbrille. Trug meinen Kopf durch die Straßen. Einer räumte vor der Planierraupe auf, warf die Reste des Baustahls beiseite. Die Bilder waren schneller als ich.

Insa tätschelte meinen Hals wie den eines Pferdes: »Ruhig, Brauner.«

Herz und Seele werden durch Hormone und Neurotransmitter beeinflusst, entziehen sich der Kontrolle, sind ein Trick der Evolution, Punkt.

»Was sollen wir erst machen«, sagt sie, »wenn einer von uns todkrank wird, wenn wir bei sowas schon durchdrehen?«

Auf dem Platz vor dem Casino rief ich noch einmal meine Mutter an. Sie meldete sich mit wackliger Stimme. Sofort danach hörte ich nichts mehr, kein Husten, Röcheln, sekundenlang war nichts da.

»Mutter!«

Dann erst ihr schweres Atmen. Dann wieder nichts, dass ich dachte, sie stirbt, während wir telefonieren.

»Ich habe den Satinschlafanzug an«, sagte sie und war nicht gestorben, »und unterm Hintern ein glattes Bettuch. Ich rutsch immer runter. Und wenn du zurück bist, besuchen wir Vater. Ich hab ein schlechtes Gewissen, dass ich so lange nicht bei ihm war. Ein schlechtes Gewissen hab ich bei ihm immer gehabt. Daran wird sich wohl auch nichts mehr ändern. Hast du schon das Ergebnis?« Rutsch, weg war sie.

Ich legte auf.

Wieder sah ich den Holzpuppen-Mann, wie er uns vom anderen Ende des Platzes nachblickte. Einer, der immerhin zwei Haltungen besaß, denn als ich zurückstarrte, zeigte er die eines geprügelten Hundes.

Wir blieben drei weitere Tage. Im Casino versuchten wir unser Glück und verloren nicht allzuviel. Meine EC-Karte machte immer noch mit, was mich überraschte. In etwa weiß ich über mein Konto Bescheid, doch nie Konkretes. Jeden Abend stießen wir irgendwo auf das dicke Paar vom Strand. Von draußen schaute es durch die Scheiben der Restaurants. Beim ersten Mal war es uns noch nicht aufgefallen. Aber wenn wir längst gegessen hatten, liefen sie immer noch Restaurants ab und starrten durch die Scheiben. Dann kamen wir dahinter. Sie kontrollierten, wie die Restaurantstühle gebaut waren. Auf Stühlen mit Armlehnen passten sie nicht drauf.

Im Bett lag mein Kopf auf Insas Brust oder an ihren Rücken geschmiegt. Sie erzählte, wie sie sich als Kind mit Kreide Wohnungen auf den Asphalt gemalt hatte.

Da lief eine holländische Talkshow über Operationsopfer. Eine Frau war nach irgendeinem leichten Eingriff querschnittsgelähmt. Ein Mann wachte nach einer Kehlkopf-OP mit einer Kieksstimme auf. Betretenes Publikum. Ein Vollprofi als Moderator. Dass die Frau jetzt so weiter leben muss, ist echt zum Heulen. Und der Moderator widmet ihr volle zehn Minuten. Wendet sich dann an den Mann mit der Kehlkopf-OP. Und wie der nur seinen ersten Halbsatz gekiekst hat, kriegt der Moderator einen Lachkrampf. Prustet. Will es noch verbergen mit Hand vorm Mund, als hätte er sich verschluckt, als sei ihm schlecht. Aber Tränen laufen ihm aus den Augen, und es sind eindeutig Lachtränen. Ein Raunen geht durchs Publikum. Er entschuldigt sich bei dem Kiekser. Entschuldigt sich beim Publikum. Kann sich aber nur lachend entschuldigen. Das Publikum hat

'ne Totenstarre. Ist angewidert. Und der Moderator kann sich fast nicht auf seinem Stuhl halten. Hält sich den Bauch vor Lachen. Der Kiekser beschwert sich. Aber der Moderator grölt und trommelt sich auf die Schenkel und wischt sich die Lachtränen vom Gesicht. Das Publikum verlässt schon empört das Studio, da trommelt der Moderator immer noch über den Kieks-Mann, und kein Mensch kommt auf die Idee, die Kameras abzustellen oder den Moderator aus dem Studio zu ziehen.

Da gab es schräg gegenüber von Lindas Pension einen Laden mit altem Gerümpel, vornehmlich Krügen. Aber auch mit wuchtigen Möbeln und fast unkenntlichen Bildern, ersoffen in Firnis. Wir stiegen an Spiegeln vorbei ein paar Stufen hinab. Lange Tische in der bräunlichen Dunkelheit des Kellerladens, ein angenehmer Muff, polierte Tische von 1600, auf denen die flämischen Maler ihre Stilleben arrangiert hatten, Hasen, Rebhühner, Fische, achtfache Widerspieglung der Künstlerin in den getriebenen Bucklungen eines Bechers. Luxuriöse Schalen mit Obst, Kirschen und Weintrauben als Symbole und abstrakte Zeichen für Vögelei oder Fastenzeit. Ein paar Zusammenhänge aus Lindas *Sotheby*-Geschichten hatte ich anscheinend behalten.

Kling-kling machten andere Kunden, die Gläser hochhoben, sie drehten und wieder absetzten.

Da lag zwischen silbernen Dochtscheren eine alte Schieblehre. Ich stellte 0,75 Millimeter ein, um eine Vorstellung zu bekommen.

Ich fühlte mich kalt erwischt und beneidete Linda um ihre zockenden Vorfahren und ihre Geschichten. Ich selbst wusste zu wenig, um abtreten zu können, fand ich. Nur blasse Schimmer aus der Schulzeit von Sumerern und Etruskern, nur als Beispiel. Linda konnte anscheinend ihre Herkunft hunderte von Jahren zurückverfolgen. Hatte ein Standbein in der Welt, während ich nicht einmal die Geburts- und Sterbedaten meiner Großeltern kannte. Hatten meine 0,75 Millimeter gestreut, hatte ich nur versucht, eine kaputte Ehe auszuhalten und das Leben auf einer halben

Arschbacke abzusitzen, während Linda Wissen angehäuft hatte und in flämischen Tafelbildern las wie andere nicht mal in der Tageszeitung.

Auch Insa hatte alles Mögliche probiert, würde weiterhin probieren, ich nicht.

Es war lächerlich, aber auf einmal wollte ich nichts weniger, als alles über die Menschheit wissen, von den Jungpaläolithikern bis zu mir. Wohin passte Amenemhet I.? Was hatte es mit der Trichterbecherkultur auf sich?

Meine Sprache fand ich durch einen Aufkleber an einem Fiat wieder: *A Salty Dog*.

»*A Salty Dog*, das war *Procul Harum*, oder ?«

»Da musst du einen deiner Generation fragen«, sagte Insa.

»*A whiter shade of pale*!« sagte ich. »Und *A Salty Dog* hieß die LP. Du musst doch *A whiter shade of pale* kennen!«

»Das ist mein Lied«, sagte Insa. »Wenn du bei der Zeile *I'm feeling kind of seasick* entjungfert wirst und dich dabei genau so fühlst, kannst du versuchen, es zu vergessen so viel du willst, es geht nicht.«

»Ich hasse unsere Geschichte«, sagte Insa. »Wie heißen die katholischen Knochen?«

»Reliquien?«

»Genau daraus besteht unsere Geschichte. Was wir da taten und da, was wir sagten, was irgendein anderer dazu sagte. Wo wir vögelten unter einer Weide oder im Stadtpark. Alles ist heilig. Die Orte. Zum Kränze niederlegen. Mein Herz ist klein, voll gestellt mit alten Knochen.«

Und dann, als hätte sie das alles nie gesagt: »Heiratest du mich?« Und lachte gleichzeitig über sich selbst. Kurzes Prusten. »Entschuldige, Schatz. Das war gemein. War es schlimm?«

Reliquie: Eines Nachts hatte ich zu Hause knapp vor Mord die Türen geknallt. Es war Winter. Ich stapfte an den Hoteltürmen vorbei. Fand mich im Stadtgarten an der Konzertmuschel wieder.

»Komm rauf!« sagte ein Pelztier.

Fast schon daran gewöhnt, sie mir herbei wünschen zu können, kletterte ich zu der Vermummten auf die kleine Bühne. Dort, wo an Sommersonntagen Männerchöre sangen, wunderte sie sich im Dunklen und blieb doch sachlich, als sei das ihr Beitrag zu *Jugend forscht:* »Ich wusste gar nicht, dass er bei den Temperaturen steht.«

Als ich den Wagen auf einen näher zu Lindas Haus liegenden Parkplatz fuhr, fiel die Auspuffanlage ab.

»Den Wagen reparieren lassen und Lindas Zimmer bezahlen, das geht nicht«, sagte ich.

Das Schiebetor der Werkstatt war verschlossen. Ich klopfte, weil ich durchs Fenster sah, dass im Raum hinter dem Büro ein Fernseher lief. Ein älterer Mann kam durchs Büro und fragte, was los sei. Ich erklärte es ihm. Er schob das Tor auf und zog sich einen Kittel über den Trainingsanzug. Ich fuhr den Wagen auf die Hebebühne. Er bockte ihn hoch. Der Mann kramte in einem Berg alter Auspufftöpfe, zeigte mir einen. Ich nickte, und er begann zu schweißen.

»Ich wollte dich damals umbringen«, sagte Insa.

»Deine Frau lag auf dem Boden …«

»Die wirft sich oft hin«, sagte ich. »Auf englischen Kanalfähren, auf spanischen Plätzen …«

»Aber du hast sie ja sofort getätschelt. Und ich war in Sekunden abgeschoben. Ich bin aus eurer Wohnung gerannt, die Wilhelminenstraße runter, hab mich auf die Bank an der Ampel fallen lassen und vor Wut nur noch gezittert. Das muss geklappert haben, so dünn war ich damals.«

Dann fuhren wir noch nach Amsterdam. Grachten und ein paar Brücken, eine Nacht mit lachsfarbenen Nutten in erleuchteten Fenstern täte uns gut, dachten wir.

Während der Fahrt immer wieder eine von Insas Kassetten mit Wiener Walzern. Strauß Vater, Strauß Sohn. Ich legte meine Hand auf ihr Knie. Dachte an meine Schulden. Sah uns schon in einer Wohnung, die das Gesundheitsamt für unbewohnbar erklärt hat, als Karton fressende knochige Ziegen.

»Was ist mit dir los?«

Und weil ich nicht antwortete: »Du denkst dummes Zeug. Dafür einen Quäl!« Sie packte meinen rechten Unterarm und versuchte es mit Tausend-Nadelstichen.

»Zwei spür ich.«

»Dafür einen Sonderquäl!« Sie drehte ein paar ihrer Haarspitzen zusammen, überlegte wohl, ob sie es wirklich tun sollte, und stichelte damit in meinem Nasenloch herum. Der Juck ging mir bis ins Hirn und ich verriss fast das Steuer.

»Na, geht doch!« sagte sie triumphierend und gab erst mal Frieden. Und nach einer Weile: »Ich fahre mit allen meinen Männern nach Amsterdam.«

10 Du wachst mit dem Gedanken an die Krankheit auf. Nichts am Tag kann dich wirklich ablenken. Abends kippst du mit dem Gedanken ins Bett. Eindeutig eine Geschichte länger als Zweiminutendreißig. Und dir fällt ein, wie oft du Jahre zuvor schon von dieser oder ähnlichen Hiobsbotschaften geträumt hast …

Kaputt, difunto, dead, verreckt
Mort, muerto, leblos hingestreckt
Extrablatt! Extrablatt!
Ins Gras gebissen!

… aufgewacht bist und dich irre gefreut hast, dass alles nur ein Albtraum gewesen war.

Zurück in Gelsenkirchen. Mitten in der Nacht wurde ich wach. Lag unter der Dachschräge. Spürte, wie ich grinste. Wollte sie wecken, wollte Insa sofort von meinem Traum erzählen. Hielt mich dann doch zurück, ließ sie schlafen.

Meine drei Großmütter waren mir erschienen. Zwei, die leiblichen, mir zugewandt, die Pflegemutter meiner Mutter mit dem Rücken zu mir. Und zwar alle drei kernig und die zwei, die mich ansahen, rosig frisch wie womöglich zu einer Zeit, da ich sie noch gar nicht gekannt hatte. Die Mutter meines Vaters hatte mir vor wenigen Sekunden im Traum gesagt: Du bist reich!

Ich wollte Insa wenigstens berühren. Tastete nach ihr. Sie lag nicht im Bett. Lag nicht auf dem Sofa. Wäre sie im Bad, ich hätte ihren Atem hören müssen. Das Apartment war zu winzig, um darin unbemerkt zu bleiben.

Ihr Ex war kein Ex mehr. Ich war der Ex. Ende der Geschichte.

Die meiste Zeit hatte sie bei ihrem Ingenieur gewohnt. Wo, das wusste ich inzwischen. Hauptzahnbürste bei ihm, Zweitzahnbürste hier. Ich hatte bloß Hautkrebs und keinen Muskelschwund und große Lust, jemandem die Fresse zu polieren. Ich spekulierte auf ein fürchterliches Hickhack, von mir aus mit Prügelei. Ich zog mich an, legte mir für jede Körpergröße von Zwerg bis etwa Einssechsundachtzig eine Schlagkombination zurecht, denn ich hatte den Kerl noch nie gesehen. Wäre ihr Ex, ihr Nicht-Ex größer als Einssechsundachtzig, würde ich nicht sofort unfair, täte auf harmlos, würde mir in seiner Wohnung einen geeigneten Gegenstand suchen und ihm die Kniescheibe zertrümmern. Meine drei Großmütter und ich waren in Bestform. Ich war mir sicher, dass er mich in seine Wohnung lassen würde und wünschte mir ein sportlicheres Jackett. Vorsichtshalber schluckte ich meine letzten beiden Schmerztabletten schon jetzt.

Seine Wohnung war hell erleuchtet. Ich lag richtig. Ich sah einen Schatten an den Wänden entlang und über die Decke huschen. Im Schattenspiel die Ausgangslage zu analysieren, bevor ich anschellte, würde mir Pluspunkte bringen. Am Dom ohne Turmspitze stellte ich mich auf die niedrige Umrandung eines Brunnens, als könnten mir die paar Zentimeter eine bessere Einsicht in den zweiten Stock gewähren.

Lange Zeit blieb es bei dem einen Schatten, und ich fror mir den Arsch ab. Blätter fegten über den leeren Kirchplatz. Dann endlich der zweite Schatten. Nicht gerade ein Liebesspiel, was die beiden aufführten. Aber garantiert kein Drama. Da suchte nicht der eine Schatten seine Sachen zusammen, um endgültig zu gehen, da musste der andere Schatten nicht händeringend Überredungskünste aus dem Hut zaubern. Die beiden waren sich vertraut.

Was ich dagegen besaß, waren eine hundsmiserable Vorgeschichte mit einer Fünfzehnjährigen, über die Jahre ein paar dämlich zurückhaltende Telefonate und einen allerdings erstklassigen Auftritt in ihrem Reisebüro. Ich hatte ihr wohlgeordnetes Heiligtum mit blauem Teppich betreten dürfen, wenn die Geschichte denn überhaupt stimmte, hatte dann noch ein paar gemeinsame Tage mit ihr am Strand.

Der eine Schatten ging aufs Fenster zu, wurde zu einem Mann. Der Mann öffnete das Fenster und rauchte. Es war der Holzpuppen-Mann, der geprügelte Hund aus Zandvoort.

Mein Handy ging. Ohne nachzudenken nahm ich den Anruf an.

»Wo steckst du?«

»Ich stehe unten und beobachte euch.«

Kleine Eiszeit. Dann: »Und, wie geht es dir dabei?«

»Muss«, sagte ich.

»Was hast du jetzt vor?«

Ich drückte den Anruf weg. Sofort kam der Bakelit-Telefonton wieder.

»Mach sowas mit deiner Mutter, nicht mit mir, okay? Wir müssen heute bis Elf in Hornheide sein. Dienstags und mittwochs Nachsorge Melanom. Bis Elf können wir eine Nummer ziehen. Und jetzt komm. Schell vier Mal, damit ich weiß, dass du es bist.«

11 Sie hatte abgewartet, bis ich eingeschlafen war. Dann war sie mit dem Taxi zu Marc gefahren. Der Masochist hatte die Taxikosten übernommen. Sie hatte ihn zusammengefaltet wegen des Tipps, den er mir gegeben hatte: Kümmer dich nicht weiter drum! Habt Spaß, habt Spaß! Und dann …?! Ich musste lachen, wie sie mir erzählte, sie habe ihm gedroht, noch so ein Tipp, und sie würde ihn windelweich prügeln. Insa plapperte drauflos. Vielleicht hatte sie was getrunken. Kein Wort über meine eifersüchtigen Blicke in fremde Wohnungen.

Er hatte sie nach Hause gefahren. Zusammen mit meiner grünen Kiste. Die durfte er noch mit hinauf schleppen. (Darin ganz unten, das hab ich noch vergessen zu erzählen, mein erstes geklautes Buch!) Vor der Wohnungstür hatte er umkehren müssen.

»Ich bin ein bisschen langsam im Kopf«, sagte ich.

»Ich bring da schon Geschwindigkeit rein.«

Um Zehn kamen wir an. Die Klinik besteht aus einer Reihe flacher Bauten. Ich zog eine Nummer. Patienten gingen in gläserne Kästen, um sich registrieren zu lassen. Wir wurden in einen langen Flur geschickt. Man saß sich jeweils zu Sechst wie in alten Zugabteilen gegenüber. Zur einen Seite die Türen zu den Ärzten, auf der anderen, der Seite, wo im Zug die Fenster wären, hingen an Stellwänden Fotografien westfälischer Schlösser.

Ich war nur Auge und Hirn. Der Körper war futsch. Hirn in seiner miesesten Funktion, getrimmt auf Wahnwitz. Ärzte, ihre Assistenten im Schlepp und Pflegepersonal hasteten hin und her. Mein Hirn nahm jede ihrer Gesten, jede ihrer Mienen auf und stellte unsinnige Verknüpfungen her: Marc hatte seinen Bericht an sie gefaxt, und alle Papiere in der Klinik, alle Register, alle schrecklichen Akten befassten sich einzig mit mir. Ich sah Insa von der Seite an. Und als sie mich ansah, fuhr mein Blick herum zur anderen Seite, als kämen von ihr Vorwürfe auf mich zu: Ohne mich säße sie nicht hier.

Ich tauchte zurück ins unverständliche, ununterscheidbare Schwatzen der Schwestern, die eine Geschwulst von Gründen hatten, mich nicht direkt anzusehen.

Sichtbar zerfressene Patienten oder Menschen mit unförmigen Auswüchsen am Kinn oder am Hals krochen an uns vorbei. Ich stand auf und versteckte mich zitternd auf dem Klo. War ich deren Schicksal entkommen oder kam das alles noch auf mich zu?

Ich ging zurück, setzte mich wieder. Versuchte, ins Schloss auf dem Foto zu fliehen: Haus Hülshoff, Herrenhaus von der Innenhofseite. Ich kannte all diese Schlösser und versuchte, mir das Gefühl zurückzurufen: Ich mit Fahrrad, Kumpels und Bier bei einem Schulausflug auf Schlössertour. Es war sinnlos.

Die Denkfehler summierten sich. Wir wurden aufgerufen.

Ich lag nackt auf der Liege. Mit einer beleuchteten Lupe wurde mein Körper Quadratzentimeter für Quadratzentimeter abgesucht. Die Lupe stoppte. Von der Ärztin kein Ton. Meine Haut hat jede Menge dunkler Flecke. Die Lupe fuhr zurück. Die Ärztin sah länger hindurch als gerade eben noch. Meine Dummheiten nahmen überhand: Ich sehe was, was du nicht siehst, und das ist …

Die Ärztin fuhr mit der Lupe weiter. Ganz langsam. Fleck für Fleck. Ich sollte mich drehen. Sie sah zwischen die Zehen, bog sie auseinander, hob mein Geschlecht an, fuhr mir mit den Fingern durchs Kopfhaar.

Nachher sagte Insa, ich sei die Ruhe selbst gewesen und hätte herumgescherzt.

Ein kleiner Professor betrat den Raum. Die Ärztin machte ihn auf einige Stellen meines Körpers aufmerksam, die er sich noch einmal ansah.

»Zu fünfundneunzig Prozent werden Sie keinen Hautkrebs mehr bekommen«, sagte der Professor.

Ich musste noch zur Blutabnahme und zum Röntgen. Danach bekam ich meinen orangefarbenen Nachsorgepass. In dem war endlich von den Jahren die Rede, die wieder vor mir lagen. Im ersten bis fünften Jahr sollte ich dies, im sechsten bis zehnten Jahr jenes kontrollieren lassen. Als wir draußen im Wagen saßen, begannen wir, laut los zu heulen. Und bestätigten uns gegenseitig, was wir gehört hatten.

Während der gesamten Rückfahrt, neugeboren auf der Autobahn, baute ich andauernd *wenn-dann*-Sätze: Wenn ich meine Frau nicht verlassen hätte, wenn ich nicht ins Reisebüro gekommen wäre, wenn du mich im Biergarten nicht hättest sitzen lassen …

»Warum hast du mich eigentlich dort sitzen …?«

… wenn nicht diese Chris, wenn nicht dieser Marc, wenn sich der Nachwuchs-Hemingway nicht in meinen Hemdsärmel gekrallt hätte, wenn du nicht gestern Nacht diesem Marc, dann …
Alles Chaotische, das passiert war, erschien als eine logische Kette zu meiner Rettung.

Die Angst vor dem Melanom war fast verflogen. Mehr als fünfundneunzig Prozent Sicherheit konnte kein Mediziner versprechen. Aber mir war so, als habe die verschwundene Angst in meinem Körper einen hohlen Betonklotz hinterlassen, der sofort mit etwas ähnlich Schrecklichem ausgefüllt werden musste.

»Was hatte der Kerl in Zandvoort zu suchen?! Jetzt sag nicht, du hättest ihn nicht gesehen?!«

Ihre großen graugrünen Augen zeigten: Falscher Zeitpunkt für diesen Mist und Plunder. Mehr sagten die Augen nicht. Und ich konnte ihr das mit dem hohlen Betonklotz wirklich nicht erklären.

Ich klemmte das Lenkrad zwischen meine Knie, nahm meine Brille ab und fing an, sie mit einem Taschentuch von meiner Heulattacke zu säubern. So lange, bis sie fragte, ob ich die Dioptrien rausreiben wollte.

Wir kauften für mich ein Paar Schuhe, dann ein Jackett, eine Hose, ein weißes Hemd, einen Hosengürtel, und irgendetwas in mir kam ins Gleichgewicht. Beim Gürtel machte meine EC-Karte nicht mehr mit, so dass wir den liegen ließen und von unserem letzten Geld einen schwarzen, schlichten und preiswerten bei Tchibo kauften.

»Es reicht nicht zu einem Fotoshooting, aber für den Anfang …«

Mein Testbildsakko warf Insa in einen Rot-Kreuz-Container.

»Warum bleibst du bei mir?« fragte ich.

»Weil ich reiche, gut aussehende Männer mit strahlender Zukunft satt habe.«

In ihrer kleinen Schachtelwohnung drapierte ich Hemd, Jackett, Hose, Gürtel auf einem Bügel und hängte den an eine Tür. Stellte die neuen Schuhe dazu. So sähe ich also ab jetzt aus, ich in nagelneu.

Während Insa sich die Fußnägel lackierte, schrieb ich den Traum mit meinen Großmüttern auf einen Zettel und legte ihn in meine Truhe. Solche Träume träum ich hier. Besser geht es nicht. In dem Moment rief jemand aus dem irren Fetenkreis von Marc und Chris an. Insa reichte den Hörer an mich weiter. Er habe meine Stimme in jener Nacht gehört. Ob ich Lust hätte, den Text zu einem seiner kurzen Werbefilme zu sprechen. Es würde gut bezahlt.

Ich zwinkerte meinen Großmüttern zu.

Ich war hundemüde. Am liebsten wäre ich auf der Stelle eingeschlafen. Aber natürlich kam immer wieder die Krankheit, als hätte ich mir wie im Märchen einen Pferdeschädel zum Kopfkissen gemacht, damit ich hart läge und bald wieder erwachte.

Am nächsten Morgen weckte mich mein Handy. Ein Assistent des kleinen Professors aus Hornheide rief an. Redete mit einiger Geschwindigkeit. Sie hätten meine Röntgenbilder ausgewertet. An der achten Rippe links sei eine Auffälligkeit entdeckt worden. Ich sollte sofort einen Radiologen in meiner Nähe aufsuchen, damit die Sache abgeklärt werden könnte.

»Hat Ihnen die linke Seite nie wehgetan?«

12 Ich umkrallte den Klotopf und würgte, während Insa eine radiologische Praxis anrief. Ich kotzte weißen Schleim und Insa bekam noch für denselben Mittag einen Termin.

Gegenüber von Karstadt stiegen wir ins Treppenlabyrinth zu den verschiedenen Arztpraxen. Als ich vor Jahren hier in der Radiologie meine Mutter ablieferte, stand mitten im Wartezimmer eine große Voliere mit herrlich bunten Zebrafinken. Entweder, dachte ich damals, sollten sie eine familiär gemütliche Zooatmosphäre zaubern. Oder es waren Prüfvögelchen. Kippte das erste vor seiner Zeit vom Ast, gab es hier eine undichte Stelle.

Die Voliere gab es nicht mehr.

»Nehmen Sie bitte noch Platz!«

Insa und ich sahen nicht mehr aneinander vorbei noch wie in Hornheide. Auch aus Not. Denn ich merkte, wie auch sie alle Bewegungen und Blicke im Raum wie ein Schwamm aufsog. Hektische Stimmung der Damen hinterm Tresen. Bleiche Gesichter der Patienten, bevor sie in die engen Umkleiden gerufen werden und halb nackt vor die kalte Platte treten oder CT- oder MRT-Aufnahmen machen lassen. Oder die, die reinkommen, bepackt mit vollen Einkaufstüten und »Schnell, schnell!«, mal eben das Ergebnis wissen wollen, als ging es ihnen hier nur um ein vergessenes Pfund Möhren, das sie aus Versehen hatten liegen lassen. Verheulte Augen oder breites Lächeln, wenn sie ihre Aufnahmen mit der Ärztin besprochen haben.

Hinlegen. Kontrastmittel einspritzen. Die Assistentin verließ den Raum. Beobachtete mich durch eine Glasscheibe. Ein Ring glitt von den Füßen bis über den Schädel um meinen Körper. Das Gleiten war die eine Sache. Was der Ring dabei lautstark von sich gab, war, als fräße er mich.

»Tief einatmen! Atem anhalten! Ausatmen!« sagte die über Lautsprecher verzerrte Stimme.

Ich hatte keine Zeitvorstellung.

Zurück ins Wartezimmer. Aufruf, ins Ärztezimmer zu kommen. Meine Bilder wurden mit kleinen verhexten Handgriffen unter die Klipps an der Leuchtwand geknallt.

»Auffälliger Befund zweite und achte Rippe links.«

Was das zu bedeuten habe.

Eine genervte Ärztin: »Auffälliger Befund zweite und achte Rippe links, das sagte ich doch.«

»Heißt das, dass sich das Melanom …?« Ich weiß nicht mehr, wer die Fragen stellte, Insa oder ich.

»Zwei aufgetriebene Rippen, die abgeklärt werden müssen!« Die knatschige Ärztin hatte ein paar Mal zu oft in fremder Leuts Körper gesehen.

Da standen wir mit einer Tüte voll Röntgenbildern wieder vor Karstadt und mussten auf den nächsten Dienstag, Hornheide, warten. Unsere Flitterwochen gingen weiter.

»Wie war das früher, wenn du in der Schule an einem Freitag 'ne Fünf zurück gekriegt hast?«

Wir machten Spaziergänge zum Berger See. Am Leipniz-Gymnasium hoch, meine Schule für vier Jahre, vorbei am Bergmannsheil Richtung Ehrenmal. Runter zum See, wo wir Schwäne zählten. Die Schalke-Arena lag vor uns wie ein gestrandetes silbernes UfO. Am See mit den farbigen Booten und dem einen Paar Nilgänsen entlang. An den stocksteifen Reihern entlang, die ihre Flügel spreizten, als wollten sie auf eine Münze geprägt werden, rüber zum Schloss. Durch den Kräutergarten. Die Adenauer Allee hoch. Immer der gleiche Weg. Bei jedem fallenden Herbstblatt, beim Schlurfen durch Blätterhaufen, also ständig (längst gestorbene Dichter schrieben: herbstumfangen), kippte meine Schulbildung über mich. Was habe ich als Schüler Todesposen ausprobiert!

Alles flieht und scheidet/daß wir unsern letzten Gang etc, als hätte ich dreizehn Jahre lang nur Herbstgedichte pauken müssen. Als hätte in dreizehn Jahren Schulzeit plus nachfolgendem Studium einzig der Herbst Modell gestanden für das Bild meiner Welt, und sargdeutsche Möbel in Nussbaum, jede Schranktür so modelliert, sogar die zum Barfach, als eine Vorbereitung auf die Gruft. (Einrichtung des Wohnzimmers meiner Eltern/Fotos von Familienfesten in der grünen Truhe/Texte von Schlagern, die bei Familienfesten gesungen wurden, angeheftet ans Foto, das meinen Vater zeigt, wie er in eine Schirmkrücke singt:

Er war der wumba tumba Schokoladeneisverkäufer,
wumba tumba Schokoladeneisverkäufer,
wumba tumba Schokoladeneisverkäufer …)

Insa schoss Steinchen oder Fichtenzapfen. Immer lässt sich noch ein Zapfen vom letzten Jahr finden. In meinem Hirn sprang einiges. Wenigstens Insa verlor den Faden nicht.

»Wie soll was gewesen sein mit 'ner Fünf?«

»Hast du sie sofort am Freitag vorgezeigt oder in der Tasche gelassen bis Montag?«

»Natürlich bis Montag. Ich war doch nicht bescheuert!«

»Und tatsächlich nicht von freitags bis montags in einer Tour daran gedacht?«

»Sollte ich mir selbst die Wochenenden versauen?«

»So was habe ich nie gekonnt«, sagte ich.

»Dann solltest du jetzt damit anfangen. Bis Dienstag ist noch lange hin.«

Und ich wieder zurück in lauter Herbst: *Hin ist die Zeit der Schwärmerei* … Nur Geschichten vom Schicksal, von Trauer und Tod. Glaub ja nicht, dass sie uns in der Schule gezeigt haben, wie man eine Postanweisung ausfüllt!«

»Viel Praktisches hast du uns damals auch nicht beigebracht.« Insa meinte, in den Gedichten, die ich ihnen vorgelesen hatte, lagen alle Leute nur rum in ihren Betten und warteten auf Post, die nicht kam. Starrten auf ihr verrotztes Tempotuch, das ging so jahrelang und fertig.

»Ich hab dir geglaubt. Hab mich dran gehalten. Aber nicht so lange wie du dich an deine Herbstgedichte. Das Rumliegen brachte nämlich nichts.«

»Was sollte ich euch in sechs Wochen Schwangerschaftsvertretung schon beibringen?«

»Wie man an Sex nicht nur am Wochenende denkt«, grinste sie, »das hast du mir beigebracht.«

Und wir stritten uns darüber, wer wem was beigebracht hatte und wer damals gieriger war.

Eine merkwürdige Zeit damals, in der in Hörspielen ein Stück rohe Leber vom Tisch auf einen Steinboden fallen musste, und der Regieassistent erst dann losgeschickt wurde, Leber zu kaufen, nachdem sich der nervöse Regisseur beim Autor versichert hatte, ob sie auch vom Vortag sein durfte. Eine seltsame Deutschstundenära, in der man Drehbuchanweisungen las wie:

Pause.
Pause.
Pause.
Pause.
Pause.
Pause.
Ein Stück rohe Leber fällt vom Tisch auf den Steinboden.
Pause.
…
Ein schwerer Pelzmantel fällt auf den Steinboden.
Pause.
Pause.
Pause.
Pau-
Der schwere Pelzmantel fällt wieder auf den Boden, diesmal mit den Knöpfen voran.

Wunderliche sechs Wochen Schwangerschaftsvertretung. Morgens in der Schule tanzte ich mit Händen und Füßen als eine Art Mary Wigman ausdrucksstark den Genitiv, jene im Ruhrgebiet exotische Form. Und am Nachmittag holte sich Insa einen Joghurt aus meinem Kühlschrank. Der Sommer war schrecklich heiß. Sie hatte trotzdem ihren dicken Pullover an. Wir hatten nicht mehr Luft als in einer alten Hutschachtel.

Sie aß den Joghurt vor dem geöffneten Kühlschrank. Meine Frau war im Büro bei ihren Lochkarten. Insa zog ihren Wohnpullover aus, sagte, so könne sie es aushalten. Beugte sich vor, dass ihre nackten Brüste in einem der Fächer zu liegen kamen. Kam zu mir und hielt mir ihre jungen spitzen Marderschnauzen hin.

»Die sind warm«, sagte ich.

Da ging sie zurück und beugte sich in den Gefrierschrank. Ich beobachtete sie und erzählte ihr Geschichten aus meiner Schulzeit.

Manchmal rannte sie auch einfach aus der Wohnung. Hoppste weg. War plötzlich verschwunden. Ich, randvoll mit Panik, hinterher. Da stiegen die Straßen steil an und wollten umschlagen. Alles verbogen und ohne rechten Winkel. Die Hausfassaden hingen über mir mit ihren messerscharfen Schatten.

Fand ich sie endlich, fragte sie: »Hast du mich vermisst?«

Und ich, verschwitzt und außer Atem: »Nicht sonderlich.«

Dann ging meine Schwangerschaftsvertretung zu Ende. Ich verabschiedete mich von der kleinen, rundlichen Direktorin. Bisher hatte sie die Affäre um Insa und mich mit keinem Wort erwähnt, so dass ich mich in

Sicherheit wähnte. Sie nahm mich im Lehrerzimmer zur Seite.

»Woher kommen die vielen Arschlöcher, was meinen Sie?« fragte sie mich.

»Irgendwo«, sagte sie und sah mich an, ein Großteil spöttische Dame, gleichzeitig aber auch sorgende Hausfrau, und ein wenig besaß sie von nachsichtiger Großmutter, »irgendwo gibt es eine Fabrik, da werden kleine Arschlöcher wie Sie hergestellt. Zapp, zapp, zapp, fertig – und ab in die Welt!«

Nach den Gängen um den See duschten wir, lagen auf dem Bett. Schliefen kurz ein, wachten auf und warteten auf die Nacht. Sie rief ihre Mutter an, ihren Vater, ihre Schwester, ihre Großmütter, hielt Kontakt zu allen. Wobei ich in Deckung blieb, nicht zu laut atmete und für die Angerufenen nicht vorhanden war. Ein Edgar rief ein paar Mal an. Mit dem unterhielt sie sich dann sehr lange. Ich hatte Schweißstraßen auf meiner Brust und winzig kurze Träume, Schnipsel, nichts, wovon ich erzählen könnte.

Insa streichelte mich.

»Sag was!«

»Dieser Edgar …«

»Bist du eifersüchtig? Musst du nicht. Edgar ist lieb, aber zu schmuddelig.«

Sie streichelte mich immer noch.

»Streichelst du mich oder kontrollierst du meine Haut?«

Da drehte sie sich weg.

Oder ich lag im Bett, nackt und breitbeinig. Insa stand vor dem Bett und warf mir Weintrauben auf den Hodensack.

Bob! machte es, wenn sie traf.

Der Mond mit seinem blassen Finger …

… spätestens der weckte uns. Die Nacht war da. Rein in die Klamotten. Insa trug Schminke auf.

»Ich mal mir nur eben ein Gesicht!«

Und ab in die Markthalle.

In der Markthalle gibt es am Tag, was der Name verspricht: auf der unteren Etage Gemüse, Fleisch, Blumen, ausgefallene Gewürze und Weine. Über eine breite Stahltreppe steigt man in die offene obere Etage mit Kneipen. An den Kneipen entlang läuft eine schmale Galerie. Von der hat man an guten Tagen hunderte Gelsenkirchener und ihre Komödien im Blick, pastellfarbene Impressionen ohne Anfang und ohne Ende. Und steht selbst im Blickfeld.

Von der Galerie aus hatten wir uns gestern Morgen zum ersten Mal den Leuten gezeigt. Wir frühstückten gut sichtbar in Korbstühlen, und wer wollte, konnte die neue Paarbildung wahrnehmen, staunen, taxieren: wer schüttet wem den Kaffee nach, sie ihm, er ihr, wer legt wem Brot oder Brötchen vor? Reden sie miteinander? Lachen sie? Fassen sie sich an? Wer wollte konnte Wetten auf die mögliche Haltbarkeit unserer Beziehung abgeben. Frauen meines Alters konnten mich oder Insa auf der Stelle hassen. Spekulierte ich darauf, Sados in Zivil zu sehen? Ich dachte daran, aber es war kein Reiz. Die Galerie der Markthalle ist das, was in früheren Tagen die Logen der Theater waren.

Nachts ändert sich die Atmosphäre radikal. Uga-ugas, kräftige Herren mit geringem Wortschatz, sind an den Eingängen postiert, die bestimmen, wer passieren darf und wer nicht. Eigentlich lassen sie nur ihresgleichen rein. Bei uns waren sie skeptisch, weil wir auch mit ihnen in ganzen Sätzen redeten, auch mal einen Nebensatz einbauten, und um sie zu ärgern, einen Genitiv benutzten. Aber wir haben einen guten Draht zum Besitzer. Insa zahlte den Eintritt.

Als wir ankamen, waren die ersten Prügeleien schon erledigt. Zerrissene Ledermäntel, abgefüllte kleine Mädchen. An der einen oder anderen Säule gab es hektische Geilheit pur. Wir drängten uns schätzungsweise durch tausend Leute und mehr.

Marc und Chris tauchten vor uns auf. Dazu der Hemingway und die Magersüchtige. Ein paar andere, wohl aus der Sado-Nacht, weil sie mich so herzlich begrüßten. Aber ich lehnte an der Brüstung der Galerie und interessierte mich mehr für die nächsten aufkeimenden Keilereien. Bis Insa einen Rest von Höflichkeit einforderte.

»Marc hat dir verdammt noch mal das Leben gerettet!«

Ich bemühte mich, gutmütiger zu wirken, hörte Fetzen über die anstehende Hochzeit vom Wochenende. Unterm Techno mussten die meisten Worte durch phantasievolle Gesten synchronisiert werden. Gut gelaunt ging man auch die bisherigen Liebhaber durch, ihre, seine. Ich nickte manchmal, als hätte ich trotz des Lärms alles verstanden. Wer hier schon mit wem ins Bett gestiegen war, sich noch am Tag vor der eigenen Hochzeit im Stehen auf den Kneipenklo ein wenig abgelenkt hatte, war natürlich auch spannend.

Ich kriegte kaum mit, dass der hölzerne Ingenieur plötzlich neben uns stand, und dass die Magersüchtige alles daran setzte, mit lustigen Gesten, eine lustiger als die andere, Insa in die Arme des Ingenieurs zu drängen. Das machte sie so lange, bis ich ihr drohte – »Hör mal, Freundchen …« –, sie von der Galerie zu stoßen. Ich hatte eine Feindin mehr. Ein bösartiges Knochengerüst.

Für Insa und mich endeten die Nächte immer erst dann, wenn aus den zugekoksten Nasen der Übriggebliebenen die Scheidewände fielen und nirgends ein Rest von Muttersprache zu hören war.

Wir schauten, nahe dran, selbst aus den Latschen zu kippen, über einen Tresen hinweg ins Nachtland, schön zwecklos, und rauchten. Meine Betäubung ging nur nicht so weit, dass ich nicht doch noch im hämmernden Techno die Geräusche des CTs erkannte.

13 Mein Handy sah ich als eine Art Teufelsmaschine an. Ich versuchte es loszuwerden. Was nicht leicht war, da Insa und ich uns kaum aus den Augen ließen. Wir taten alles gemeinsam. Und für heimliche Gesten war ich, wie bewiesen, nicht gemacht. Ein paar Mal schaltete ich es aus. Und wenn es mir wieder in Händen kam, war es angeschaltet. Einmal auf dem Markt wollte Insa plötzlich mein Handy haben, ihr war was eingefallen.

Ich durchsuchte scheinheilig meine Taschen.

»Hab 's verloren.«

Wenn Insa einen Wunsch hat, steht garantiert ein junger, gut aussehender Mann neben ihr. Diesmal auch. Der hier reichte ihr wortlos sein Handy.

Insa lächelte ihn an, dankte, tippte. Unter den Apfelsinen des Obststands vor uns antwortete mein Mobile.

Am Strand von Zandvoort hatte ich aus Not sogar Leute angerufen, mit denen ich seit Jahren keinen Kontakt mehr hatte. Nach und nach riefen sie alle zurück, nur um mir zu sagen, dass unser neuer Kontakt nicht abreißen sollte. Dutzende Anrufe erreichten mich pro Tag, die mich in Erwartung schlechter Nachrichten oder halb in Erwartung schlechter Nachrichten trafen: Hat Ihnen die linke Seite nie wehgetan? Der rechte Arm? Suchen Sie einen Radiologen! Die Füße? Der Kopf? Haben Sie nie Kopfschmerzen verspürt?

14 An einem Mittag traf ich mich mit meiner Noch-Ehefrau auf einer Bank im Stadtpark vor den Maritim-Türmen. Ich wollte die Scheidung einreichen. Sie war damit einverstanden. Wir wollten, um die Kosten niedrig zu halten, den gleichen Anwalt nehmen, einen, der mal in der Etage unter uns sein Büro gehabt hatte. Von meiner Krankheit erzählte ich ihr nichts.

Am nächsten Tag war ich in seinem neuen Büro. Ließ mir alles erklären. Ich hatte ständig darüber diskutiert, blöderweise nur mit mir selbst. Sagte ihm, auch meine Frau würde ihn konsultieren. Zwei Tage später erreichte mich ein Schriftsatz einer Rechtsanwältin. Die Absprache mit meiner Frau hatte kaum Stunden gehalten. Die Anwältin klopfte mächtig auf den Busch. Ging bei mir von einem Nettoeinkommen aus, bei dem ich, hätte ich es tatsächlich, vor Glück hätte keuchen müssen, ein Nettoeinkommen, als sei ich im Waffengeschäft.

Bitterböse Telefonate mit meiner Frau, als wäre ich zurück in die Ehe gerissen. Ich hörte die aktuellen Vorwürfe und in denen die von vor Jahren:

»Wann!«

»Was, verdammt!?«

»Stell dich nicht dämlicher an, als du bist!«

In fast jeder Nacht hatte sie mich geweckt und Daten und exakte Uhrzeiten wissen wollen.

»Wo habt ihr gevögelt? Hier im Bett?«

»Nein.«

Natürlich in diesem Bett. Und auf dem Reisstrohteppich in der Küche. Und vor dem Spiegel im Flur. Fein gewobene Insa bauschte in allen Ecken.

Ich hörte zu, bis das Kreischen am Ende der Leitung mich ganz harmlos an die kreischenden Möwen über dem Strand von Zandvoort erinnerte und ich einigermaßen träumend das Gemecker wegdrückte.

Ich ging raus, setzte mich in den letzten Fotomaton der Stadt. Stellte den Streifen in Insas Regal zu ihren Familienfotos, damit die sich an mich gewöhnen konnten.

»Sprich!« sagte Insa.

»Aber ich rede doch ständig!« sagte ich.

»Mit mir nicht.«

Das kapierte ich nicht, weil ich doch geradezu von einer Erzählwut besessen war und mich andauernd hörte.

15

Bei der Hochzeit war ich besonders gespannt auf den aus Basel. Die Braut in Weiß, obwohl es nur beim Standesamttermin blieb. Marc eingenäht in schwarzes Bräutigamsleder. Wir warteten in einer Vorhalle. Ich wollte nicht wissen, woher Insa die beiden kannte. Starb fast daran, es nicht zu wissen.

In der Menge der Gäste konnte ich den Baseler Liebhaber nicht ausmachen. Etwas älter als ich. Aber bei solchen Schätzungen liege ich meistens daneben.

Hemingway kam mit einem Fahrrad angeschoben. Schwitzte wie ein Affe. Hatte die Jacke offen. Hatte um die Hüfte ein Kästchen gebunden. Sah fast so aus wie ich vor Tagen mit Rad und Truhe. Bloß dass er wie bekloppt bibberte und verkabelt war. Ich ging zu ihm, weil er ja auch einer meiner Lebensretter war. Wollte ihm die Hand geben, aber er blieb lieber mit beiden Händen am Fahrrad, um Halt zu finden.

»Langzeit-EKG.«

Hemingway hieß Ingo, war also verdrahtet und konnte kaum sprechen. War zusammengebrochen oder ahnte jetzt schon, dass er in den nächsten Tagen zusammenklappen würde. Seine Sätze konnten beides bedeuten.

Jemand hatte ein Zeichen gegeben. Die Gäste drängten ins Trauzimmer. Ich hörte noch, wie Marc lachend zu einer älteren Dame sagte: »Nur gegen Vorkasse.« Und die Dame sich empörte: »Ich bin deine Mutter!«

Wir schwammen mit. Ingo musste sein Fahrrad wohl losgelassen haben, denn er saß zwei Plätze neben mir, links von mir Insa, und zwischen Ingo und mir ein schlichter Mann, und weil Hemingway ihm sofort seine Krankheitsgeschichte erzählte, kam ich auf Arzt. Und der antwortete mit Schweizer Akzent. Und Hemingway, dicht bei einem Arzt, hatte sich eingekriegt und stellte uns vor. Es war der Baseler. Professor für Hautkrankheiten, irgendein Spezialgebiet. Hemingway ging ganz offen ins Detail: »Bei dem holt sich Marc den letzten Schliff!«

Die Zeremonie hatte längst begonnen. Aber Ingo hängte sich vor den Baseler, um mir flüsternd zu erklären, wie es weiter gegangen war in jener Nacht. Mit all seinen exakten Träumen vom Schriftstellerleben war er noch zu Effi ins Bett gestiegen. Die war schon die Mutter seines ersten Sohnes, aber er hatte sie ums Verrecken nicht mehr sehen wollen. Eigentlich hatte er mit ihr nur seine neuen Finanzierungs- und Lebenspläne kurz feiern wollen. Gestern hatte sie ihm gesagt, sie sei wieder schwanger.

»Bisschen früh, das zu behaupten, oder?«

»Alle meine Pläne im Arsch!« sagte Ingo.

Die Ansprache des Standesbeamten schwebte über uns. Der Raum verschattete sich sanft gelb.

Ich wollte dem Baseler meinen Arm zeigen. Insa hielt mich zurück.

»Heiraten wir auch?« fragte sie aus guter Laune heraus.

»Klar!« sagte ich.

»Mit Kirche!« sagte sie. »Ich bin zwar ausgetreten, aber das biegen wir hin. Und anschließend ein ganz luxuriöses Fest. Werden wir Kinder haben?«

»Klar!« Ich wollte ihm den Arm zeigen.

Sie drückte mir auf die Hose: »Hey Bob! Wie geht's Bob?«

Ich wusste nicht, was ich tun sollte, ihre Hand nehmen und weglegen, meinen Hintern verschieben.

»Wenn du ruhig sitzen bleibst und weiter nach vorne guckst, fällt es niemandem auf«, sagte sie.

Ich starrte minutenlang in den Nacken des Holzpuppen-Manns vor mir, Marcs besten Freund, der Trauzeuge war. Wollte ausprobieren, wieviel Kraft mein Blick hatte, ob die Holzpuppe auch ohne mich anzusehen zum winselnden Hund wird. Aber Insa lenkte mich ab.

»Ich nenn dich verrückter Hund oder Kinderschänder oder Mr. Lebemann oder Bob, und du nennst mich nie!«

»Meine Eier nennst du Bob, oder meinen Schwanz.«

Der Standesbeamte kam zum Höhepunkt: »Geruhen Eure Hoheit, Prinz Marc vom Reiche Popo, und geruhen Eure Hoheit, Prinzessin Chris vom Reiche Pipi …«

Die Trauung erschien mir auf einmal wie eine Kinderhochzeit. Ein Spiel.

»… und geruhen Eure Hoheiten gegenseitig, sich beiderseitig einander haben zu wollen …«

Ein auf Ernst getrimmtes Fangspiel, Hüpfspiel, Kippel-Kappel.

»… so sprechen Sie ein lautes und vernehmliches Ja.«

Du siehst alles zu kompliziert, dachte ich plötzlich ein Zitat aus einem russischen Roman. Das Leben ist einfacher und bescheuerter.

Was war sonst noch wichtig bis zu jenem Dienstag? Schwer zu sagen.

Mein Gehirn quirlte, die Knoten blieben. Der Schmerz in meiner linken Seite ließ sich mit Rheumasalbe wegstreichen. Mein Hausarzt gab zu, vor lauter Angst nie einen Krebstest an sich hatte machen lassen. So tief rein in die Welt der Ärzte wollte ich dann doch nicht gucken und lief aus der Praxis. Ich wollte nach draußen, mir ein paar Notizen machen über Krebs und über Ärzte und darüber, wie es mir so geht. Draußen zögerte ich. Ließ es sein, da ich plötzlich dachte, erst durchs Notieren noch mehr Unglück heraufzubeschwören.

»Wenn ich mich ruhig verhalte, sieht mich dann das Unglück nicht und geht vorbei? Mache ich es erst auf mich aufmerksam, wenn ich es beim Namen nenne?

Bei sowas würde Kafka heulen«, sagte ich.

»Der war auch ein Weichei«, sagte Insa.

Da war an jenem Tag noch eine andere Aufregung in der Praxis, die den Arzt und seine Frauen beschäftigte. Jemand hatte unbemerkt das Sparschwein der Sprechstundenhilfen geklaut.

Wir kauften ein. Insa zahlte. Egal, was wir vergaßen, Bananen vergaßen wir nie. Denn jeder Tag begann mit einer Banane. Und Schnittblumen kauften wir bei einer kleinen Russin, die immer irgendwelche Dinge aus ihrem Alltagsleben erzählte, vom geldgierigen Hausbesitzer und von Kindern, die klauten. Insas Lieblingsblumen sind Tulpen, aber die kriegt man ja nicht zu jeder Jahreszeit. Wir kauften Bananen, Schnittblumen und bunte Flüssigkeiten in kleinen Fläschchen. Damit färbte Insa das Blumenwasser.

Nach schier endlosen Telefonaten mit meiner Frau, in denen es ausschließlich darum ging, wie ich mich ihr gegenüber zu verhalten hätte, sonst könnte sie auch alles aus dem Fenster schmeißen, holte ich noch Sachen aus meiner alten Wohnung. Wo sie dann aus ihrer Rolle kippte. Zärtlich tat, das liebe Frauchen. Mich in die Arme nehmen wollte.

»Bleib einfach bei mir.«

Einmal regnete es. Wir gingen mit aufgespanntem Stockschirm zu Karstadt. Stöberten nur. Lasen Buchrücken, sahen uns Schuhe an. Fuhren eine Etage höher. Insa ließ die Karussells in der Damenwäscheabteilung kreisen. Wir fanden nichts. Gingen raus. Es hatte aufgehört zu regnen. Erst als wir zu hause waren, sah ich, dass außen am Schirm ein durchsichtiger Plastikbügel mit einem roten Damenslip hing. Größe Sechsundvierzig! Samt Sicherungsetikett.

Im Bett kitzelten wir uns an den Zehen. Sie drehte an meinen Brusthaaren herum, nannte sie Pouschlons. (Lieber Leser! Versuche, Pouschlons so zu lesen, als sei es Französisch mit nasalem on.)

»Sollen wir mit dem Zug fahren?« fragte Insa.

»Nein. Wird schon gehen.«

16 Dienstag. Hornheide.

Mir ist, als hätte mir einer schon vor dem Eingang die Tüte mit den Röntgenaufnahmen abgenommen und zwei hätten mich von hinten unter den Achseln gepackt, zwei einer Greiftruppe, mich rückwärts an den gefaketen Bahnabteilen vorbei durch den langen Gang gezogen, mich auf eine Pritsche gelegt, mir die Hose runter und das Hemd hochgezogen, mich eingeschmiert und mit Ultraschall vollkommen stumm nach Spuren der Wanderung des Melanoms von meinem rechten Arm durch meinen Körper bis in eine meiner linken Rippen geforscht.

Insa saß neben der Liege.

Das Ultraschallgerät schärfer eingestellt, noch schärfer. Da war was!

»Ein Gallenstein. Nie Beschwerden gehabt?«

So schnell alle Gefahren drohten, so schnell waren die Drohungen erst einmal aus der Welt. Sie fanden nichts weiter, gaben mir eine Küchenrolle, damit ich mir den Oberkörper abwischte.

»Die Rippe sollten Sie sich rausnehmen lassen.«

Warum sie aufgetrieben war, konnte man so nicht sagen. Die Rippe würde sich weiter ausdehnen. Zu viele Nervenstränge liefen über diese Rippe. Die Schmerzen würden immer stärker werden.

»Egal. Hauptsache nicht sterben.«

Insa war immer neben mir. Während die Ärzte noch kühl und sachlich hantierten, um den Nächsten auf die Pritsche ziehen zu können, flüsterte sie mir, Blick auf die Mediziner, mit der Stimme eines knochigen Hollywood-Mexikaners ins Ohr: »Alle umlegen. Soll Gott sie aussortieren!«

Ingo Hemingway rief spät abends an. Er hatte einen an der Waffel, aber jetzt war er lieb.

»Damit du dich über deinen Furz im Arm nicht weiter aufregst!« sagte er. Und las mir drei Zeilen aus *Der alte Mann und das Meer* vor: »Auf den Backenknochen hatte er die braunen Flecken von harmlosem Hautkrebs, den die Sonne durch die Spiegelung auf tropischen Meeren verursacht.«

Traute seinem ersten Lesen nicht oder misstraute meiner Auffassungsgabe. Las den Satz also noch mal.

Sagte noch: »Verstopfung ist wesentlich schlimmer. Ehrlich!«

17 10 Uhr 30. Seit kurz vor neun in meinem Krankenzimmer im Gelsenkirchener *Bergmannsheil.* Habe noch ein altes Handtuch mit Namensschild aus der Internatszeit dabei. Grünes Handtuch. Habe mir einen Sessel ans Fenster gezogen, sehe in den Klinikgarten und trinke Kaffee. Die Geräusche von Bauarbeiten. Ein Bauarbeiter heißt Nico und ist schwerhörig. Nico! Nico! Nico!

Durch eine plötzliche Bö zeigen tausend Baumblätter auf einen Schlag ihre hellere Unterseite.

Sie wollten mich in Hornheide operieren. Aber wie sollte Insa mich dort regelmäßig besuchen? Sich ein Zimmer nehmen? Von welchem Geld?

Der Oberarzt der Chirurgie im *Bergmannsheil* hatte uns in seine Sprechstunde geladen.

»Bitte nehmen Sie Platz.«

War nur für uns da. Hatte nicht einmal mit den Papieren geraschelt, die über seinem Schreibtisch verstreut lagen. Sagte, ich könne natürlich auch in große Kliniken gehen, Düsseldorf, Aachen. Seine Art zu reden gefällt uns.

Ich fragte ihn: »Hätten Sie Spaß an der Operation?«

Er lächelte überrascht und sagte: »Ja!«

»Ich hab auch Spaß an meinem Beruf«, sagte ich. »Das ist gut.«

Ich habe ein Einzelzimmer, was mir nach meinen Krankenkassenbeiträgen gar nicht zusteht. Im Nebenzimmer poltert jemand herum. Der Anästhesist ist da. Es ist meine erste OP. Er fragt nach Unverträglichkeiten. Ich weiß nicht. Fragt nach meinem Beruf.

»Ich habe Angst«, sage ich.

19 Uhr. Die perfekte Droge bekommen. Angst weg. Ich fühle mich ganz plüschig. Nichts von dir geerbt, kleiner Vater, keine Immobilie, kein Geld, nicht mal deine Rückenschmerzen vom Betonboden der russischen Kriegsgefangenschaft und von deiner gebückten Haltung im nassen Pütt. Wie sollte das auch gehen? Bei mir scheint es was anderes zu sein.

Ich höre Radio. Finde in der Tasche meines Schlafanzugs einen von Insas gelben Küchenzetteln.

Mein geliebter Pouschlon, ich werde dich heute Nacht ganz furchtbar vermissen und mit meinen Gedanken bei dir sein. Hab keine Angst, ich liebe dich.

Sehr früher Morgen. Schwestern kommen und lösen die Bremsen meines Bettes.

»Hey, ich bin ganz wach! Ich krieg alles mit!«

»Genau so soll es sein.«

Flure, Aufzug, Flure, Türen.

Im OP-Raum fragt der Anästhesist: »Als Schriftsteller wollen Sie doch sicher noch ein paar letzte Worte sagen.«

Ich guck mir die Vermummten an: »Seid ihr alle in Form?«

Ich kipp in ihr Lachen und bin weg.

Bin gestern operiert worden. Ich liege im Bett. Bin gerade wieder am Auftauchen. Die Heizung ist überdreht. Ich schwitze und pinkel mit Andacht in eine Flasche. Auch das muss man lernen. Leute besuchen mich, die ich vor wenigen Tagen noch nicht gekannt habe. Reißen Witze, bringen Blumen, suchen Vasen, wünschen Genesung. Ich bin skeptisch, wie Insas Freundeskreis funktioniert. Nicht, dass auch noch ihr Ex, der hölzerne Kasper, auf einmal vor meinem Bett steht.

Die TÜV-Plakette am Krankenbett in der Sonne am Fußende. Der Geruch meiner warmen Pisse im Ständer neben dem Bett. Liege im weißen Hemdchen. Rülpsen und Husten mit raus gesägter Rippe. Angewiesen auf Strippen und Schläuche (im Rücken ein Ding so dick wie vom Rasensprenger) und geordnete Freundlichkeit, und belämmert von der OP und den Medikamenten. Ich liebe die kleinen Becherchen auf meinem Nachttisch. Filzstiftzahl drauf und drin (ein Mix aus getrockneten Fliegenpilzen und russischem Speed?) eine klare Flüssigkeit gegen das dunkle Zeitalter.

Meine Zimmertür steht auf. Kleine Schatten von Alten an Stöcken. Ich bin ein bisschen langsam im Kopf.

Eine Asiatin, eine Patientin kurz vor der Entlassung, die nachfragt, ob sie wirklich alles im Krankenhaus lassen soll, was sie hineingebracht hat.

Eine deutsche Frau klärt sie auf, dass es sich dabei nur um einen Aberglauben handele. Der auch nur für Blumen gelte, nicht einmal mehr für die dazugehörige Vase.

Wenn Insa mich besucht, legt sie sich zu mir ins Bett. Wir balgen uns. Gemäßigt, wie man sich so balgt, wenn der eine an Schläuchen hängt. Auch morgens während der Visite. Alle sind sprachlos. Schwestern und Assistenzärzte wollen unsere Ungehörigkeit mit zappligen Gesten ungeschehen machen. Der Oberarzt sieht uns und liebt dieses Bild.

Aus der achten Rippe links hinten hat er etwa zwanzig Zentimeter entfernt. Hätte er mich dazu nicht umlagern müssen, hätte er sich auch die zweite Rippe links vorne angesehen. Dass auch die kleine wie aufgetrieben aussieht, kann andere Ursachen haben. An ihr hängen Muskeln und Sehnen. Eine Überdehnung einer Sehne vielleicht.

Insa sieht mein Notizbuch.

»Kann man das mal lesen?«

Ich greife nach dem schwarzen Moleskine und versenke meine Notizen im Nachtschränkchen.

Am Tag meiner Operation hat sie im Innenhof des Krankenhauses gesessen und zum Zimmer hochgesehen. Wenn sich da etwas bewegt, so dachte sie, ist die OP zu ende. Und genau dann wollte sie sich neben mich setzen. Als sie kam, muss ich schon eine Zeit gelegen haben, denn sie hatte zum falschen Fenster gestarrt.

»Nico!« Wieder rauscht Bauschutt durch eine blecherne Röhre in einen Container. Anrufe laufen ein, die ich mit schwerer Stimme beantworte. Manchmal entfallen mir Worte.

Auch dieser Udo Piper ruft an, dem ich Kommentare für seinen Industriefilm sprechen soll. Da reiß ich mich besonders zusammen. Er will mit seiner Tonausrüstung ins Krankenhaus kommen.

»Ich lauf dir nicht weg«, sage ich. Aber es muss nach siebzehn Uhr sein. Dann hört der Baulärm auf.

Meine kleine, bucklige, hutzlige Mutter besucht mich. Mit der bisherigen Einteilung sie krank/ich gesund, war sie immer zufrieden gewesen. Und würde alles tun, damit die alte Ordnung wieder hergestellt würde. Ich frag sie, ob sie immer noch nach Fotos mit mir im Turndress suchen würde. Sag ihr noch, sie möge auf die Kerzen unterm Marienbild aufpassen.

»Nicht, dass du dich samt deiner Bude abfackelst.«

Nach zwei Tagen kann ich aufstehen, zum Klo tappen, mich im Sitzen rasieren. Kann zum Kaffeeautomaten im Flur, für den ich Kleingeld brauche. Schlepp dabei einen eckigen durchsichtigen schweren Kasten mit mir, in den durch die Schläuche meine »Abwässer« fließen. Er hat schmale Metallbügel als Griffe, die mir ins Fleisch schneiden.

Für mich vollkommen überraschend steht Leo einmal im Zimmer (ich hoffe, er heißt Leo - so viele neue Freunde) und sieht das: »Damit versaust du dir die Hände. Schreiben kannst du auch mit dem Mund. Aber wenn du beim Kickern jemals richtig gut werden willst ...«

Insa bringt mir einen Leinenbeutel. In den passt die Apparatur, und alles wird bequemer. Der Beutel trägt den Aufdruck einer kölschen Metzgerei mit einem grinsenden Schweinekopf.

Nachts sitzen wir Patienten, von Krebs bis Meniskus und Armbruch, in Bademänteln in einer Blumenecke. Klarer Schnaps geht rum. Auch wenn man dabei erwischt wird, setzen sie einen nicht an die Luft. Die Uralten erzählen feldgrau vom Krieg, als sei zwischen Krieg und jetzt nichts Wesentliches passiert. Sie regen sich über Sachen auf, die sie vor siebzig Jahren nicht auf die Reihe gekriegt haben.

Die jüngeren mit den Sportverletzungen erzählen, sie seien zu clever, als dass ihnen jemals von fremden Männern ervögelte Kinder untergeschobenen werden könnten. Meistens gibt es dann noch einen, der tut so, als sei er draußen Schuldeneintreiber oder so was und hätte dabei fremden Leuten Revolver in die Ärsche geschoben.

Oder sie spielen Skat. Skat ist zu hoch für mich. Mein Vater hat es mir beibringen wollen. Wie die Prozentrechnung. An beidem ist er gescheitert.

»Ingo will dich besuchen.«

»Soll er.« Ich trinke die klare Flüssigkeit.

»Is' aber noch in der Schwebe. Er kaspert noch rum, ob er ein Krankenhaus erträgt.«

Die klare Flüssigkeit macht mich unendlich zuvorkommend. Also biete ich Ingo, als er sich einen Tag später punktgenau ankündigen lässt, ein angenehmes Zimmer, mit mir darin, dem man den Patienten nicht ansieht. Setze mich auf einen Stuhl hinter einen Tisch, drapiere das Oberbett so, dass es alle Abflussschläuche plus Sammelkasten verdeckt und probe ein Lächeln.

Als er kommt …

»Wenn du beim Vögeln nur ein wenig so unbeholfen wärst, wie beim Betreten eines Krankenzimmers!«

»Vielleicht wäre es dann nicht passiert, meinst du?«

… bringt er mir ein hahnebüchen bescheuertes Geschenk.

»Den hat er genau an dem Tag geschrieben, als du zur Welt gekommen bist! Muss man sich mal vorstellen! Und ich hab ihn gefunden! Ich bin bald irre geworden!«

La Finca Vigia, 6. März 1952

Sehr geehrter Mr. Young, …

Ort, Datum und Ansprache liest mein Hirn, wie ich es von ihm gewohnt bin. Des weiteren macht es mit dem Brief nur das, wozu es anscheinend gezwungen ist. Es liest einmal *Neurose*, dann das Wort *Krebs*. Was zwischen den Worten steht, liest mein Hirn wohl auch, begreift es aber nicht oder vergisst es sofort. Es liest zweimal *schockiert*, einmal *persönlicher Hieb*, dann *Todes meines ersten Enkels …, des Todes meiner Mutter …, der ernsthaften Erkrankung meines Schwiegervaters an Krebs …, des Todes meines letzten alten Freundes in Afrika …, des Todes meines lieben Freundes und Verlegers …, und das alles innerhalb eines Jahres.*

Mit den besten Wünschen
Ernest Hemingway

Dann noch: *Es ist heiß heute, und der (d. h. mein) Unterarm schwitzt aufs Papier.*

Drei Seiten Fotokopie aus einem Briefband.

»Bist du genau so dumm, wie du dumm bist?« Ich kann es nicht fassen.

Ingo lächelt hilflos.

Die Schläuche sollen gezogen werden. Arzt und Helfer geben mir umständliche Atemanweisungen. Wollen mich zartfühlend auf wirklich alle Eventualitäten vorbereiten, beschreiben mögliche Formen des Schmerzes, aber behutsam, dass ich schließlich sage: »Zieht einfach!«

Der Zivi wird ganz grün im Gesicht.

Der Heilungsprozess läuft gut. Meine Rippe ist noch in der Histologie. Ob was drin steckt, weiß noch niemand. Es ist ein langwieriges Verfahren, eine solche Rippe aufzulösen. Ich solle mir keine Sorgen machen.

Es ist unglaublich heiß heute. Die Heizung muss kaputt sein. Sie bullert. Dazu liege ich auch noch, nur durch das dünne Tuch getrennt, auf einem Gummilaken. Gummi, Leder, Striemenzieher, mein Hirn grüßt Marc: Dein Hobby wäre nichts für mich, schon gar nicht im Sommer!

Der Stationsarzt, bullige Figur, krebsrotes glattes Gesicht (dass ich *krebsrot* denken kann!), steht plötzlich in der engen Nasszelle hinter mir, während ich mich mit tranigen Bewegungen rasiere. Im Spiegel sehe ich, wie er nicht einmal seine Stirn in Falten zieht, einfach los redet, fast honigsüß: »Na ja, keine Sorgen machen … In einem von zehntausend Fällen steckt da doch ein Melanom drin.«

Schnippt mir die Verzweiflung zu und geht.

Eine Frau in Zivil kommt. Nennt ihren Namen und ihre Funktion. Beides habe ich vergessen. Jedenfalls will sie prüfen, ob meine Lunge was abgekriegt hat. Reicht mir ein Kinderspielzeug. Ich muss in einen Stutzen hinein blasen und mit dem Luftstrom ein weißes Bällchen durch drei durchsichtige Röhren jagen. Ich schaff es auf Anhieb. Sie lässt mir das Spielzeug da.

»Trainieren Sie, so oft Sie wollen.«

Ich liebe das Ding!

Zwei Putzfrauen unterhalten sich morgens beim Wischen, als sei mein Bett leer. Es ist nicht das übliche Geplapper ohne Thema. Sie wäre auch gerne defloriert worden, sagt die eine, die mit den Altersflecken an den Armen.

»Aber ich bin nur unglücklich vom Fahrrad gerutscht. Ich bedaure das immer noch.«

Ich schreibe es auf in nie wieder lesbarem Krickelkrackel. Und habe es jetzt doch entziffern können.

Insa ist jeden Tag bei mir. Dieser Edgar, ihre langen Gespräche hab ich ja mitgekriegt, bringt sie mit dem Auto, kommt aber nicht mit rauf.

»Wartet er auch auf dich unten auf dem Parkplatz? Ich dachte, der könnte nur Fliegen anlocken.«

Ich muss noch erzählen, dass die Sekretärin des Operateurs eine flüchtige Bekannte aus alter Zeit ist … *Pause Pause rohe Leber Tisch Steinboden Pelzmantel …*, die ich nach Jahrzehnten hier wieder getroffen habe. Aus einer Zeit, in der wir höchstens dann Tabletten fraßen, wenn jemand gelesen hatte, dass ein Italiener aus New York, der Sprachlehrer in Mexiko war, gemeint hatte, in einem der Wirkstoffe hingen vergessene Bildwelten, fremdartige Städte oder Seeanemonen, in irgendeinem Hustensaft stecke Wiedergeburt.

Damals hab ich Gudrun kaum wahrgenommen, so jung war sie damals, jetzt wird sie mir zu einem vertrauten Familienmitglied.

Piper hat seine Tonausrüstung aufgebaut. Piper hält sich schräg abseits. Ich stehe neben dem Bett, um im Stehen mehr Luft fürs Sprechen zu haben, denn die Sätze sind lang. Sätze wie: *Nachdem die Betongleitleisten geschliffen waren, und das übrigens mit einer Toleranz von nur 0,1 Millimeter pro laufendem Meter, welche permanent mittels Lichtschnittverfahren überwacht wurde, konnten die Beschichtungsarbeiten beginnen.*

Insa sitzt neben mir und blättert in einer Programmzeitschrift. Immer noch herrschen Treibhaustemperaturen.

»Wir sind reich!« sagt sie, lacht und wedelt mit der Zeitschrift.

Einer meiner Spielfilme soll in den nächsten Tagen wiederholt werden. Rippe raus und massig Geld auf dem Konto! Ich darf es nicht an die große Glocke hängen, sonst frisst mir die Scheidung alles weg.

Insa erbittet sich, auch spät abends ins Krankenhaus kommen zu dürfen, um gemeinsam mit mir den Film zu sehen. Ich zieh vor dem Spiegel noch ein paar Selbstbildnisse. Das Schönste will ich für sie konservieren. Insa kommt. Sie hat was mitgebracht.

»Ein Katalog? Wenn 's dich interessiert, ich kann schon sowas wie Miederwarenmustermesse denken!«

»Dafür einen Sonder-Quäl!«

Ihre kalten Hände müssen sich nur meiner Haut nähern, da krieg ich eine Ganzkörper-Gänsehaut. Sie hat es drauf mich so sanft zu streicheln, dass sich die Ganshaut strafft und fast platzt.

Es ist ein Prospekt mit Sportgeräten, den sie mitgebracht hat. Trockenruderer, damit ich in Form komme. In eine Form, besser denn je. Geld ist ja da!

Wir sitzen fein gemacht im Bett mit kleinen Snacks, ich nippe gepflegt an meinem kleinen Becherchen, unter mir eine nagelneue Urinflasche, und wir warten. Aber eine unglaubliche Flutwelle hat an diesem Tag ein asiatisches Urlaubsparadies weggespült. Die Tagesschau verlängert sich. Danach gibt es nur Sonderberichte. Mein Spielfilm fällt aus.

Nun ist es aber nicht so, dass ausgefallene Filme am nächsten Abend wieder eingesetzt werden. Entweder gebietet die Schwere der Katastrophe weitere Berichte von vor Ort, oder es laufen die Sendungen, die an diesem Tag eh eingeplant waren. Mein Spielfilm verschwindet bis zum Sanktnimmerleinstag.

Ein Arzt, den ich vorher nie zu Gesicht bekommen habe, kommt ins Zimmer. Dass ich Texte zu Betongleitleisten spreche, ist von Mund zu Mund gegangen.

»Sie sollten mit dieser Stimme Filme synchronisieren«, rät er mir. »Zum Beispiel … mein Gott, wie heißt noch dieser Roman?! Wurde von Hollywood verfilmt. Da kommt der Tod drin vor. Der reitet ein einfaches Pony, weil er sagt, Flammenhengste kann er nicht gebrauchen. Die setzen die Streu in Brand und stehen dann verlegen in der Glut rum und wissen nicht weiter. Mein Gott! Ganze Passagen kann ich auswendig, aber glauben Sie, ich komm auf den Titel?! Jetzt fällt mir nicht mal mehr der Autor ein! Diese verdammten Vierundzwanzig-Stunden-Schichten brennen einem das Hirn weg. Aber glauben Sie ja nicht, man bekäme hier einen Ärztestreik auf die Beine gestellt!

Jedenfalls, diesen Tod, den könnten Sie wunderbar synchronisieren! Dann würde ich mir den Film auch noch mal auf Deutsch ansehen!«

Ich werde entlassen. Die Rippe ist immer noch in der Histologie. Insa hat Kleinigkeiten eingekauft, aber kein Sprudelwasser. Ich setze mich in den Wagen und hole zwei Kisten. Ich kann links und rechts gleichzeitig je eine Kiste tragen. Und Autofahren. Hut ab! Insa gibt noch ihren Lottoschein ab.

Nachsorge. Wir sitzen im Behandlungszimmer des Oberarzts. Ich ziehe Jacke, Hemd und Unterhemd aus. Er wickelt mich aus, versorgt meine Wunden, wickelt mich wieder ein. Insa sitzt neben mir auf der Liege. Mit übereinander geschlagenen Beinen. Insa und ich machen auf beste Laune. Dann sagt er, das Ergebnis der Histologie sei eingetroffen. Seine Zurückhaltung habe ich vom ersten Handschlag an gespürt. Das Melanom hat sich in der Rippe festgesetzt.

Es ist nicht so, dass er jetzt ellenlange Sätze konstruiert.

»Sie werden das schaffen. Daran habe ich keine Zweifel.«

»Ansonsten?«

»Ein halbes Jahr.«

Ich weiß nicht, wie wir nach Hause gekommen sind. Ich sag mal: Wir haben normal Fuß vor Fuß gesetzt.

Früher Nachmittag. Im Bett unter der Dachschräge.

Um siben uhr in Mirabellgarten wie man im Mirabellgarten spatzieren geht, spatzirn gegangen, wie man spatzieren geht, gegangen, wie man geht …

Sobald ich die Augen schließe, reden große flache Köpfe über mich oder sprechen mich an: *Um drey sin wir alle sechs spatzieren gegangen, gegengen, gegiren, gegoren, gegungen …*

Brüchiger Widerhall von Worten. Ich will herausfinden, wer von ihnen der Chefdämon ist. Eventuell der mit den schroffen Bewegungen.

Ein gelbes Fenster. Nicht Ginster, eher Chemieunfall. Davor auf einem Kleiderbügel mein Pullover. Wie soll da der Pullover auslüften, wenn der Himmel hinterm Fenster gelb ist. Am Hörer kann ich nicht mit letzter

Sicherheit sagen, wer die Anruferin ist. Ich blase ein paar Worte in die Luft und hoffe, dass sie sich zu was Verständlichem fügen. Die Angst hält sich nicht mehr in Grenzen. Der schöne Glaube, ach Gottchen, du legst dich ins Bett, deckst dich zu, schwitzt und wirst gesund!

Ich mus geschwind nach schlaraffen,
dann dort thut man schon schlaffen ...

Einiges regelt die Dämmerung. Es wird mucksmäuschenstill. Schwupps, ist der erste Tag vom halben Jahr vorbei.

18

Der nächste Tag. Gegen zehn. Gerade ruft der Oberarzt vom *Bergmannsheil* persönlich an – wie viele Professoren und Ärzte und Schwestern ich schon kennen gelernt habe! Es gibt muffige Ärzte, spröde, witzige, Sonderlinge (Arzt: »Erst nennen sie dich ›Mein Lebensretter!‹ Und dann krieg ich von denen jede Weihnacht eine Flasche Weinbrand. Da kann ich noch so oft sagen: ›Ich trinke keinen Weinbrand!‹ Jedes Jahr eine Flasche Weinbrand! Ich hab Hunderte im Keller!«), Chefs, die ihre Untergebenen vor der Visite Spalierstehen lassen.

Der Oberarzt sagt, der Histologe entschuldige sich tausend Mal. Er habe sich einen Tag zu früh festgelegt. Es sei kein Melanom in der Rippe.

Es sei etwas anderes.

19 In der extra für uns eingerichteten Sprechstunde. Kein Melanom. Etwas, was tatsächlich zu behandeln sei: ein Plasmozytom. Eine seltene Art von Blutkrebs, der die Knochen auftreibt. Wir atmen auf. Fast krieche ich ins Lächeln des Arztes.

Zuhause gehen wir ins Internet:

Der Moment, in dem die Diagnose multiples Myelom mitgeteilt wird, ist ein dramatischer Punkt im Leben des Betroffenen …

Insa las bis Schaden in der Knochengerüststruktur, und sagte: »Geh da raus.« Ich las noch bis zu der Stelle mit dem durchlöcherten Schädel. Nach der Silbe Sieb- drehte ich mich weg und kappte blind die Internetleitung.

Die Endstücke der Rippe werden im *St. Josef* bestrahlt. Die haben eine Onkologie. Verschweißt, wie man mir Laien erklärt. Der für mich zuständige Arzt ist ein ganz Verhuschter. Hat was von einem Fädchen in einem Vorhang. Macht Vermerke. Einmal habe ich ihn gehört mit einer Stimme, als spräche er tatsächlich nur selten. Da konnte er auch nicht anders, als zu sprechen, weil ich ihn in eine Flurecke gedrängt und mich vor ihm aufgebaut hatte. Aber ich kann mich weder daran erinnern, was ich ihn gefragt habe, noch, was er geantwortet hat.

Wegen einer Knochenstanze muss ich einmal über Nacht bleiben. Sie wollen prüfen, um das Knochenmark immer noch sauber ist. Maria breit den Mantel aus/mach Schutz und Schirm für uns daraus. Im Krankenhaus-Garten mit einer Muttergottes im blauen Betonmantel weint Insa, als sei es ein Abschied für immer.

Ob ich Alkoholiker sei, will die aufnehmende Ärztin wissen. Sie hat Augen wie Hagelschlag. Und ein Gesicht wie: Heilt euch selbst! Alkoholikern wird hier vermutlich ihre tägliche Ration zum Ruhigstellen eingeflößt. Das Pflegepersonal will keine randalierenden Patienten.

Laut Filzstift auf Heftpflaster an seinem Rollstuhl sitzt ein Hr. Seidel im Flur mit dem Gesicht dicht zur Wand. Zu weit links, um durchs rechte Fenster, zu weit rechts, um durchs linke Fenster in den Hof sehen zu können, betrachtet er den Feuerlöscher an der Betonsäule.

Ich liege auf dem Bauch. Die Ärztin ist klein, stellt sich auf eine Fußbank, geht auf die Zehenspitzen und setzt ihr ganzes Körpergewicht ein, um mir ihren Korkenzieher ins Becken drücken zu können.

Ich teile das Zimmer mit einem jungen Mann, den sie aufgegeben haben. Seine Chemos sind abgesetzt, sinnlos, also hat er wieder Haare. Er kämmt sich. Seinem Kamm fehlen wie ihm selbst ein paar Zähne.

Unter der Decke des Krankenzimmers flimmert der Fernseher.

»Die Patienten mit den hoffnungslosesten Krebsarten sehen am begierigsten *Wer wird Millionär?*« klärt er mich auf. Seine Frau geht mit ihm liebevoll, aber vollkommen undramatisch um. Müssen Insa und ich das lernen?

Den Rest der Nacht verbringe ich als Nachteule an einem Fenster im Flur. Ein wackliger alter Prometheus im Bademantel beschenkt mich mit Feuer, und ich kann rauchen.

Es ist Herbst. Alle sind vor Weihnachten rasch noch in Urlaub gefahren. Gott sitzt allein in seinem Büro.

Was mach ich bloß, mir ist so langweilig?

Ach, fällt ihm ein, da gibt's ja diesen Kinderschänder, Lebemann, Pouschlon, der sein Lebtag noch nie so richtig krank war, dem werde ich mal …

Mein Knochenmark ist nicht befallen. Man empfiehlt mir regelmäßige Blutkontrollen.

»Ein Plasmozytom kann wieder kommen.«

Tel. angemeldet am 4. Oktober
Letztes Gespräch am 4. Oktober

Aus dem *St. Josef* entlassen – auf meine Papiere habe ich gar nicht gewartet, bloß raus, ohne Mittagessen, über den ächzenden und knarrenden Flur –, liege ich früh abends im Bett. Das Fenster geöffnet. Ein Wind pfeift nach mir.

20 Insa und ich sind nackt. Mit Zeigefinger und Mittelfinger stelzt sie durch die Haare auf meinem Unterschenkel.

»Kommt ein Mann den Schenkel rauf …«

Schüttelt ihre Hand aus. Alles auf Anfang.

Klein Insas fünf Finger klettern.

»Viele, viele kleine Matrosen sind an Land gegangen und schlagen sich mit ihren Macheten durch dein Schamhaar …«

»Leichtmatrosen? Vollmatrosen?«

»… und bauen genau hier ihr Zwischenlager auf.«

»Weiter!« stöhne ich.

Sie schüttelt den Kopf.

»Zwischenlager«, sagt sie. »Du musst besser zuhören, wenn ich dir etwas erzähle.«

»Matrosen sind zähe Burschen«, versuche ich sie zu überreden.

»Meine nicht. Meine sind müde«, sagt sie und gähnt für jeden ihrer Matrosen einmal tief und ausgiebig.

Insas Brustwarzen würden für vier Frauen reichen. Ich sehe zur Decke.

»Was tun sie jetzt, deine Matrosen?« frage ich.

»Sie richten sich häuslich ein«, sagt Insa. »Sie kramen noch ein bisschen herum, kramen …«

Ich beiß mir auf die Lippen.

»… dann schlafen sie ein.«

»Nicht einschlafen!« zische ich.

»Sie sind wirklich sehr müde«, sagt Insa. Zieht kurz die Augenbrauen hoch.

Wir hören das Ruh Ruh der Tauben.

Und immer ist der Knochenmann im Spiel. Mal trägt er ein Sakko mit Hemd und Krawatte, mal nur Krawatte, aber nie Lippen oder Pupillen.

Deine Schwester und du, ihr langweilt mich mit euren vielen Männern, hatte ihr Vater einmal gesagt. Und Insa hatte ihm vorgeworfen, er habe sich ihr viel zu früh als Mann zu erkennen gegeben, indem er nämlich, als er seine Frauen ausgetauscht habe, wenn sie nicht mehr Zwanzig waren, ihr vor und nach jedem Tausch was vorgejammert und in seinen Whisky geheult habe. Ein Vater, der mit dem gerahmten Foto seines toten Pudels durch die Welt reist, es auf die Hoteltische Australiens stellt, aber nie ein Foto seiner Töchter bei sich führt. Der jahrelang eine Rose auf den Rücksitz seines Wagens gelegt hat, an den Platz, auf dem der Pudel während der rasenden Fahrt zum Arzt verstarb.

21 Es war Dezember. Seit Tagen wehte ein eiskalter Wind, und alle gingen vermummt. Kinder trugen die verrücktesten Narrenkappen. Auf den Märkten wurde das Gemüse mit Wolldecken geschützt. Jedesmal, wenn wir auf die Straße mussten, machten wir Umwege durch Parfümerien. Wegen der Wärme und der Gerüche, wegen des Lichts und der Farben.

Über den Daumen gepeilt hatte ich durch Insa in wenigen Wochen einhundert neue Bekannte dazu bekommen. Die hatten natürlich Geburtstag, flogen in Urlaub, kamen aus dem Urlaub zurück, zogen um, heirateten, wurden schwanger, ließen sich scheiden, und alles wurde gefeiert. Und vor der Hochzeit, der Schwangerschaft, dem Umzug ins eigene Haus, der Scheidung liefen die Gerüchte von Hochzeit, Schwangerschaft und Umzug und Scheidung als wollüstige Sonette. Top secrets versetzten Häuser und Straßen in Dauerschwingung.

Die Chronik der Ehebrüche war unüberschaubar. Die Seitensprünge wurden wie auf einem Markt verhandelt. Gierig sog ich alles auf. Alles kam in meine grüne Truhe, in der eigentlich kein Platz mehr war. So musste ich haushalten wie noch nie. Hatte ich vor Monaten ganze Illustrierten wegen zehn Zeilen oder wegen eines einzigen Fotos in die Kiste geworfen, kramte ich die alten Illustrierten jetzt hervor und schnitt die bloße Meldung oder das Foto aus. Ich organisierte um, riss leere Blätter aus Kladden, damit sie dünner wurden. Meine Schrift verkleinerte ich ins Mikroskopische. Ich kriegte Platz für Notizen wie:

Nach uns kamen Bernhard und Susanne. Bernhard versteckt die witzige Frau bei sich. Sie ist noch mit jemand anderem verheiratet, den sie fürchtet und den wir nur aus ihren Erzählungen kennen. Wenn es dunkel wird, bringt Bernhard sie zu Feiern mit, damit sie unter Leute kommt. Egal, wo er mit Susanne ist, vor der Tür steht für den Notfall, falls es schnell gehen muss, immer ein Taxi.

Die wenigen Zeilen pur waren nicht gerade ein Brüller. Ein paar Kunstgriffe, dramatische Dialoge, würden daraus aber zweieinhalb Minuten Rundfunk machen. Zweieinhalb Minuten Rundfunk waren etwa zweihundertachtzig Euro. Würde ich als den Unbekannten, wegen dem immer das »Notfall-Taxi« wartete, zum Beispiel den agilen und erfolgreichen Werbemann und Industriefilmer Piper einsetzen, von dem ich inzwischen wusste, dass er sich gerade die verfahrensten Fälle von Liebschaften ans Herz drückte – hört er von irgendeiner allein erziehenden Frau, die Angst vor dem Kindsvater hat, einem äußerst eifersüchtigen Iraner, gleich stürzt er sich mit Wucht auf sie und träumt davon, ihrem Leben eine andere Dramaturgie zu geben, wobei seine Geliebten von dieser

fieberhaften Art der Umgestaltung nach kurzer Zeit regelmäßig die Nase voll haben –, wenn ich also Piper, passend abgewandelt, einsetzen würde, könnte ich das seltsame Dreieck auf eine gute Hörspiellänge ziehen, läge somit weit über Zweihundertachtzig.

Wenn ich denn ans Schreiben käme. Ich notierte mir zur eleganten Susanne provisorisch als einen erfundenen Stilbruch eine Platintönung Marke Weißblech. Wer weiß, wozu man ihn brauchte.

Ein weiterer Kunstgriff: ich würde mal, nicht in der Theorie sondern ganz real, angeblich im Auftrage Bernhards, das Taxi wegschicken.

(PS zu Bernhard: Sein Geld macht er in der Firma, die das Patent für die Klebezettel hat. Man notiert was, klebt den Zettel an den Kühlschrank, notiert noch was auf den gleichen Zettel, klebt ihn diesmal an den Spiegel. Und der klebt immer wieder. Hatte nie kapiert, warum er klebt. Über Nacht habe ich drei Millionäre in meiner Bekanntschaft. Bernhard ist einer davon.)

Chris, Marc, den Baseler in die eine Heftklammer, Bernhard, Susanne, Piper in eine andere (es gab zu jeder Feier sowohl Vorfeier wie Nachfeier) …

… und schon wurde die Ankunft einer geschnitzten Tür, die als Schiffsfracht von Bali nach Hamburg, von Hamburg mit dem LKW endlich in Gelsenkirchen angekommen war, gefeiert mit *Nicolas Feuilatte brut* und *Averna*. Die anwesenden Ingenieure, darunter mehrere Ex-Liebhaber Insas, errechneten lachend, um wie viel die Balinesen den neuen Besitzer bei den Frachtkubikmetern beschissen hatten.

Ich steckte in den feinsten Verästelungen anderer Gehirne, oft in schäumendem Schweinkram. Meinen Traum, einmal ganz in Ruhe arbeiten zu können, lullte ich ein durch endlos lange Gespräche über Meeresfrüchte.

Ansonsten hielt ich mich mit Buchbesprechungen notdürftig über Wasser. Bücher der Bibel waren in zwölf kleinen Taschenbüchern auf den

Markt gebracht worden. Somit war, fand ich, eine wunderbare Normalität eingetreten. Die Bibel in kleinen Portionen wie für U-Bahnfahrten, und schon war sie kein dickleibiges obskures Wundermittel mehr, das man erst dann zu sich nimmt, wenn eh schon alles zu spät ist. Ich konnte mit den Dichtern der Bibel genauso umgehen, wie ich es mit Thomas Mann oder Paul Auster oder Beckett oder sonstwem tat: sie je nach meiner Tagesform in die Ecke pfeffern und sie dann doch wieder unterm Bett hervor suchen und mit ihnen unendlich traurig oder für lange Zeit glücklich werden.

In einem russischen Roman nimmt die Hauptfigur immer dann, wenn sie meint, alles sei sinnlos, etwas Spitzes, sticht sich damit, dass es ordentlich weh tut, und schwupps, ist der schlimme Gedanke weg.

Für all die Marcs, Ingos, Pipers, für all die hölzernen Männchen und Ex-Liebhaber hatte Insa eine Generalanalyse: Männer um die Dreißig sind gestört: Lässt du die Zahnbürste bei ihnen, geraten sie in Panik. Nimmst du die Zahnbürste wieder mit, fühlen sie sich verlassen und sehen sich elendig zu Grunde gehen.

Kam ich mir manchmal dann doch trotz aller Neugier auf andere Menschen wie gesandstrahlt vor, hing ich im Sessel und wollte vor wollüstigen Sonetten und fremden Gehirnfrequenzen in Deckung gehen, wenn mir diese ganze Liebhaberei, die mit dem, der mit der zu siffig wurde, die mit dem obwohl noch der mit der und sie auch noch mit dem, sagte sie: »Nicht jeder kriecht in eine zwanzigährige Ehe, um zu versteinern.«

Oder sie fragte, um meine Deckung zu brechen: »Wie war ich mit Fünfzehn?«

»Du hattest blond behaarte Arme und Beine, mein Affenweibchen, nicht anders als jetzt, und zwischen den Beinen ein ganz durchsichtiges Fell.«

»Beiß! Beiß zu!«

Oder sie sagte: »Ganz feucht, dieser Bob. Er weint. So viel Glitsch aus einem einzigen Auge.«

Und über die Liebe sagte sie einmal: »Sie hält so lange, solange sie hält.«

Seit Tagen wehte ein eiskalter Wind. Man kennt ja unsere Winter, ein lang gestrecktes Allerseelen mit Husten und Rotzen. Es gab Morgen mit klebrigem Eisregen, und alle gingen vermummt. Kinder trugen die verrücktesten Narrenkappen.

Insa wollte mich endlich mit ihrem Freund Edgar bekannt machen.

»Ich seh dein Augenrollen!« sagte sie.

»Das sollst du auch.«

Der Himmel war dicht verhangen. Es schneite. Schaufeln hackten im Eis. Wir waren so ziemlich die ersten, die eintrafen. Wir öffneten das Blechtor zur ehemaligen Schokoladenfabrik, in die jetzt sieben oder acht Wohnungen eingepasst waren. Das Feuer im Hof brannte bereits. Ein Martin fütterte es schon mit dickerem Holz. War gleichzeitig dabei, den Grill anzuwerfen. Und kein Edgar in Sicht.

Nach uns kamen Bernhard und Susanne.

Über vier Stehtischen hingen rote nasse Decken. Darauf lag weißes Plastikbesteck. Und irgendwann war der Innenhof proppevoll.

Jeder wollte so dicht wie möglich an die Flammen. Wir drehten uns, damit uns die Hitze von allen Seiten erwischen konnte und verteidigten unsere Plätze gegen die, die sich in der zweiten und dritten Reihe drehen mussten. Zu Anfang wärmte sich Hildegard neben mir, eine Krankenschwester in grauem Mantel mit hoch geklapptem Kragen, die mit der Wahl ihrer Männer Pech hatte, wie die Gerüchte besagten. Die wurden mir nicht von Insa eingeflüstert. Insa ist diskret. Wie von Figuren, die an einer Kirmesorgel ungelenk ihre Glöckchen schlagen, kamen die geheimen Äußerungen *pling!* an mich, mal von links hinten, mal von rechts hinten *pling!*, und in rascher Folge erfuhr ich alle möglichen Eckdaten unserer Nebenleute. Hinter mir redete eine Frau in meinen hochgestellten Kragen. Sie sei Malerin. Sie male Fabelwesen. Hier sei sie so gut wie unbekannt, habe aber in Wien einen großen Kundenstamm. Ich ließ sie trotzdem nicht näher ans Feuer. Inzwischen tobten auch jede Menge Kinder über den Hof.

Leo ist noch keine Vierzig, hat aber schon zwei Ehen in den Sand gesetzt, was ihn nur finanziell, nicht psychisch fertig gemacht hat, so höre ich. Er ist immer noch der Star am *Leonhart Turnier- und Kneipenkicker*. Bloß, dass es hier keinen Kicker gab und Leo stand so rum.

Aus einigen Fenstern hingen Boxen. Musik der Siebziger wurde lauter gedreht. Die beiden alten Damen einer Parterrewohnung würden bald die Jalousien hochziehen und uns mit steifen Gesichtern hinter der Scheibe zur Ruhe mahnen. Niemand würde darauf reagieren, was eine Art Ritual war. Edgar wäre die beiden gerne losgeworden, wie ein *pling!* Nebenmann sagte. Aber die Korrektheit, die sie einforderten, lebten die alten Damen vor. So fand er keinen Kündigungsgrund.

Auch meine spinnendünne Feindin war da. Machte Tanzschritte zur Musik. Allerdings gekonnt.

In einer der Wohnungen im zweiten Stock gingen Fenster auf. Während Tom (ein Mann mit Knopf-Phobie/trägt seine Frau zu große Knöpfe am Mantel wird er wahnsinnig/sind die dann auch noch falsch geknöpft … Mit den Händen ins Bunte von Knopfschubladen eintauchen, da würde er lieber sterben. Toms Frau hat eine Fuß-Phobie/vielleicht davon später mehr/alles auf einem Bierdeckel notiert/liegt in der Truhe in den obersten Schichten Papier rechts vorne/eventuell werde ich später noch darauf zurückkommen) – während Tom also die lange Rolle mit dickem Papier, die um einen viel zu schweren Pappkern gewickelt war, durch das Fenster schob, sie dann immer nur für kurze Zeit parallel zur Wand halten konnte und dem zweiten Mann das Ende unter Mühen zum anderen Fenster angab, warfen die Kinder Vierkanthölzer ins Feuer. Der das Ende der Rolle zu fassen kriegte, war Edgar. Die beiden ließen das Papier abrollen. Das war die Leinwand. Das Papier war an den Ecken zerfranst. Der Pappkern donnerte zu Boden. Und zwischen Edgar und mir begann das gleiche Spiel wie zwischen mir und Insas Ingenieur. Tat ich so, als sähe ich ihn nicht, schleuderte er mir die Blicke eines verhärmten Wurzelmännchens entgegen. Sah ich ihn an, sah er weg, kniff den Schwanz ein. Der zweite geprügelte Hund in Insas engstem Kreis. Plus dem, der handgemachte Prügel forderte.

»Wisst ihr, wie ich die Friseusen in Italien rumgekriegt habe?« kam es aus einem Fenster der Wohnung gegenüber der Leinwand. Der Besitzer der Stimme, ein heiseres Gebell, hieß Willi Meier, hatte in Vorzeiten Kunst studiert und galt als fehlgeschlagenes Experiment der Studentenunruhen. Ich mochte ihn. Er zeigte sich schon beim ersten Kennenlernen freundlich und hilfsbereit, fuhr Taxi, fiel aber andauernd in den so genannten Sekundenschlaf und musste seine Fleppe abgeben. Hatte aktuell gerade irgendwelche Schwierigkeiten mit dem Projektor und wollte wohl zeigen, dass er bloß Technikschwierigkeiten hatte und keinesfalls wieder eingeschlafen war. »Ich hab den Friseusen gesagt, ich hätte den Figuren in der Sixtinischen Kapelle auf Befehl des Papstes die Tücher von den Geschlechtsteilen wegrestauriert. Da war ich beim Thema.«

Piper wurde im Fenster sichtbar. Schob den päpstlichen Restaurator zur Seite. Wenige Handgriffe und die Projektion seiner Portraitaufnahmen begann.

Für seine Papierabzüge nimmt er Spezialpapier und als Entwickler *Foto-Speed 20* mit *Chinidon*, das hatte mir Piper mal erklärt. Wie er diesen verführerischen Braunton bei seinen Dias erhält, so dass ein kahlköpfiger Knappschaftsarzt mit Schnapsglas in der Badewanne wie ein Idol wirkt, wusste ich nicht. Kahler Schädel, kahl verputzte Wand, über die Wanne genagelt eine dünne Lichterkette von Weihnachten, und der Knappschaftsarzt sah aus wie eine Entdeckung für's amerikanische Kino.

Mit Alkohol im Leib wurden die Bilder noch erstaunlicher. Die Kinder stocherten im Feuer. Wolken von Funken flogen über den Hof. Aber noch mehr Aahs! und Oohs!

Ohne ein Wort verließ Insa das Feuer. Ging in Richtung Leinwand. Verschwand in der Tür. Ich vermutete, weil Edgar sich immer noch nicht im Hof hatte sehen lassen. Dass sie abschob, nur um zu pinkeln, das konnte nicht sein. Ich kannte den Mythos seiner Wohnung: Nie war jemals eine Frau freiwillig auf seine Toilette gegangen. Was man sich auf Bali bei Sonne vielleicht noch hätte bieten lassen, weil man sich exotische Novellen dazu dichtete, war bei Edgar das was es war: Bruch und Dalles.

»Geckos sind das nicht, die da huschen.«

Seit fünfzehn Jahren ein Flügel voller Mörtelstaub – er gab Klavierunterricht – inmitten von Werkzeugkoffern, bekotzten Planken, verschmierten Umbauplänen, alten elastischen Binden und leeren Flaschen.

»In lebensgefährlich verseuchtem Gebiet Chopin spielen hat was Romantisches!«

»Red keinen Müll!« hatte Insa gesagt.

Ich fütterte das Feuer und musste husten.

»Noch ein Bier?«

Durch eine Erbschaft gehörten ihm auch die anderen Wohnungen. In jede Wohnung hatte er einen alleinstehenden Trinker gesetzt (Ausnahme:

die beiden alten Damen). Trinker vermüllen leicht, meinen dann aber immer noch, wenn aus dem Müll wenigstens ein Hammerstiel ragt, sie renovierten.

Im Hof ging es weiter mit den Portraits der Anwesenden. Ich sah die Männer neben mir stehen und gleichzeitig als Pipers Geschöpfe auf der Leinwand. Die Makler oder Architekten, Zahnärzte oder Feuerwehrleute oder zitternde Ingos in Posen von Robert de Niro und Al Pacino.

Die Frauen flirrten als »die Göttin ruft« auf der papierenen Leinwand. Selbst Effi, die Hemingway-Pläne-Zunichte-Macherin, ein kleiner Pummel, wirkte fast wie eine Verlockung. Piper hatte sie fürs Foto nackt in die Hocke gehen lassen, dass ihre riesigen Brüste bis über die Kniescheiben hingen. Normalerweise hätte sie mit ihren langen Kuriositäten als Sensation in einem Zirkus gegolten. Auf Pipers Foto eben nicht.

Nur Ingo wusste bei dem Dia nicht, wo er hingucken sollte.

Es war genügend Zeit vergangen, um Insa nicht denken zu lassen, ich sei ihr sofort gefolgt. Seine zwei Etagen glichen dem, was ich meinen Schmuddeltraum nenne. In meinem regelmäßig wiederkehrenden Albtraum gehe ich durch eine mit meinem letzten Geld angemietete Wohnung unterm Dach. Die Fenster sind klein und schief. Von den wurmstichigen Rahmen blättert die Farbe. Noch kann ich mir die Wohnung schön reden, denn ein Zimmer folgt auf das andere, so dass ich sie wegen der Größe herrschaftlich finden kann. Den giftigen Schwamm in den Wänden übersehe ich mit großen Gesten und viel Gequassel. Aber im letzten Zimmer hilft endgültig kein dämliches Reden. Die Wände haben Löcher, die Tapeten hängen samt Putz in den Raum, durch die zerrissene Dachpappe schießt der Regen, das Sofa gammelt vor Feuchtigkeit.

Ich versuchte nicht, mich anzuschleichen, das hätte bei dem Haufen Kram auf der Treppe gar nicht funktioniert. Trotzdem wurde dieser Edgar nicht achtsam: »Er ist alt und krank!« hörte ich ihn giften. »Was willst du mit so einem!« Mein Kopf war schon in der zweiten Etage. Edgar saß am Flügel. Ich ging auf ihn zu, hielt ihm meine Hand hin: »Und du, welche Rolle spielst du hier so? Die weise alte Frau, die Insa den Weg weist?«

Meine Hand war für ihn das reinste Missverständnis. Er zuckte zurück. Ich hatte das Gefühl, er könnte nie jemandem direkt in die Augen sehen.

»Du kannst mir doch nicht drohen!«

Ich mochte das Missverständnis.

»Siehste doch, dass ich das kann.«

Ich stand am Feuer. Auf einmal liebte ich diesen Hinterhof. Im Sommer hatte er sicher etwas Italienisches oder Spanisches, auch wenn ich mir zurzeit den Hintern abfror.

Gelsenkirchen ist zweigeteilt. Der Süden ist voll von unkomplizierten Monstern, die in ihren glänzenden Jogginganzügen und kaugummikauend in den Puff nach Barcelona fahren wollen. Um dort festzustellen, dass sie keine Ahnung hatten, was grandiose Schweinereien sind. Ich musste es wissen, ich gehörte lange in etwa dazu. Hier im Norden war es nicht grundsätzlich anders. Aber hier hatten sie solche wie Udo Piper, Stil- oder Lebensberater. Piper schenkte jedem eine verblüffende Paramount-Existenz. Und seine dankbaren Modelle arbeiteten kräftig daran, diesem verführerischen Braunton mit seiner Eleganz wenigstens für Augenblicke zu ähneln.

Dazwischen:

»Tom hat sich von Liz getrennt.«

»Philippe ist zu Fiona zurück.«

»Nici hat Steve rausgeworfen.«

Drei kleine Mädchen spielen Vater, Mutter, Kind. Ein Hendrik will mitspielen.

»Aber nur, wenn du den toten Opa spielst!«

»Reich mal 'ne Flasche durch!«

»Soll er froh sein, dass sie ihm im Schlaf kein Kissen aufs Gesicht gedrückt hat.«

»Mach sie ja nicht mit den Zähnen auf!«

»Hendrik, leg dich hin und halt die Klappe!«

»Sie hat keine Titten.«

»Was? … Keine Titten?«

»Immer bin ich der tote Opa!« mault der kleine Hendrik.

Und so laut wie er es konnte, der heisere Willi Meier: »Wohin geht eigentlich dieser Johnny Walker?!«

Als nun aber auch die Magersüchtige auf der Leinwand als perfekte Marlene *Blonde Venus* erschien, musste ich mich dann doch wegschreien.

Bloß, dass die Totentänzerin neben mir stand, sie nennt sich Nan, und Haut und Knochen sagten grinsend: »Und ich dachte, du hingst schon an der Eisernen Lunge.«

22 »Woher hast du das Geld für die Tickets?«

Damit war alles, was ich mir zurecht gelegt hatte, in Sekunden über den Haufen geschmissen. Ich hatte lange warten müssen, eh sie aufwachte. Hatte viel zu viel dabei geraucht. Sie hustete sich die Kehle wund.

»Verdammt noch mal, weißt du nicht wie klein die Bude ist?!«

Ich kippte das Fenster auf. Sofort wurde es eisig.

Während des Wartens hatte ich mir ein Guten-Morgen-Lächeln zurecht gelegt. Hatte trainiert, das Unechte aus dem Lächeln zu bügeln. Hatte mich auf ihr schlafendes Gesicht konzentriert, auf ihr Haar, was sie sich in der Farbe von Strandhafer wünschte. Ich hatte deutlich sämtliche Worte und Tonarten gehört, die ich sagen, alle Bewegungen und Handgriffe vor mir gesehen, die ich machen wollte. Hintereinander geordnet wie die Risszeichnungen von Bedienungsanleitungen oder von Bauplänen, die man in jedem IKEA-Karton vorfindet. Schlimm detailliert, welcher Muskel wann was auslöste.

Hatte mir sogar überlegt, etwas wie eine imaginäre Vergesspille zu schlucken. Auf gar keinen Fall wollte ich das Herumgezoffe, das ich mit dem hingehauenen Ton meiner ersten Silbe dann doch losgetreten hatte. Ich ließ es laufen. Gab mir nicht mal Mühe, noch was zu drehen.

»Woher sind die Tickets? Mit wessen Geld fliegen wir nach Teneriffa?!«

Vom Reisebüro war sie vor Monaten vor die Tür gesetzt worden. Der Chef arbeitete nur mit einer Festkraft und mit ein paar Praktikantinnen weiter. Kleinen Mädchen, denen er zahlen konnte, was er wollte. Erspartes konnte Insa nicht mehr besitzen.

Insa hatte sich vorsichtshalber mit irgendwas eingecremt, was eine drohende Erkältung verhindern sollte, keuchte im abwehenden Qualm meiner Zigaretten, roch dabei aber gesund.

»Banane!« sagte sie.

Ich warf ihr eine aufs Bett. Sie aß die Banane. Musste niesen. Bananen essen und Niesen gehörten bei ihr geheimnisvoll zusammen.

»So sahst du also aus, wenn du auf deine Frau eingepredigt hast.«

»Was meine Frage nicht beantwortet!« Ich war eingeschnappt. »Haben deine mildtätigen Ex zusammen geworfen? Oder geht alles auf die Kappe der weisen alten Frau Edgar, nur so, bloß aus Freundschaft, aus purer Freundschaft?«

Sie legte die Bananenschale vors Bett.

»Erzähl du mir nichts von Freundschaften«, sagte sie und starrte an die Decke. »Hast du gleichzeitig mit deiner Frau auch all deine Freunde abgehakt oder hattest du nie welche? Gesehen hab ich nämlich keinen bisher!«

»Also woher? Vom gutmütigen Edgar, der dich nicht ansehen kann, ohne dass er anfängt zu seibern?«

»Seitdem ich dreizehn bin, gucken mich Männer an. Mach dir deshalb mal keine Sorgen. Und wenn Nan nicht wieder auftaucht, fliegen wir sowieso nicht«, sagte Insa. »Was hast du mit ihr gemacht?«

»Vier Kugeln. Aber keine tödlich.«

»Du hast keine Ahnung, wie idiotisch du aussiehst.«

»Ich hab sie am Leben gelassen«, sagte ich. »Großherziger kann ich nicht sein.«

Ich hörte Züge und das Gurren abgerissener Stadttauben.

»Es ist vermutlich eine dumme Idee«, sagte ich. Ich hatte das starke Gefühl, dass sie dabei war, zu gewinnen. »Aber ich halte solche wie Nan für ansteckend.«

»Edgar auch?«

»Edgar vermüllt, er wird darin ertrinken und dann ist er weg. Der ist kein Problem. Allerdings trägt er Hemden mit messerscharfen Bügelfalten. Irgendwas hält ihn noch am Leben. Du vielleicht?«

»Hast du jetzt alle meine Freunde beleidigt, oder fällt dir noch einer ein, den du übersehen hast?«

»Da kann sie sich exotisch Nan nennen lassen, soviel sie will. Seit zwanzig Jahren versteckt sie sich in einer Ballettschule, weil es dort am wenigsten auffällt, dass sie nach dem Essen alles wieder auskotzt. Hört sich vielleicht komisch an, aber ich halte Menschen, die zwanzig Jahre lang scharf darauf sind, unglücklich zu sein, eben für ansteckend!«

»Ups«, sagte Insa. »Jetzt bist du gerade durch eine ganz dünne Eisschicht gebrochen.«

Deine Scheiß-Arsch-Scheiß-Sau psychologische Scheiße, hätte meine Frau gesagt. Kein Vergleich zu dem hübschen Ups und dem Eisbild. Um sie nicht tot zu quasseln, tat ich so, als sei ich unters Eis gedriftet. Hielt die Klappe, sparte den Hinweis, dass ich Recht hatte, aus.

Dann ging bei ihr die Sucherei nach Nan los. Wobei ich, im Sessel sitzend, ein Gefüßel mit ihr anfing, das sie irgendwann erwiderte. Sie rief alle ihr bekannten Nummern von Nan an, selbst die Büronummern, obwohl es Sonntag war. Nan meldete sich nicht. Danach alle Nummern des inner circles. Nan hatte nach der Eisernen Lunge den Hof verlassen. Wie eine Selbstmörderin! meinten fast alle. Einige waren ihr noch hinterher gerannt. Um sich was anzutun! meinten die, die es mitgekriegt hatten. Ich wäre damit zufrieden gewesen.

Was ich ihr angedroht hätte, wollte Insa wissen.

»Was hängst du eigentlich so an dieser Nan?« fragte ich zurück. Ich kapierte es einfach nicht.

Beruflich waren diese Dreissig- bis Vierzigjährigen zehnmal fitter als ich. Privat schienen sie aber alles Elend des zerbombten Tschetscheniens durchgemacht zu haben. Ihre teuer erkauften Analyseergebnisse pflegten sie wie Klamotten von Prada oder Armani. Sie waren Kontrollierer, Abreagierer, das hatten sie gegen teures Geld herausgekriegt, Selbstisolierer, Paranoiker, Vermeider, Symptombildner, Betäubte, waren stolze Angstbelastete. An ihr eigenes Leid reichte, wenn überhaupt, nur ein Massaker in einer Vorschule Ingutschetiens heran.

Als sie Marc an der Strippe hatte, zischte ich, ob er mir auch nur gegen Vorkasse liefern würde.

»Warte mal«, sagte Insa in den Hörer. Und an mich: »Willst du was bestellen?«

»Kein Bedarf«, knurrte ich. »Der Entzug der kleinen Krankenhausbecherchen hat mich schon einen Kampf mit dem Chefdämon gekostet.«

»Er weiß noch nicht«, sagte Insa in den Hörer.

Fast zwei Stunden lang reihten sich die Telefonate aneinander. Wobei sich vor mir aus Insas Sätzen Nans Seelenlandschaft ausbreitete – *Hohle Pferde nähern sich/vor einen Wagen aus totem Fleisch gespannt/über gefräßige Puppen voll Tod …* diese ganze Abteilung –, für die ich als Gymnasiast, hätte ich eine nur annähernd so kaputte Frau wie Nan es war kennen lernen dürfen, mein Leben gegeben. Inzwischen war ich so alt geworden, dass ich Erwachsene, die partout noch immer unter Kittelschürzenmamis litten oder mit Bäumchen wechsel dich nicht aufhören konnten, aus dem Dorf in die Wälder jagen wollte. Zur Ernährung des Dorfes konnten sie nichts mehr beitragen.

Ermüdet von der Sucherei, die ich selbst gar nicht mitmachte, wurde ich sanfter und sagte in eine Anrufpause hinein: »Nan hat einfach die Neigung, die Verlorengegangene zu spielen. Wirst sehen, morgen wird sie einer von euch finden, und dann kaspert sie wieder wie ein gefricktes Eichhörnchen durch die Landschaft.«

Insa lächelte mich an: »Unser erster Streit, mein kleiner Hobby-Psychologe. Siehst du, wie gut wir den überstanden haben?«

Sie stand auf. Schloss das Fenster eh wir einfroren. Durch ihr zweideutiges Grinsen hindurch lauerte da noch etwas.

»Ich weiß zwar nicht, wofür du keinen Bedarf hast. Für unseren Bedarf bestellen wir bei Marc immer Parfum, Eau de Toilette, Gesichtscremes. Chris ist Filialleiterin bei Douglas, musst du wissen.«

23 Wir kamen von der *Calle Calvario* zur *Plaza* und verließen sie über die *Carrera del Escultor Estévez*, die leicht abwärts führt. Gläsergeklirr, Kneipengeräusche. Das Kichern aus Nähstuben. Dezember, und ich im Hemd! Wir bogen rechts in die *Calle Tomás Zerolo*, dann gleich wieder nach links in die *Caleocencio García* ab und da konnte Insa keinen Schritt weiter. Schon in der Nacht hatte sie sich aus dem Bett, in dem wir wie in einem Sandwich versanken, gequält und sich auf den Fußboden gelegt. Sich geschworen, so reich zu werden, damit sie ausschließlich mit dem eigenen knüppelharten Bett verreisen konnte. Das Zandvoorter hatte sie gerade so eben überstanden. Nach eineinhalb Nächten im kanarischen Bett war Schluss.

»Soll ich den Wagen holen?«

Wir hatten uns einen Leihwagen genommen. Einen kleinen Ford K, den wir bei unseren ersten Fahrten die Serpentinen hoch durch die Wolkendecke Bergziege getauft hatten. Der jetzt irgendwo parkte.

»Lass mich ja nicht allein!« Gab weiter keinen Mucks von sich. Sah aber so aus, als würde sie sich jeden Augenblick den Kopf vor Schmerz gegen die Mauer schlagen. Ihre Spatzenfinger zitterten.

»Ich trag dich.«

»Nächste Idee«, sagte sie.

Ich hatte eine Menge Kaffeeflecken auf meinem weißen Hemd und im Kopf nicht die Spur einer dritten Idee.

»Zieh mir die Schuhe aus!«

Weiße Fassaden, blumengeschmückte Balkone. Blüten groß wie Untertassen. Die Spiralen an einer eisernen Terrasse, eine mit Flaschenscherben gespickte Lehmmauer, Säulen aus Kiefernholz, glasierte Ziegel. Oleander und Drachenbaum. Ich schmeckte den Sand. Hörte Insas wütende Anstrengungen gegen die Schmerzen.

»Ich will hier nicht weg!«, stöhnte Insa den Satz ihrer hartnäckigen Sehnsucht nach warmen Inseln. Sie hatte alle Masseure Gelsenkirchens durch. Und wenn sie vor ihnen auf dem Bauch lag, sagte jeder: »Ist Ihre Wirbelsäule wirklich so krumm oder haben Sie sich nur etwas unglücklich auf die Liege gelegt?«

Sie denkt nach.

»Ich versuch es rückwärts«, sagte sie plötzlich. »Manchmal klappt das.«

Sie setzte ihren Willen durch. Wir besichtigten Kirchen und alte Herrenhäuser, stiegen Holztreppen herauf bis zur handgeschnitzten Decke, sahen in der Ferne den *Teide*, sahen ins Tal bis zum Atlantik, die Arme ineinandergehakt, ich nach vorne schauend, sie nach hinten. Ein Januspaar, was die Touristen und Einheimischen amüsierte. In *Orotava* existieren keine zwei Meter ebener Strecke. Hoch runter hoch, Schritt für Schritt, Stunde um Stunde.

»Geht's noch?«

Selbst zu einer Absurdität geworden, fielen uns, auch wegen der Mittagshitze und der exotischen Vegetation, all die abstrusen südamerikanischen Geschichten ein, die wir, jeder für sich in der Zeit, als wir nicht mehr und noch nicht wieder zusammen waren, gelesen hatten. Von spanischen Eroberern mit Lunte und Lanze. Von wahnwitzigen Trugbildern und Wehmutslicht. Von einem General, der zu seiner eigenen Beerdigung geht. Von Blumengärten tief im Meer, wo zwischen riesenhaften Schildkröten unversehrt die Toten treiben. Von Schwammkorallen und Leuchtkäfern und Tigern aus Gold und Schatten. Geschichten, die sich, hat man zu viele davon gelesen, leicht in ein dekoratives Unsinns-Kabinett verwandeln. Wir erinnerten uns wortreich an sie, doch blieb uns fremd, was wir uns da kiloweise eingetrichtert hatten. Unsere ehemalige Begeisterung für die bolivianische, peruanische, mexikanische Bilderflut war nicht wiederzubeleben. Aber über eine tief blau gestrichene schmale Giebelwand, die wir sahen zwischen den hier üblichen braunen, gelben, hellrosa gestrichenen Häusern lachten wir plötzlich. Außer uns vor Glück rätselten wir darüber, wie so etwas passieren konnte, was ein sattes Blau aus uns hatte machen können.

Rein in die Bars gingen wir als Januspaar. An der Bar stehend, an Sitzen war bei Insa nicht zu denken, drehten wir uns zueinander. Wir tranken und schienen uns in Schweiß aufzulösen. Abmarsch wieder als die ulkige Formation.

Meine Mutter rief an. Sie hatte wegen unseres Fluges Kerzen angezündet. Ich hatte aber vergessen, unsere glatte Landung durchzugeben. Sie hatte, so aufgeregt wie sie war, Teneriffa in meinem alten Schulatlas nicht gefunden. Hatte keine Vorstellung von der Entfernung. Konnte unsere Flugzeit nicht mal erahnen. So hatte sie zwei Nächte lang nicht geschlafen. Ihr Vorrat an Kerzen war verbraucht. Die polnische Putzfrau war für eine Woche in ihre Heimat gefahren. Die konnte sie nicht einkaufen schicken. Mutter war schon im Mantel, um neue zu kaufen, hatte aber Angst, die letzte halbe brennend allein zu lassen. Sie auszublasen wäre ihr wie glatter Kindermord vorgekommen.

»Ja, lacht nur über mich!«

»Wir lachen, weil die Leute über uns lachen«, sagte ich.

»Mach gefälligst eine gute Figur!« flüsterte Mutter. »Wenn ihr zurück seid, kommt ihr vorbei, ja?«

Ich dachte, jetzt käm noch: Was macht der Arm, was macht die rausse Rippe? Aber ganz leicht dahergefragt kam: »Was hast du bei uns zu Hause am meisten vermisst?« Und meine viel zu schnelle Antwort: »Herzlichkeit.«

Ein Luftholen, ein nach Luft schnappen, aber nur das Übliche wegen der halben Lunge.

»Ich hatte doch schon die Tuberkulose, als du geboren wurdest. Ich konnte jeder Zeit sterben. Da dachte ich: Der Junge darf mich nicht mögen. Dann wäre es leichter für dich. Deshalb war ich so rau.«

Das Einsteigen ins Auto und die Rückfahrt waren für Insa die reinste Qual. Im Hotelzimmer legte sie sich sofort auf den Boden neben das Bett. Ich kippte einen Stuhl so, dass ihre Beine erhöht lagen und sie da lag wie ein Mensch, der einen Schock überwinden musste.

Ich, in allem unfertig ging es mir durch den Kopf, stand mit leichter Gänsehaut auf dem Balkon neben dem grünen Blendladen und rauchte. Eine Engländerin rief ihre Kinder zusammen. Der Strand leerte sich. Die Engländerin wischte sich mit einem Handfeger den Sand von den Fußsohlen und stieg dann doch in offene Sandalen und schlurfte mit den Kindern und Gepäck weiter durch den Sand. Der alte Rettungsschwimmer beschwerte seine Zeitung mit einem Stein gegen den Wind und widmete sich seinem rostigen Grill.

»In der Volksschule«, sagte ich, »unser Rektor Zipper, ein kleiner alter Mann. Hat mich nie unterrichtet. Hatte immer einen Stumpen im Mund, unterste Schublade. Die ganze Schule stank danach. Weil ich aber in den Tabakläden die Holzkisten beklebt mit Dschungel und halbnackten Göttinnen, die mir gefielen, und Meeresungeheuern und Schiffen sah, betrat ich jeden Morgen kurz vor acht Südamerika.

Wenn der in der Schule die Treppen runter kam, wurden alle höflich. Als Kind spielte ich manchmal, ich sei ein alter Mann mit Zigarre und verriebener Asche auf dem Anzug.«

Wir ließen uns Essen aufs Zimmer bringen. Der Kellner sah Insa, wie sie da lag, erschrak, sprach kein Deutsch. Ich fütterte Insa.

In der Nacht bekam sie Schweißausbrüche und Herzrasen. Sie sah ihren kleinen Neffen verunglücken, im Kindergarten, auf dem Zeltplatz, im Straßenverkehr. Insas Schwester soff. Hielt sich ihren Sohn, den einzigen Enkel und Urenkel in der Familie, als Geisel: Ein Wort gegen meinen Wodka, und er besucht euch nicht mehr! Insa redete manchmal darüber, verteidigte aber ihre Schwester wie ein Habichtsweibchen seine Jungen, wenn andere darüber sprachen. Litt lieber an Herzrasen. Ich hielt ihre nasse Hand. Und oben drauf: Sie sah all die Ärzte, die wir beide bisher erlebt hatten, mit ihren Suchgeräten an sich, an mir vorüberziehen. Ihre Mienen. Auch die freundlichen gaben ihr auf einmal keine Kraft mehr. Sie hörte sie sprechen: Der eine dünn und zirpend, der andere mit dumpfem Getöse. Einer verhaspelte sich ständig. Bei einem war es eisig wie in einem Verhör gewesen.

»Und wenn sie alle nur mittelmäßig sind?« fragt sie und schaut beiseite. »Wenn sie uns gegenüber so tun, als seien sie auf der Höhe der Zeit, aber privat daran glauben, dass Nachtfalter Unglück bringen? Wenn sie nur so tun, als guckten sie konzentriert in deinen Körper, dabei in Wahrheit an Schmalzgebackenes denken oder an einen verlorenen Schlüssel?«

Manchmal denke ich, Insa ist der einzige Mensch, der weiß, dass sich kleine Lokomotiven auf den riesigen Schienennetzen der Welt verirren können und dann anfangen zu weinen.

Der Aufgegebene im *St. Josef* hatte noch etwa vier Wochen zu leben. Die Ärztin, die seine Krankheit mochte, aber nicht den Kranken, legte ihm eine neue Morphiuminfusion an, sah dabei auf ihre Uhr und stöhnte dem, der überschaubare Stunden noch zu leben hatte, vor: »Mein Gott, heute dehnen sich die Stunden aber ewig!«

In der Nacht wird die Ärztin von einer Oma angebölkt: »Pass mal auf! Wenn du Angst hast, 'ne nackte alte Frau zu sehen, dann reparier doch Autos!«

Vertraulichkeit und Leidenschaft ergeben die romantische Liebe; Vertraulichkeit und Verpflichtung die partnerschaftliche; Leidenschaft und Verpflichtung die törichte; alle drei zusammen die vollständige Liebe.

Du wachst mit der Krankheit auf. Nichts am Tag kann dich wirklich ablenken.

Am Morgen schien es Insa besser zu gehen. Sie lag immer noch auf dem Boden, hatte nicht geschlafen, war aber nachts aufgestanden und auf der Suche nach etwas Lesbarem durchs Hotel geirrt. Hatte einen alten Band von Arthur C. Clarke gefunden, sience fiction at its best, und aus der Tiefe des Alls tauchte ein neuer, bisher nicht beobachteter Himmelskörper auf, der von einer Asteroidenbeobachtungsstation die astronomische Kennziffer *31/439* erhielt.

Ich duschte und rasierte mich. Sie beobachtete mich und ich merkte, wie sie sich immer noch morgens an mich gewöhnen musste. Insa telefonierte mit ihrer Familie. Dabei fiel ein paar Mal mein Name. Ich war glücklich, schon wieder leichtes Zeug anziehen zu können. War begeistert vom ewigen Frühling. Übrigens gab es keine Schwierigkeiten, als ich Insas Familie ein paar Tage später neu vorgestellt wurde. Nur eine Großmutter sagte: »Damals hätte ich dich umbringen können.«

(Ein Artikel aus GEO, der mir seit Jahren durch den Kopf geht:)

Die neuste Theorie des Yale-Forschers Sternberg aber beruht auf »Love as a story« – auf »Liebesgeschichten«.

»Die Idee ist, dass man sich zu jemandem hingezogen fühlt, der – unbewusst – die gleiche Story erleben möchte«, erläutert Sternberg in seinem kleinen, mit Papieren, Regalen, Schreibtisch und Computer vollgestopften Bürozimmer, dessen Nüchternheit in heftigem Gegensatz zu seinem romantischen Forschungsgebiet steht. Da gibt es die »Fairy-tale-story«, bei der die Partner sich insgeheim Märchenprinz und -prinzessin zu sein wünschen, die »Business-story«, deren Kandidaten die Partnerschaft eher nüchternsachlich angehen, die »Addictive-story«, bei der der eine Partner von irgendeiner Sache abhängt, der andere der Betreuer, der Helfer ist. »Police«-, »War«-, »Pornography«-, »Mystery«-, »Science-fiction«-Story. Insgesamt 25 solcher Geschichten hat Sternberg bislang registriert.«

»In welcher Geschichte leben wir beide, was meinst du?« fragte ich.

»Du schnarchst«, sagte Insa und startete mit Kapitän Norton in seinem Raumschiff *Endeavour*, um auf dem seltsamen Besucher *31/439*, der unser Sonnensystem durcheilte, zu landen.

24 Die große Wohnung nahmen wir uns nicht …

»Frohe Weihnachten, übrigens, und ein gutes Neues Jahr.« Draußen ein Gewirr von kahlen Zweigen, an denen Eis funkelte.

… nahmen wir uns nicht, weil ein plötzlicher Geldregen nieder geprasselt war. Vielmehr hatte einer meiner neuen Bekannten – sie tauchen auf, ich weiß nicht wie, einer kommt um eine Hausecke und es stellt sich heraus, es ist seit gestern, seit vorgestern, ein guter Bekannter von mir –, vielmehr hatte einer meiner neuen Bekannten, der sich mit Sechzehn vorgenommen hatte, Millionär zu werden und es mit Dreißig mehrfach war, ein Gespräch mit dem Aufsichtsratsvorsitzenden der Sparkasse geführt.

»Ihr investiert so viel in Kunst. Investiert in einen Schriftsteller. Das passt wunderbar zu eurem Image.«

Ich bekam einen Termin in der Führungsetage. Bei Kaffee und Kuchen sprachen wir über meine Arbeit und über ein paar Schauspieler, die ich durch meine Drehbücher kannte. Mein Kreditrahmen sollte erhöht werden. Allerdings wollte man ein Gesundheitszeugnis sehen.

»Wenn es Ihnen so große Schwierigkeiten bereitet …«, so fing der kurze Brief meines Bekannten an den Aufsichtsratsvorsitzenden an. Mein Kreditrahmen, ich liebe Fachsprachen, wurde auch ohne Gesundheitszeugnis erhöht.

Ich musste lachen. Der träumt mit Sechzehn davon, Millionär zu werden, und ich vernarre mich mit Sechzehn in Dichter in aussichtslosen wirtschaftlichen Situationen, die sich im Winter unterm Dach keine Heizung leisten können, in einen Militärmantel gewickelt arbeiten und an den Füßen selbstverfertigte Hausschuhe aus Kleiderabfällen tragen. Ein dauerndes Unglück, dachte ich, als ich jung war, sei notwendig für das wollüstige Geschäft des Schreibens. Und dachte jetzt: Sein Traum ist prompt in Erfüllung gegangen, die Erfüllung meines Traums stand kurz bevor.

Unten im Haus waren eine türkische Änderungsschneiderei und ein Friseur. Darüber wir auf einhundertzwanzig Quadratmetern. Und weil der Altbau schmaler war als die beiden unteren Geschäfte, hatten wir im ersten Stock eine riesige Dachterrasse. Über uns wohnte ein Ehepaar mit frischen Zwillingen, und manchmal hörten wir, ob die Mädchen gut (sie quietschten) oder schlecht (sie greinten) in Form waren. Darüber rechts wohnte ein Mann meines Alters, dessen fürchterliche Kopfschmerzen ihn manchmal dazu zwangen, die ganze Nacht treppab treppauf zu laufen. Von der Blonden links oben hörten wir ihr Stöckeln und sahen, so alle vier Wochen einmal, dass sie schön war. Wenn im Friseurladen nichts los ist, muss man sich unbedingt den kleinen Italiener unter den Friseuren ansehen, wie er sich vor dem großen Spiegel minutenlang sein schwarzes Bärtchen zupft.

Ich weiß nicht mehr, von wem wir den Tipp bekamen. Mick war dreiundvierzig, sah aus wie Frank Zappa und war Kiffer. Was aber nur hieß, dass er in einem bürgerlichen Betrieb nicht arbeiten konnte, denn als alter Gras-Raucher hatte er eigene Vorstellungen davon, wann ein Tag begann und wann er endete. Also arbeitete er schwarz und betrieb sein Handwerk wie eine Kunst. Eigentlich hatten wir ihn nur als Anstreicher engagiert. Die neue Wohnung hatte aber in der Küche noch einen durchgetretenen Holzfußboden mit mehreren Lagen Linoleum. Da wollten wir Bodenfliesen, hatten aber Angst vor dem Dreck und den Kosten.

»Das mach ich euch!« sagte Mick.

Er fuhr mit mir in den Baumarkt, suchte mit mir gemeinsam die Fliesen aus und erklärte mir die Vorzüge und Nachteile jeden Materials. Und während die Tapeten und Farben in den anderen Zimmern trockneten, verlegte er die Fliesen.

Während er die Fliesen verlegte, stöhnte ich über meine Eichenregale. Die waren zentimetergenau in die alte Wohnung eingebaut worden, mussten zersägt und ganz anders zusammengesetzt werden..

Übrigens hatte meine Frau längst ein kleines Appartement bezogen. Mick hatte Spaß an ihrem leergezogenen Bordüren-Schlafzimmer, sah sehnsuchtsvoll in die gemalten Wolken und rauchte.

»Das mach ich euch«, sagte Mick in seiner genialen Ruhe und kam am nächsten Tag mit seinem dicken italienischen Schwager, der mit dem Staubsauger die Sägespäne einfing.

Insa sagte: »Ein Tisch muss so aussehen, wie von einem Kind gemalt.«

Mick baute den Tisch.

Dann suchte ich nach einem preiswerten Umzugsunternehmen. Und Mick stellte die Säge ab und sagte, er könne sich einen Anhänger leihen.

Er schliff das Parkett im Wohnzimmer und im Arbeitszimmer ab. Von Hand, nicht mit der Maschine. Er auf den Knien mit nacktem Oberkörper. Ein durchtrainierter Kiffer, was selten ist, bei gedämpftem Lichteinfall.

Und spielte auch noch den Umzugsfritzen. Während sich also Mick und sein dicker Schwager mit Schränken quälten, die nicht durch den Hausflur passen wollten oder mit meinen sechstausend Büchern, stand ich ihnen im Weg und staunte und wollte sie wenigstens bemitleiden.

»Kackschwer!« sagte ich.

»Pissleicht!« grinste der Italiener.

Als dann auch noch die Rechnung bezahlbar war, wollte ich vor Glück verzweifeln. Da nahm mich Mick in den Arm und sagte, kleines Verzweifeln wäre nun der größte Mist überhaupt. Er zum Beispiel sei UFO-Gläubiger, jeden Augenblick könnten ihn die Außerirdischen holen als Berater und Fremdenführer, davon sei er überzeugt. Genausogut könne das auch noch Jahre dauern. Aber deshalb könne er doch nicht durchdrehen und womöglich vergessen zu leben und Spaß zu haben.

Insa und ich kauften Speiswannen und Erde. Töpfe und Kübel, Raschwüchsiges, nichts Frostempfindliches für die Terrasse.

Insa gab ihr Appartement auf.

Ich will mit keinem Mann zusammenziehen. Nicht mehr.

Wir sprachen nicht darüber.

Zum ersten Scheidungstermin war meine Frau nicht erschienen. Ich war immer noch sehr legitim verheiratet.

Ich ging runter zum Friseur. In einiger Entfernung ließ sich eine klapprige alte Dame violett färben.

»Tja«, sagte der Friseur, als er mir den Umhang umgeworfen hatte, vertraut mit dem Schicksal der Dame. »Ich kann an den Haaren der Menschen fühlen, wie lange es mit ihnen noch dauert.«

25 Ich war früh aufgestanden. Der Steuerberater hatte mir Dampf gemacht. Postquittungen und quittierte Restaurantbesuche nach Daten sortieren, ein paar Fahrkarten und jede Menge Bücherrechnungen. Die Kaffeemaschine war so laut, dass ich die Küchentür schloss, um Insa nicht zu wecken. Ich steckte mir eine Zigarette an. Da ging das Telefon. Es war zu früh für Telefonate.

Die Polin war ganz ängstlich. Ich bat sie, sich zu beruhigen, drückte das Gespräch weg und rief die Feuerwehr an. Zog, ungewaschen wie ich war, meine Sachen vom Vortag an. Kämmte mich. Öffnete die Schlafzimmertür. Insa war wach.

»Ich glaube, Mutter ist tot.«

»Soll ich mitkommen?«

»Komm später nach.«

Ich fuhr mit dem Wagen die Cranger Straße Richtung Erle. Das Sterben meiner Mutter hatte ich mir oft vorgestellt. Schon als Schulkind, wenn sie von Mittags bis Nachts hinter meinem Rücken stand und mir mit der ganzen Wucht ihrer Träume vom besseren Leben ihre Faust in den Nacken stieß, dass meine Nase in den Atlas flog, wenn ich zum Beispiel trotz ihrer Schreierei Wuppertal nicht fand: einfach aufstehen, die Mutter in den Ofen stoßen, die Möbel verkaufen und mir mit dem Geld ein heiteres Leben machen!

Die Straßen waren nass. Wegen des Kopfsteinpflasters und der Straßenbahnschienen fuhr ich besonders vorsichtig. Ich schaute nach links, nach rechts, schaute mir die Bäume an. Sah, wie die Menschen zur Arbeit gingen, wie sich die Rollos der Geschäfte hoben. Der Welt war es nicht anzusehen, dass es meine Mutter nicht mehr gab.

Die Polin öffnete mir mit verheulten Augen. Die Notärztin war schon da und Polizei. Meine Mutter hockte in ihrem angestammten Sessel, der Körper Richtung Fernseher, der Kopf war auf die rechte Schulter gefallen, ihr Gesicht war uns abgewandt. Ich küsste sie von hinten auf den Scheitel.

»Sie war sehr krank«, hörte ich die Notärztin zur Polizei sagen. Die beiden Uniformierten nickten mir zu und gingen. Die Notärztin beobachtete mich. Ich machte ihr einen stabilen Eindruck. Der genaue Termin ihres Todes war nicht zu ermitteln. Gestern hatte sie mich noch angerufen. Bei ihr habe das Telefon geschellt. Ob ich es gewesen war. Ich war es nicht.

Sie legte auf.

»Etwa gegen neun Uhr abends.«

Ich konnte mich nicht erinnern, welche weiteren Sätze wir miteinander gewechselt hatten. Also war sie zwischen neun Uhr abends und acht Uhr morgens gestorben. Die Polin schickte ich weg. Sie gab mir ihren Zweitschlüssel zurück. Dann war ich mit meiner Mutter allein.

Ich rief beim Beerdigungsinstitut an, das schon meinen Vater beerdigt hatte. In einer Stunde würden die Männer kommen. Mutter und ich mussten warten. Ich setzte mich rechts in die Sofaecke. Wir beiden saßen fast so wie damals, als sie mich vor Frauen warnte, auch vor meiner Immer-noch-Ehefrau. Weil die nämlich schon eine Ehe hinter sich gehabt hatte. Wir saßen fast so wie damals, als Vater die Nerven verlor und auf seinem Fahrrad kopflos durch die Straßen kreiste und ich ihren Suffschlaf bewachte.

Neben ihr auf dem Tisch ein volles Wasserglas. Hätte sie mit dem Tod gekämpft, hätte sie es vom Tisch gefegt. Aber es stand da. Randvoll. Wasser! Kein ekliges Mixgetränk. Sie trug einen angerauten Schlafanzug, mit dem sie beim Sterben eben nicht vom Sessel gerutscht war.

Sie war eine diskrete Tote, so wie sie sich abgewandt hatte.

»Heirate nicht! Nimm dir ein paar Freundinnen! Und das von einer Erzkatholikin!« sagte ich. »Hut ab!«

»Und danke für diese eine Erklärung.« Denn als Kind musste ich schon eine Steintreppe runterstürzen, um von ihr auf den Schoß genommen zu werden und hatte es nie verstanden. Von meiner Mutter würde ich keinen Cent erben, dachte ich plötzlich. Meine Mutter hatte nichts. Was sie im Übermaß besessen hatte, war das Gefühl, alles im Leben ginge schief. Blitze konnten in die Metallfeder meines Schulfüllers schlagen, so dachte sie. Da machte ich bei Gewitter auf ihren Befehl hin keine Hausaufgaben, was ein ganz monströses Faulenzen war, niemandem zu erzählen.

Einen der Bestatter kannte ich von früher. Es war der doofe Willi, der an der rechten Hand nur noch zwei Finger hatte. Mit denen er wohl immer noch gut erhaltenen Witwen die Einkaufstüten trug. Ich sah mir nicht an, wie sie Mutter in den Totensack steckten. Ich hörte den langen Reißverschluss. Sah nur kurz, wie sie sie auf einer Sackkarre durch die Diele fuhren.

»Wenn du sie den Leuten noch mal zeigen willst«, sagte der doofe Willi, »also ich würde es nicht tun.«

Insa hatte ein Taxi genommen. Das Taxi war in einen schier unauflöslichen Stau geraten. Den letzten Kilometer war sie gerannt. Als sie ankam, sagte sie zu mir: »Jetzt bist du ein Waisenkind.«

26 Wir räumten Hedwigs Schränke aus. Vom Gefundenen wanderten in die grüne Truhe: Eine graue Kladde, in die meine Mutter in ihrer Schulzeit sehr sauber Eichendorff-Gedichte geschrieben hatte. Eine weitere Kladde mit handgeschriebenen Rezepten. Der lappige graue Führerschein meines Vaters. Ihr seit Jahrzehnten stumpfes, im Design aber zeitloses Zwiebelmesser *Schneidboy* von 1956. Ein Fotoalbum mit Bildern meiner Kindheit und Jugend. Postkarten und Briefe meines Vaters an meine Mutter aus der Zeit, als ich geboren wurde. Tuberkulosekranke Schwangere aus dem dreckigen Ruhrgebiet wurden damals zur Entbindung ins Sauerland geschickt. Wegen der besseren Luft. Auf einer Postkarte, frankiert mit der 10 Pf-Posthorn-Marke und der blauen 1 Pf-Notopfer-Berlin:

Gelsenkirchen-Erle, den 6. März 1952

Liebe Hedwig!

Telegramm um 9.00 Uhr angekommen. Freude groß. Als ich um 15.00 von der Arbeit kam, hat Mutter schon Alarm geblasen. Mama hat vor Freude geweint, Ernst hat im Laden bravo gerufen, Henni wußte es auch schon. Nun bin ich Vater und Du Mutter. Laßt uns den Herrgott bitten, daß er uns gesund erhält. 1. April bist Du in Erle. Grüß mir meinen Sohn.

Dein Heinz

Mehr nahmen wir nicht an uns. Hedwigs Schmuck schenkten wir ihrer Freundin, Hedwigs Kleidung ging an die Kirche, Hedwigs Möbel stellten wir auf die Straße. Sie bekam den gleichen liegenden grünen Sandstein wie Vater. Meine Eltern liegen zweihundert Meter voneinander entfernt. Die Entfernung ist für die beiden gerade richtig, was man ihren ersten wirklich zarten Liebesbriefen nicht entnehmen kann. Zweihundert Meter sind auch für Insa und mich gut, beim Gießen.

Wohin Hedwigs Marienbild gekommen ist, weiß ich nicht. Jetzt hätte ich es gerne.

Abends im Bett sahen wir uns unsere Kinder-Fotoalben an. Die Mütter hatten sie lange unter Verschluss gehalten und dadurch dafür gesorgt, dass sie noch existierten. Denn Insa und mir kamen einige Fotos dann doch zu peinlich vor. Die hätten wir längst zerrissen.

Sie hatte ein rosa Plastik-Barbie-Album. Über mein blaues in Sackleinen meinte Insa: »Sieht aus, als hätte sie es über Berlin abgeworfen.«

Ich im Taufkleid. Ich bäuchlings auf einem Stuhl im Schrebergarten des Großvaters.

»Eine Weisheit des Großvaters: Erst der hundertste Bürstenstrich ergibt den glänzenden Schuh!«

Ich im Sessel beim Fotografen. Ich und ich und ich und ich in Schwarzweiß. Ich und die Eltern. Mutters größtes Problem damals, wichtig zu erscheinen, mitspielen zu dürfen, war bei unserer Kleidung ganz gut gelungen. Bei meiner Geburt soll ein Bergmann mehr verdient haben als ein Arzt. Was sich danach in großer Geschwindigkeit umkehrte. An den Außenaufnahmen las ich ab, wie wir immer näher zum Pütt gezogen waren. Ich in Lederhosen in der Siedlung. Ich hörte das Geräusch der geflochtenen Teppichklopfer, das man schon lange nicht mehr hört. Ich fühlte, wie es war, als ich mithalf, die großen Teppiche draußen auf der Wiese über unsere Kletterstangen, unsere Fußballtore, zu wuchten. Hörte, wie die kleinen Teppichbrücken gegen Hausecken geknallt wurden.

»Als ich klein war, gab es noch Straßenbahnen mit Holzbänken und Schaffner und in jeder Straßenbahn eine Bimmelleine durch die ganze Bahn, an der der Schaffner zog, wenn es weiter gehen konnte.«

»Du gehörst unter Denkmalschutz.«

Natürlich wollte ich diesmal mit den Fotos kein Krebs-Domino spielen. So bemühte ich mich, nicht daran zu denken. Mit dem Erfolg, dass ich an nichts anderes dachte.

Mein Lieblingsfoto in ihrem Album: Eine dreijährige Insa hält eine Putenkeule und mampft drauflos. Ihr Kindskopf ist fast dahinter verborgen. Das Bratenfett klebt bis über die Augenbrauen. (In Farbe!)

Meine Familie wirkt auf den Fotos immer streng und ordentlich und um Haltung bemüht. Nach den Fotos hätte man besonders meiner Mutter gut die Schweigsame andichten können. Viel mehr erzählen die Aufnahmen nicht. Sie sind der Gipfel an Sperrigkeit.

Dabei war meine Mutter eine gewissenhafte Erzählerin, was mir als Jugendlicher kräftig auf die Eier ging. Ein beinahe x-beliebiges Stichwort und sie schoss los, hinab zu den Dämonen, und ich sehe und höre, wie ihre eine Schwester als Mädchen, von zwei Ordensfrauen in einem Tuch liegend in die Wanne getunkt wird, weil man sie nicht anfassen darf, bei jeder Berührung schreit sie. Selbst das feuchte Tuch tut ihr noch weh, und sie stirbt als ganz junges Mädchen an Leukämie.

Mutter erzählte mir Bombe für Bombe. Von Brandbomben, nackten Fußsohlen voller Splitter, einstürzenden Treppenhäusern. Noch Jahre nach dem Krieg wimmelte es in der Stadt von ihren geheimnisvollen Cousins in weiten Gummimänteln, einst schmucke Flieger, die mehrmals abgeschossen worden waren, Finger, Ohren, Beine, das halbe Hirn verloren hatten und jetzt, wenn man sie unverhofft auf der Straße traf, unsäglichen Mist erzählten, ansteckendes Beklopptenzeug, so dass ich sofort an die nächste Litfasssäule geschickt wurde und Plakate lesen musste, Ankündigungen von Konzerten. Die Welt war voller Bachs und Mozarts mit Bombensplittern im Kopf, notdürftig verdeckt durch Zopfperücken. Und voller Schlager.

In Yucatán, in Yucatán, in Yucatán
tan, tan, tanzte sie.
Und jeder kann, und jeder kann, und jeder kann,
kann, kann, kann, kannte sie

Ihre Mutter ließ sich vom Vater der drei Mädchen, einem Säufer, scheiden. Meine Großmutter arbeitete in einer Drahtfabrik. Die Mädchen kamen in ein Kinderheim bei Münster. Pflegeeltern nahmen sie auf ihren Bauernhof nach Roxel.

Im fernen Mexiko, da tanzte keine so,
drum hat sie's über Nacht
so herrlich weit gebracht!

Wenn Insa und ich alle drei Monate zur Melanom-Nachsorge nach Hornheide fuhren, tauchte ich schon weit vor der Abfahrt Roxel in die alten

Geschichten, in die des russischen Kriegsgefangenen Gregor, der die Kuhwiese für die drei Mädchen nach Minen absuchte, damit sie gefahrlos spielen konnten, und dabei zerrissen wurde. Nur dass jetzt, wo Mutter tot war und ich sicher sein konnte, dass sie bei einem unbedachten Stichwort nicht alles wieder aufrollte, und immer mit den selben Worten, dass ich jetzt wieder und wieder mit den selben Worten die Geschichten erzählte, sie mir manchmal auch nur dachte, um Insa nicht zu langweilen. Mutters Repertoire an Geschichten, das ich in mich aufgenommen hatte, das allmählich, wenn wir uns nicht gerade in den Haaren lagen, eine Art von Mutters ruhiger Erkennungsmelodie geworden war. So dachte ich, würde es auch mit diesem meinem persönlichen Repertoire um ein superfiziel spreitendes malignes Melanom (ich hatte Melanom behalten, und manchmal entfiel mir selbst dieses Wort, aber Wissenschafts-Insa hatte natürlich, ohne es mir sofort zu sagen, alles Erreichbare darüber gelesen), mit der Geschichte um ein Melanom und seine makabre Entdeckung und mit der Geschichte um ein Plasmozytom, nicht makaber entdeckt, aber doch wieder wie zufällig geschehen, Erzählungen, die immer auftauchen würden. Vielleicht mit der Zeit immer unaufgeregter, aber ständig.

Was hab ich mich als Gymnasiast im Tod gesuhlt, und plötzlich geht mir der Arsch so auf Grundeis, dass ich das Handy abschalte und wir uns nach drei Zeilen aus dem Internet verabschieden!

Wenn wir über den Fotoalben eingeschlafen waren, ruckelte mich Insa oft wach: »Du schnarchst!« Ich stritt es ab: »Ich habe noch nie geschnarcht!« Was ich aber nur ein oder zwei Mal sagte, da ich ja so meine Noch-Ehefrau, auch ohne die zu nennen, als Zeugin heraufbeschwor, was mir nicht passte.

In Insas rosa Album steckten auch alte zerknitterte Reiseprospekte, noch von ihren Eltern, mit Urlaubszielen weit weg wie der Mond.

»Bora Bora hört sich an wie Taka-Tuka-Land«, sagte sie.

27 Inzwischen war beim alten Opel auch noch die Heizung ausgefallen. Zwei Fahrten machten wir mit Bettzeug über den Knien. Dann fiel uns unser erweiterter Kreditrahmen ein. Für die Anzahlung und die erste Leasingrate reichte der. Damit Insa auf Autobahnen neben LKW-Zwillingsreifen nicht mehr vor Grausen mit ihrem Sitz verschmolz, wollte sie ab sofort höher sitzen. Wir leasten einen Spaßjeep, einen von denen, die Off-Roader heißen, mit denen man aber nicht durch Lybien kommt, nur gefahrlos durch deutsche Vorgärten.

Ich startete den Wagen, Insa schaltete das Radio an.

»Bagdad. US-Soldaten haben nach Angaben des US-Militärkommandos in Bagdad den Friseur der islamistischen Terrorgruppe El Kaida im Irak gefangen genommen. Walid Mohammed Farhan Dschuwar al-Subaidi, der auch als Babier auftrat, soll führenden Mitgliedern der Terrororganisation das Haar gefärbt sowie Frisur und Barttracht verändert haben, um ihnen das Leben im Untergrund zu erleichtern.«

»Wenn sie jetzt noch den Fußpfleger schnappen ...«

Es war ein schönes Fahren, und wir nahmen uns vor, im neuen Wagen nicht zu rauchen. Ich beschleunigte. Man sitzt ja wahrscheinlich nur wenige Zentimeter höher als in einem normalen PKW, trotzdem dachte ich, wir würden die Brücken streifen.

»Hundeschmitz!« sagte sie.

Und ich sagte: »Was?«

»Wirst du jetzt auch noch schwerhörig?«

»Das Radio brüllt und du flüsterst, das ist alles.«

»Wenn du mal vorhast, gegen eine Mauer zu fahren«, sagte sie, »oder bei vollem Tempo in den Gegenverkehr zu rasen, ...«

»... dann lass ich dich vorher aussteigen.«

»Das auch«, sagte sie. »Aber denk bitte immer daran, wie denen zu Mute ist, die die Schweinerei wegmachen müssen. Wir hatten mal in einem Hotel auf Sylt einen Selbstmord.

So was geht nicht, hörst du?«

Ich muss unbedingt meine Fingernägel säubern. Ich kann schon an nichts anderes mehr denken. Ich weiß nicht, wie ich die braune Färbung abbekommen soll. Einige schwören auf Zitronensaft. Nikotinfinger waren bei Männern mal groß in Mode.

Wenn die Knef im Autoradio sang, gab es kein Halten: »Für mich soll's rote Rosen regnen, mir sollen sämtliche Wunder begegnen …«, grölten wir mit.

28 Jetzt hatten wir so viele Fotos voneinander. Ich war nicht mehr auf das eine angewiesen, was meiner Mutter die Erleuchtung eingegeben hatte: Sie ist fast nicht drauf auf dem Foto. Nur ihre Knie.

Meine Mutter wollte das Foto unbedingt haben. Ich ließ einen Abzug machen.

Ein Foto, das ich von meiner Frau im Stadtgarten geschossen hatte, wie man es eben so macht: »Komm, stell dich mal hin!«

Aber nur, weil im Hintergrund Insas Jeans hinter der Konzertmuschel zum Vorschein gekommen waren. Und prompt wieder zurückzuckte, als ich mit dem Apparat hantierte, aber eben nicht ganz. Ihre Füße, das hör ich noch, auf zwei knallenden Absätzen, schwarz glänzend, die so gar nicht zum Wohnpullover passen wollten.

»Irgendwie kennen wir uns gar nicht«, fiel mir ein. »Dich mit Putenbein kenn ich nur vom Foto. Im Wohnpullover kenn ich dich …«

»… und ohne Wohnpullover …«

»Und dann eine lange Pause. Komische Anrufe einmal im Jahr …«

»Hauptsache, ich kenne dich«, sagte Insa.

»Sicher?«

»In und auswendig. Du bist nicht gerade geheimnisvoll.«

»Wer hat jetzt eigentlich unseren Urlaub auf Teneriffa gesponsert?«

Und noch sprunghafter als sprunghaft fragte Insa plötzlich: »Hab ich eigentlich schon so richtig festlich für dich gekocht?«

»Ein einziges Mal. Es gab Reh. Und dabei hast du ständig von ›Bambi‹ erzählt. Wie traurig die Filmszene war, als Bambis Mutter starb.«

In ihrer Wohnpulloverzeit rief mich auf einmal ihr Vater an. Wollte mich sprechen und zitierte mich in sein Büro. Ich schlotterte mir die Schuhe an, log meiner Frau was vor, weshalb ich weg musste. Saß vor dem Schreibtisch des Aluminiumhändlers und machte riesige Gebärden beim Stottern. Er hörte sich meinen Schmonzes an. Bohrte nicht weiter, kannte die Wahrheit. Polterte aber nicht los. Als er mich entließ, war ich sicher, er würde mich ins Gefängnis stecken lassen.

»Weil er gerade selbst seine Familie verlassen hatte, meine Mutter, meine Schwester und mich, und zu einer sehr jungen Frau gegangen war, was sollte er da große Töne spucken.«

Er schickte Insa in ein Internat. Ab und zu rief ihr Vater bei mir an. Ich besuchte ihn. Er bot mir mit Cognac vor dem Kamin das Du an. Vielleicht hörte er gerne etwas über die Liebe, die ich vor dem prasselnden Feuer beschwor, wenn auch angetrunken.

»Du hast sie in mein Internat gesteckt», sagte ich. »Drei Jahre hab ich da gelebt. Hast du das gewusst?«

Warum Insa wirklich ins Internat kam, hatte ihre Mutter nie mitgekriegt. Der Vater hatte gerade zu der Zeit die Familie hochgehen lassen und wohnte nicht mehr bei ihr. War aber immer noch erster Entscheider. Regierte das Geschick seiner Töchter, wenn ihm danach war, per offizieller Ladung vor seinen Schreibtisch.

Jahrelang habe ich um Insas Mutter einen Bogen gemacht, denn irgendwann musste sie ja mal die Nerven verlieren und mir an die Gurgel gehen. Ich bewunderte schon lange ihre Disziplin. Und dann kam heraus: Sie wusste gar nichts von mir.

29 »Kannst du auch reden, so normal reden, so Guten Tag! Guten Weg! Wie geht's denn so?« fragte Insa, nachdem ich wohl wieder eine ausgedehnte Sprechpause eingelegt hatte.

»Schreiben geht besser.«

»Dann schreib!« sagte sie.

»Was?«

»Einen Brief.«

»An dich?«

»An mich!«

»Aber du darfst nicht gucken!«

Liebe Insa!
Meine Jahre ohne dich verliefen wie folgt: Ich saß neben meiner Frau am Kieferntisch – Schwamm, Lappen, Scheuermilch – auf einem Reisstrohteppich in der blitzblanken Küche und war acht Tage nach der Hochzeit vernichtet. Ich schwöre, wir haben nie gekichert oder, wie man sagt, miteinander geschwatzt. Wir hatten die Wohnungstür abgeschlossen. Wir machten nicht auf, wenn jemand schellte, und machten nach dem Schellen eine halbe Stunde lang keine Geräusche, bis wir sicher sein konnten, dass da niemand mehr war. Ich hatte immer frische, gebügelte Handtücher. Und ich hatte einen Bausparvertrag unterschrieben in der Wohnung einer Schulfreundin meiner Frau, zwischen geschmacklosen Brokatdeckchen und Bierbechern aus Zinn.

Mein Betrinken leitete ich jedes Mal ein mit dem Gang zum Fenster. Unter uns der Markt. Das Wetter wechselte oft sehr schnell. Sturm. Dann klar blauer Himmel. Dann alles verdüstert und Regen. Die Marktkunden rannten. Der Wind hob die Planen. Die Obstfrauen waren nass. Die Orangen glänzten. Der Markt war eine Spielfläche, die Verkaufswagen und Stände waren Rechtecke, die in irgendeinem Verhältnis zueinander standen. Würden alle Rechtecke plötzlich ineinander geschoben, so dass sie ineinander passen würden, würden die Verlierer dieses Spiels noch mit Wechselgeld in der Hand oder mit der in Papier gewickelten fetten Ente unterm Arm zerquetscht.

Ich ging nicht aus dem Haus. Ich wollte nicht bei EDEKA zwischen links Maggi- rechts Knorrsuppen sterben.

Insa tat etwas, das ich ums Verrecken nicht ausstehen kann, sie schlich sich von hinten an mich heran und las mit und kommentierte.

»Ich weiß«, sagte sie plötzlich. »Ich hab dich ja nicht nur aus irgendwelchen anderen Städten angerufen. Manchmal war ich ja auch zu Besuch bei meiner Mutter. Ich ging auf den Markt und sah nach oben. Du warst eine zum Lachen ulkige Gestalt am Fenster.«

Ich sagte nichts, kochte vor Wut, weil sie mir über die Schulter gesehen hatte, zerknüllte den Brief. Was Insa nicht beeindruckte. Sie nahm ihn, strich ihn glatt so gut es ging und legte mir das Blatt wieder vor.

»Mach keinen Zauber. Der Brief ist sowieso für mich. Los, schreib!«

Nachts stieg ich im Atlas durch die Kaparten und kam morgens nicht runter zum Briefkasten.

Im Fernseher erriet eine dicke Frau den Preis einer Tube Tomatenmark, gewann eine Reise in die Karibik und hopste hoch. Genau da wurde das Bild eingefroren. Die Frau hing in der Luft. Ich schlug mit den Armen gegen die Polster des Sessels: Ein eingefrorenes Bild, das war der gefürchtete Hirnschlag! Eine fette Frau! War sie das Letzte, was ich im Leben sah? Gleich würde alles schwarz!

Ich stieg in der Unterhose vom Vortag aufs Trimmrad …

»Keine Details!«

Im Radio ein Barockstück. Vor mir mein Schreibtisch, an dem ein Pastor der Jahrhundertwende epigonale Schwermut erdichtet haben konnte. Ich fuhr mit großer Geschwindigkeit acht Kilometer auf dem Trimmrad und stellte mir vor, wo ich wäre, wenn ich wirklich Rad fahren würde. Ich stieg schweißnass vom Rad.

Ich wurde immer fetter.

Der kleine, schmale, schwarzbärtige Dr. Sczibilanski spritzte wöchentlich gegen meine Defekte an.

Während ich schrieb, piesakte Insa mich. Sie bohrte ihren Zeigefinger in mein rechtes Ohr.

»Da möchte ich wohnen«, sagte sie.
»Wenn du schon mitliest, geh mir wenigstens aus dem Ohr!«

Ich soff mich harmonisch. War manchmal ein Freudefürst.

Bei laufendem Fernseher las ich ein paar Seiten der Göttlichen Komödie. Inspektor Columbo sagte, irgendeine Strecke betrage fünfundvierzig Meilen, der Kilometerzähler des von ihm überprüften Wagens zeige aber siebzig Meilen an. Ich hörte Columbo und las Dante und las so lange gegen Columbo an, bis ich mich fragte, warum Dante als Maßeinheit der einzelnen Höllenringe Meilen angab.

»Warum hast du eigentlich geheiratet? Nenn mir nur einen einzigen Grund!«

Vom Saufen tat mir die Kehle weh.

Meine Frau sagte, zu Mittag brate sie Fisch. Da müsse ich wegen des Gestanks meine Jacketts von der Flurgarderobe nehmen, sagte ich. Sofort wurde sie wütend. Ich solle nächstens meinen Fisch selber braten, schrie sie.

›Dann stinkt es auch‹, sagte ich, rettete meine Jacketts und stellte mich ans Fenster.

»Hier möchte ich wohnen«, sagte sie und prockelte weiter.

»Tust du doch!«

»Kann ich doch nicht, weil du jeden Morgen und jeden Abend mit deinen Q-tipps hantierst.«

»Ich werde sie nur dann benutzen, wenn ich weiß, dass du gerade nicht in meinem Ohr bist. Wenn du einen Ausflug machst.«

»Tust du nicht! Du schiebst und stößt mich immer nur tiefer rein. Weil du ein Mörder bist!«

Im Fernsehen gab es Zungenbrecher-Kriege: ›*Die aus der westbosni-schen Moslem-Enklave vorstoßenden bosnisch-moslemischen Regierungtruppen …*‹, ›*kroatische Serben aus den serbisch besetzten Gebieten Kroatiens …*‹

Insa sah weiterhin über meine Schulter, schnappte sich einen Kugelschreiber, malte Männchen in meinen Brief, mit Igelhaaren, mit Bart, mit riesigen Ohren, nörgelte, dass es kein Brief war, den man gut in der Sonne am Strand einer Insel lesen konnte, mit Küss mich, mein Herz und Ich hab das und das gegessen, und das war lecker: »Schreib was Leichtes mit Möwen, Elstern und Spatzen.«

»Schreib was über Kuchenkrümel. Einfach was Geplaudertes! Nicht so bleischwer.«

»Am Strand. Die Hände voller Sand und Sonnenöl. Dazu ein Brief mit Krümeln. Bäh!« machte ich.

»Am liebsten Eierlikörkuchenkrümel. Aber das verstehst du nicht. Du warst ja immer schon alt.«

»Kanaille!«

Ich las im Wörterbuch. Ich sprach nicht, ging aber der Geschichte der Wörter nach. Ich bastelte mir kleine Texte zurecht, in denen die ganze Welt nur auf mich zugeschnitten war:

In der Nacht des 27. Oktobers 1910 weckte mich Tolstoj, weil er mich fälschlicherweise für seinen Freund Dr. Makovicky hielt, und eröffnete mir, er wolle sich endlich vom Alptraum seiner Ehe befreien. Er zeigte mir den Abschiedsbrief mit der kühlen, förmlichen Unterschrift: Lev Tolstoj.

Nicht sehr majestätisch stiegen wir die Holztreppe im Wohnhaus von Jásnaja Poljána hinab. Da ich aber erst zweiundvierzig Jahre später geboren werden sollte, war mir sein weiteres Schicksal natürlich bekannt.

Noch elf Tage, dachte ich mir. Ich hab aber einen Faible für alte Männer, noch heute, deshalb sagte ich damals nichts. Kaum zu fassen, wie lange nach dieser Nacht ich noch glaubte, dass man elf Tage später unweigerlich stirbt, wenn man seine Frau verlässt.

»Jetzt mal realistisch«, ich schob den Brief zur Seite. »Wenn ich mich nicht über meine Frau gebeugt hätte, sondern mit dir abgehauen wäre, welche Chance hätten wir beide damals gehabt?«

»Das Magazin in den Kolben schieben. Hineindrücken, bis man das Einschnappen hört oder fühlt. Herrliche Präzision. Kapazität: acht Patronen. Garantiert Blaustahl«, sagte sie.
»Genau das ist es, was von sonner Liebschaft übrig bleibt. Ich in der Irrenanstalt, du auf Koks, so endet das doch!«
»Er oder sie, meist beide, geraten in immer verzweifeltere Zustände, kränkere. Hab ich gelesen.«
»Wenn wir uns nicht gegenseitig in Stücke zerrissen hätten, hätten wir uns jeder in irgendeine Behandlung begeben, und diagnostiziert werden schreckliche Geisteskrankheiten, so hätten unsere Chancen gestanden, das ist doch alles nachzulesen! Sie Fünfzehn, er alt: Das endet doch mit: Aquarellieren unter Aufsicht in der Klinik!«
»Wenn du den Mund hältst, bist du mir nicht im Entferntesten so unheimlich, als wenn du quasselst«, sagte Insa.
»Es quasselt in mir Tag und Nacht.«
»Das macht dich aber trotz allem nicht wirklich geheimnisvoll«, sagte Insa.
»Ich gehe Hunderte von Romanen durch. Nicht die Romane der Pilcher, die richtigen. Nirgendwo ist die Liebe geglückt.«
»Mein armer Frosch.«

Solche Bekenner-Tage, an denen weit mehr als die Hälfte ernst gemeint ist, meine Kiefer für meine Verhältnisse unheimlich oft auf und nieder gehen, müssen wohl sein, Tage, an denen wir Sätze tatsächlich zu Ende sprechen. Sollten aber alsbald beendet werden. Man beendet sie am besten, indem man Weintrauben auf Bob wirft.
Bob!
»Dein elfter Tag nach dem Verlassen deiner Frau war der, als Hornheide morgens anrief und die Auffälligkeit achte Rippe links verkündete. Kein glänzender Morgen. Aber du hast ihn überlebt.«
Insa ist die einzige Bob-Werferin, die ich bisher kennen gelernt habe. Ich kann mir aber nicht vorstellen, dass es eine bessere gibt. Wirklich jedes Mal trifft sie und es macht Bob! Gäbe es auf der Kirmes solch einen Stand, hätte sie schon den größten Mist gewonnen.

»Bist du schlanker geworden?« fragt Insa, hat keine Trauben mehr und tut so, als wolle sie umschwenken auf Bananen.

Ich werde starr vor Schreck, und Insa weiß nicht warum. Legt rücksichtsvoll die Banane zur Seite. Ich kann ihr die Wahrheit nicht sagen.

»Was soll das?! Alle Welt will schlank werden!«

Nur wir mit Krebs nicht.

30

»Einmal bin ich morgens erst aus der Kneipe am Großmarkt gekommen. Vollkommen breit. Ich hab mich ans Fenster gestellt, die Gardine zur Seite gewischt, und mir war langweilig. Ich hab die Bullen angerufen. Unten in diesem Siffschuppen sei 'ne Schlägerei, hab ich gebrüllt.«

»Traber.«

»Die kommen mit drei Einsatzwagen. Und weißt du was? Noch bevor sie den Traber stürmen, kommt irgend son Arsch von Ganove raus und fängt an zu schießen ...«

»Ich weiß«, sagte Insa.

»War ja auch groß genug in der Zeitung. Das war vielleicht 'ne Ballerei! Gott sei Dank war kein Markttag.«

»An dem Montag hatte mich mein Vater vor seinen Schreibtisch zitiert. Ich hatte mir ein verlängertes Wochenende gemacht und das Internat gebläut. War bei einer Freundin untergetaucht, und er hatte es rausgekriegt. Ich ging gerade über den Markt, als die Schießerei losging. Ein Bulle hat sich auf mich geworfen. Deshalb hab ich nichts abgekriegt.«

31 … wenn all die Pläne, die hinter Regale gerutscht waren oder im Portemonnaie vergammelten, erst einmal an einem Ort versammelt sind, dachte ich, Zettel aus Taschen lange nicht getragener Anzüge, alte Bandaufnahmen und Fotos (auf einem Foto: Konrektor Kortenbruck! Ach du Scheiße! Auch Volksschule. Ein Alter, den ich nie nachgeahmt habe! Nie! Den Kerl nicht wegschmeißen aber so tief wie möglich in die Truhe!) und Fotos unterm Bett hervorgeholt, wenn das alles zusammengefegt und in die Truhe gekippt ist, dann …

Aber die Feten wollten nicht enden. Die im Innenhof der alten Schokoladenfabrik schon. Denn eines Nachts hatte Edgar, wohl im besoffenen Kopf und daher mutig, mir eine SMS geschickt, ich sei ihm ein unwillkommener Gast. Was aber die Anzahl an Feiern in anderen Lokalitäten nicht die Bohne reduzierte. Und jedesmal tauchte aus irgendeiner dunklen Ecke das fadenscheinige Gesicht dieser Nan auf. Die auf einmal ein neues Leidensthema aus der Tasche zog: Sie habe ihren Vater erst mit Zwanzig kennengelernt.

Ich sag: »Jeder lernt seinen Vater erst mit Zwanzig kennen. Vorher interessiert er doch gar nicht.«

Ich blieb immer öfter zu Hause, während Insa mit Nan loszog. Die war nämlich die Eheberaterin der Schwester des hölzernen Ingenieurs, beide Frauen Insas beste Freundinnen, und sie machten mit einem Mal Sektfrühstücke, Sekt-Brunch, Lunch-Sekt, Sektkränzchen, Fünfuhrsekt und Nachtsekt. Weil sich die dicke Schwester des Ingenieurs zwar neben ihrem Ehemann einen Liebhaber genommen hatte, aber wegen all der in früher Kindheit gelernten Kindergebete und kirchlichen Gebote in der Krise steckte und von morgens bis nachts nach Absolution gierte. Ein Sekt: Man weiß nicht recht, wie das Gespräch beginnen. Zwei Sekt: Die ersten Worte, ein wenig Psychologie. Zehn Sekt: Dann haut man selbst als strenge Katholikin dem alten Moses seine verdammten Steintafeln um die Ohren.

»Oder übt ihr schon *Wir drei Mädels, wir brauchen nur uns*!? Die Dicke bricht aus der Ehe, steht nur noch locker auf Liebhaber, dass Nan einen Mann kriegt, so doof kann keiner sein, und so ganz nebenbei machen sie dir schon mal das Witwendasein schmackhaft!«

Witwendasein war nicht der richtige Ausdruck, offizielle Witwe wäre die andere geworden, er fiel aber nun mal.

»Du wirst uns drei nie trennen können!« hatte Insa vor Wut gefaucht, als sie einmal gegen vier nach Sekt stinkend, aber nicht in Sektlaune, vom Frauenabend kam und mit dem Schlüssel erst minutenlang im Türschloss prockeln musste.

Als lebten wir noch in der Zeit, da man in Ruhe Frauen, die tranken, verabscheute, und auch Frauen, die auf trinkende Männer herabsahen, verabscheuen konnte, sagte ich nur: »Es sind nicht deine besten Freundinnen. Du kennst sie nur schon dreißig Jahre lang.«

»Versuch es erst gar nicht!«

»Es sind zwei Arschlöcher.«

Danach war ich morgens früh aufgestanden und abgehauen. Kurz darauf musste auch Insa wach geworden sein. Sie rief mich an und entschuldigte sich. Ich sagte, ich käme erst am Nachmittag zurück. Was ich ihr nicht sagte: Ich musste ausprobieren, ob ich noch neugierig war.

Nicht neugierig auf meine alten Kumpels. Mich mit denen über Beziehungen besprechen kam nicht in frage. Die waren in meinem Alter, ich kannte sie auswendig, was sollten sie mir Neues erzählen? Zwar war ich kurz in meiner alten Kneipe. Wirtin Inge war nett wie immer.

»Gut siehst du aus!«

»Du auch!« sag ich.

»Bis hier ist alles okay«, sagt sie, zieht mit der Hand einen Strich über ihre unterste Rippe, findet okay, was Gesicht und Busen betrifft. »Den Rest hasse ich, schieres Fett und offene Beine. Deshalb stehe ich ja auch hinter der Theke.«

Inge hat drei Mal denselben Mann geheiratet, einen kleinen Ganoven. Dieser Grad an Beweglichkeit charakterisiert alle meine alten Bekannten. Entweder saßen die immer noch auf ihren angestammten Barhockern oder waren vom Hocker gekippt und verteilt auf Psychiatrien und Friedhöfe. Die Beweglicheren hatten Parteigelder veruntreut, Spendengelder geklaut und wurden bundesweit gesucht.

Wenn ich mehr als zwölf Leute als Arschloch tituliert habe, mache ich immer eine kleine Pause, um in mich zu gehen. Den Mittag und den frühen Nachmittag verbrachte ich also in der Bibliothek bei einer der Veranstaltungen, bei der im Foyer ausrangierte Bücher nach Gewicht verkauft wurden. Suchte ich selbst noch nach Büchern? Blätterte ich noch gerne in alten Schwarten? Schaute ich noch gerne zu, wenn andere blätterten und sich festlasen und dabei die ulkigsten Gesichter schnitten? Mit welcher Gier schreibe ich das Angeschaute noch in mein Molskine?

Gesundes, braungebranntes Gesicht. Schmalschultrig und doch irgendwie ein Naturbursche. Trägt einen braunen Anzug. Wird vom massigen Körper des Mannes neben ihm weit zur Seite gedrückt.

Schreibe ich so was noch auf wie früher, und wenn ich es nicht aufschreibe: Sehe ich es wenigstens?

Würde ich dem, der in den Büchern wühlt, nach Augenschein Beruf und Hobby andichten, nur so zum Spaß? Arbeitet in einer Bank. Ist erfolgreicher Wurftaubenschütze.

Würde ich einer jungen Frau, die mit ihrer Beute schon zur Waage geht, noch so genau hinterher sehen, dass ich notieren könnte: Fährt sich andauernd mit dem Finger durchs Gesicht, sucht unbewusst nach Pickeln?

Denken konnte ich es, das war noch drin, aber dafür extra das Notizbuch hervorkramen und nach dem Kuli suchen? Auf dem Papier stand nach diesem Vormittag absolut nichts.

War ich selbst bleifarben und alle anderen bunt? Ich fühlte plötzlich so viele Feinde, die mir die Luft abquetschen wollten. Oder hatte ich mir in all den Ehejahren, die ich quasi im Keller abgerissen hatte, nur das normale Leben abgewöhnt?

Ich blätterte in der Kiloware, in mürben Seiten. Las mich aber nicht einmal für zehn Zeilen fest. Viele Leute kannten mich. Ich grüßte nicht zurück.

Nan würde sich nie in irgendeiner seelenlosen Toilette aufhängen – »Sie kennt alle Tricks der Sklavenführung!« –, schaffte es aber, es allen weiß zu machen. Insas Ingenieur verpulverte sein Geld für die Pillen, durch die man stundenlang vögeln kann. Und alle lagen auf der Lauer, mir den Kopf abzuschlagen.

Und waren irre. Jede Fete endete für mich mit Stress, weil ich die ganze Zeit Allerweltsgeschichten zuhörte, wie der eine mal wieder nicht kapierte, was er andere ihm seit sechs Stunden eigentlich hatte sagen wollen, nämlich: »Na gut, ich hab in der Nacht vor deiner Hochzeit am Handwaschbecken mit deiner Frau gefickt. Kleines Missgeschick, kann passieren.«

Aber warum, verdammt noch mal, braucht man für diese zwei Sätze sechs Stunden? Zumal das Ganze vor zehn Jahren passiert war? Warum strich man sich nicht einfach gegenseitig aus seinem Bekanntenkreis und fertig? Warum traf man wieder und wieder aufeinander und trat wieder und wieder dieselbe Scheiße platt?

Wenn Studienräte nach dem Bau des Eigenheims ihre Frauen und Kinder verlassen ... das langweilt. Wenn sich Geschwister hassen ... es langweilt. Wenn Kinder ihre Eltern ... wenn Eltern ihre Kinder ... Ich erkannte nur noch die auf ewig festgelegten Handlungsstrukturen dieser Gummiwürmer. Oder belesene männliche Jugendliche, die von der Leere des Daseins faseln und davon, dass sie über dem Tod stehen und nach Benn-Gedichten suchen oder nach Baudelaire. Erbärmlich.

Ich wollte mir Bretter kaufen und Abfallschindeln für Dach und Seiten, ein paar Latten, aus zweiter Hand zwei Glasfenster, tausend alte Backsteine, zwei Fass Mörtel, Nägel, Türangeln und Schrauben und Werkzeug und damit in die Wälder verschwinden. Doch das war ja auch nicht mehr, als so eine widerliche Allerweltsidee.

Wenn einer aus dem erlesenen Grüppchen der Schokoladenfabrik von seinem Vater eine Million erbt, weil der Alte zu Lebzeiten Steuern sparen will, woraufhin der Erbe prompt, vom Haufen Geld traumatisiert, sein Gehirn am Schnapsregal abgibt, braucht man da wirklich zwölf Jahre, um das Schicksal dieses Erben durchzukauen?

»Hey, der Traumatisierte ist heute mal geduscht! Wenn das kein Grund zum Feiern ist!«

Alles machte mich müde.

Wichtig ist allerdings, dass auch der vom Geld Traumatisierte ein Ex Insas ist. Wo hab ich mich da eingereiht? In eine Reihe Arschgesichter?

»Deine Siffs und Supersiffs!«

Insa mit einem Arm voll Blumensträußen, wenn sie ihre Exliebhaber auf Müllhalden besucht.

»Teneriffa war ein Abschiedsgeschenk meines Chefs!«

»Du kündigst, und er macht dir Geschenke?«

»Nerv nicht rum. Er ist verheiratet und hat drei kleine Kinder.«

»Wenn das Reisebüro jetzt auch noch eigentlich seiner Frau gehört, sind das zusammen fünf Argumente …«

Ich war eifersüchtig bis zum Horizont.

Oder hatten die mich wegen der achten Rippe links so voll gepumpt, dass ich immer noch auf Entzug war?

»Glaubst du im Ernst, dass ich nach so vielen Jahre Rache nehmen will, weil du dich zu deiner Frau auf den Sisalteppich gekniet hast und ich gehen durfte, erst durch die Tür, dann ins Internat?« hatte sie einmal gesagt.

»Indem du mich zu endlosen Feten schleppst? Wäre das deine Rache?«

Ich verbesserte noch: »Reisstroh!«

»Sisal! Sisal am nackten Hintern ist verdammt hart. Manchmal spür ich es immer noch.«

»Aufgeschrappter Hintern und aufgeschrappte Knie.«

Oder war ich nicht mehr auf Entzug, war es diese Kiloware verschimmelter Bücher, in denen Halluzinogene lauerten? Aus den Büchern steigen hirnfressende Vögel.

»Kannst du irgendeinen Menschen auf der Welt leiden? So richtig gut leiden? Irgendeinen?!«

Ein tiefer Blick in mürbes Bücherwerk, und ich bin gelähmt.

Ich stand da und war allem überdrüssig.

Als ich nach Hause kam, kündigte mich die knatschende Holztreppe an. Insa empfing mich in der offenen Wohnungstür. Sie sprang mich an und umklammerte mich mit Armen und Beinen. Ich trug mein kleines Pandabärchen ins Wohnzimmer. Und noch an mir dran fing sie an zu weinen, das mir der Hals nass wurde bis ins Hemd: »Ich hab mich noch mal hingelegt und geträumt, du würdest sterben.«

Und weil ich aussah wie vom Donner gerührt, schob sie sofort hinterher: »Wenn ich so was träume, lebst du lang und lang und lang!«

An jenem Abend starrte mich Insa beim fernsehen sehr lange von der Seite an. Als ich es nicht mehr aushielt, sah ich zurück. Sie guckte so wissenschaftlich ernst, dass ich dachte, sie hätte was an mir entdeckt, was sich vergrößert hatte oder am Vortag noch nicht da gewesen war und sich neu gebildet hatte am Ohr, an der Nase, etwas, das ihrer exakten Überwachung und der der Ärzte und ihrer Geräte bisher entgangen war. Kurz vor Herzkasper sagte sie: »Du hast da was auf der Brille.«

32

An unserem ersten gemeinsamen Ostersonntag stand ein goldener Schokohase mit roter Schleife und Glöckchen auf dem Frühstückstisch.

»Finger weg!« sagte Insa. »Wenn du Schokolade essen willst, hol dir was aus der Kammer. Den hier stellen wir ins Regal.«

Wir gingen ins Arbeitszimmer. Ich schob ein paar Bücher nach hinten, stellte den Hasen davor.

»So machen wir das jetzt jedes Jahr«, sagte Insa. Und schiebt schon mal im Voraus weitere Bücher nach hinten.

So viele schiebt sie nach hinten! Und wischt eine so große Fläche staubfrei!

Ich hatte vergessen, die Osterbriefe an meine Patentöchter zu schreiben. Vielleicht würde es noch Sonne geben.

Die Sektnächte mit Nan (da konnte die noch so viel Coco-Chanel-Zeug bei Ebay ersteigern, ich halte sie für eine frustrierte Klugscheißerin auf einem dicken Ego-Trip mit einem klaffenden Riss in der Birne) und der Schwester des Ingenieurs liefen in einiger Regelmäßigkeit den Sommer hindurch. Bis Nan wieder einmal verschwunden war. Wieder begann der Telefonterror: Wo kann sie sein hast du die schon angerufen hast du es dort schon versucht …

Ich saß daneben und sang: »Eins zwei drei vier Eckstein, Nan, die muss versteckt sein …« Ich sag: »Du hast Nan dreißig Jahre lang immer wieder gesucht. Jetzt lass andere sie suchen.«

Natürlich tauchte Nan wieder auf. Die Sektreffen der drei Freundinnen gab es aber nicht mehr. Insa traf sich noch manchmal mit der Schwester des hölzernen Kaspers. Dann trafen sie sich gar nicht mehr. Vielleicht rufen sie sich noch an. Vielleicht treffen sie sich auch noch. Hauptsache, ich weiß nichts davon.

Im Herbst regelte Insa auch noch das mit ihrer Schwester. Bei der waren wir zum Abendessen eingeladen. Sie hatte für sechs Personen gedeckt. Wir fragten, wer noch käme. Ob wir denn blind seien, fragte sie uns. Da säßen doch ihre drei Kinder. Die trügen zwar Plastiktüten über dem

Kopf, wir sollten ihnen aber ja nichts wegessen, denn trotz der Tüten hätten sie Hunger. Danach zog sie eine Schublade auf, in der etwa zwanzig Zahnputzbecher vorsichtshalber schon mal mit Rotwein gefüllt standen. Kippte drei davon in sich hinein. Und als hätten wir nicht direkt hinter ihr gestanden, sagte sie, Alkohol gäbe es bei ihr in der Wohnung allerdings nicht. Darauf sollten wir uns schon mal einstellen.

»Wegen der Kinder!«

Dann wollte sie noch einen Papagei aus dem Wasserbehälter an der Heizung retten. Den Vogel gab es aber auch nicht.

Selbst eine Frau im Delirium durch die Feuerwehr abholen zu lassen, ist ein schwieriges Unterfangen. Es gelang Insa nur, weil sie schwor, ihre Schwester habe von Aus-dem-Fenster-springen geredet.

Die Schwester in die Geschlossene, alle Flaschen aus dem Bettkasten in die Glascontainer.

An dem Tag war Insas Neffe, das einzige Kind ihrer Schwester, bei seinem Vater zu Besuch, der schon vorher die Flucht ergriffen hatte.

Schön waren die Oktobertage auf holländischen Märkten. Beim Vietnamesen vor Fett triefende Rölleckes mit scharfer Soße essen. Oder Fischbrötchen. In Antiquariaten stöbern (Und es klappt doch!). In Cafés sitzen, Leute beobachten (Es klappt!). Unbedacht aufstehen, dass der Kellner alles vom Tablett aufs Hemd kriegt. Ich entschuldige mich. Aber er hat halt nur ein einziges Hemd dabei, und seine Schicht hat gerade erst begonnen.

Ich schrieb ruhig gegen unsere Schulden an. Ich las in Volkshochschulen, Buchhandlungen, Büchereien, Schulen. Dann in Schulen, Büchereien, Buchhandlungen, Volkshochschulen. Dann wieder in …

Dann und wann Sprechaufträge von Piper.

Ich erzählte Schulklassen was vom Drehbuchschreiben. Erzählte ihnen ein wenig über Erzählstruktur. Hätte allerdings auch sofort zu Ketchup übergehen können. Sie hatten Camcorder dabei und wollten drehen. Ohne Buch. Am folgenden Tag mussten die übrigen sechshundert Schüler in Sträucher pinkeln, weil mein Kurs alle Toilettenräume für Mord und Totschlag besetzte. Auf jeder Schultoilette hing oder lag ein ketchupüberströmter Schüler und wurde abgefilmt. Die Kameraleute gingen nah ran, die Aufnahmen waren eindrucksvoll.

Ich bekam eine Lesung in einem Golfclub. Der Präsident des Clubs, mit dem ich mein Honorar aushandelte, war Besitzer eines Elektrofachhandels.

Ich sag: »Wir brauchen noch einen Kühlschrank.«

Es war Dezember. Das Telefon ging. Am anderen Ende der reine Zufall. Ob ich daran Spaß finden könnte, einen Reisebericht zu schreiben.

Am gleichen Tag schenkte ich Insa einen Ring, den ich bei einer befreundeten Goldschmiedin in Raten abzahlen konnte. Einen Tag später schenkte Insa mir einen Ring. Den Ring trage ich nur nachts nicht, weil dann meine Finger anschwellen. Nie halte ich meine Ringhand verborgen.

Natürlich würde sie mit auf die Reise kommen. Insa war in ihrem Element. Denn was weiß ich, wie man ein Visum kriegt und wie schwer ein Koffer im Flieger sein darf und was ins Handgepäck gehört.

Die regelmäßigen Bluttests durch den Hausarzt: *Eins a!* Der Tag sah freundlich aus. Da war nur noch die durch die eigenen Gedanken ausgelöste Angst.

33 Der Flieger geht rasch durch den Schnee und auf dreißigtausend Fuß Reisehöhe. Mein Magen zieht sich zusammen. Auf den Bildschirmen im Mittelgang erscheinen die Flugdaten. Wie in den Anfängen des Videospiels rutscht ein kleiner Flieger über die Landkarte Richtung Süden. Unsere Route: Frankfurt – Banjul (Gambia) – Ilha do Sal (Cabo Verde).

Mein erster Flug ohne Hedwigs Kerzen.

Im Bordkino läuft der nicht enden wollende Pferdeflüsterer, und wir sehen, wenn wir dann und wann hingucken – das wissen wir nur noch nicht –, für Tage das letzte helle Grün in Menge.

Wir landen auf der Insel Sal. Nachts im Hemd die Gangway hinunter und zu Fuß, angenehm müde, übers Rollfeld. Die plötzliche Wärme. Nach sechs Stunden Flug ist das eiskalte Graupel-Deutschland weggewischt.

Ein kleiner Hotelbus fährt uns zum Hotel. Im Scheinwerferlicht die Piste und ein bißchen Mondlandschaft, ein paar scheele Sträucher, mehr nicht. Dann der beleuchtete Pool unter Palmen. Wir bekommen den Schlüssel zu unserem Bungalow. Überm Haus eine riesig große weiße Baumkrone. Da schlafen die Ibisse.

Der Morgen vor unserem Bungalow direkt am Strand. Mein Moleskine mit dem Buchrücken gegen den ständig wehenden Wind auf den Tisch gelegt und die Zigarettenschachteln fantasievoll verankert. Wir sehen den Surfern zu. Die sind mit sich selbst beschäftigt. Das Wasser türkis. Ein paar schwebende Boote am Steg. Thunfisch wird an Land gebracht. Aus den Hotels kommt Küchenpersonal mit Schubkarren. Auf jede Schubkarre passen zwei Thunfische.

Als wir das erste Mal das Hotel zur anderen Seite verlassen, sind wir sprachlos. Wir haben bei der nächtlichen Anfahrt nicht wegen der Dunkelheit so wenig gesehen: Es ist fast nichts da auf der salzverkrusteten Erde. Neben einem leeren Rohrgestell, an dem früher einmal für irgendetwas geworben worden war, eine Diskothek, ein weiß ummauerter Friedhof und eine Tankstelle, der Pächter lehnt an einer der beiden Zapfsäulen.

Der Fußballplatz gehört schon zu Santa Maria, dem Küstendorf. Die Außenlinien des Platzes sind mit Geröll markiert. Grobes Geröll auf feinerem Geröll. Anders geht es hier nicht. Kreide wäre in Sekunden weggeblasen. Ein Windrad. Sandfarbene Hunde und Zäune aus abgerolltem Faßblech.

Alles war hier mal in alle Richtungen von Wassergräben durchschnitten. Aber die Salzgewinnung und der Handel sind eingestellt.

In Santa Maria sitzen wir bei Mateus auf der offenen Kneipenterrasse. Wir grinsen über einen kleinen Portugiesen in tomatenroten Shorts und mit Fremdenlegionärsmütze …

»Zeig dem Kerl deine Narben. Von Legionär zu Legionär!«

… und sehen den Schulkindern zu, die ihre Hocker durchs Dorf schleppen. Everything is gonna be allright. Fühlen uns in dieser leeren Ecke der Welt so wohl.

»Dreh dich auf den Bauch!«

Insa sieht sich meine lange Narbe auf dem Rücken an. Dann noch den Haifischbiss am Arm. Mit meinem Heilfleisch sind alle zufrieden.

»Tut dir was weh?«

»Nein.«

»Mir auch nicht.«

»Prächtiger Liebesdialog!«

Eine kleine Maschine mit zwanzig in den Boden geschraubten Gartenstühlen fliegt uns in einer Stunde auf die Insel Santiago. Der Pilot kriegt die Flugzeugnase nur im Stehen auf die Piste gedrückt. Mit einem Taxi fahren wir in die Hauptstadt der Republik. Ministerien, diplomatische Vertretungen, Konsulate – alle Gebäude noch sowjetische Geschenke, und so sehen sie auch aus –, Fernseh- und Radiogesellschaften und dazwischen Frauen mit 30-Liter-Eimern, die Wasser von Zapfstellen und Tanks herbeischleppen. Die Stadt platzt aus den Nähten.

Markthallen aus Bretten und flatternden Tüchern. Wehende Kleider, Schuhe, billige Uhren und Bananen transportieren die Händler in sauber ausgelegten alten Ölfässern. Überall Bob Marley-Aufkleber.

Ein Ausblick auf konstruierte Terrassen an den Hängen der Steiltäler, weiche Hügel und gleich darauf schroffe Felsriesen. Menschen mit bunten Regen- oder Sonnenschirmen, obwohl es nicht regnet, und zu heiß ist es an dem Tag auch nicht. Wir sind nicht darauf vorbereitet, alle zweihundert Meter etwas zu sehen, was uns verblüfft.

Verbranntes Grün zwischen verwitterten Granitblöcken. Eine klebrig-schwarze Groguebrennerei, deren einst penibel geführte Akten jetzt Blatt für Blatt durch den Ort fliegen.

Über rotbraune unüberschaubare Ebenen aus dem Krieg der Sterne stolzieren aufgeputzte kleine Mädchen – es ist Sonntag –, Pralinés, Traumfiguren.

Rosa oder türkisfarbene Bauten auf braunem Fels. Oder steingraue Halbheiten: Der Keller ist gemauert. Die erste Betondecke liegt drauf. Aber man hat Zeit oder kein Geld oder kein Material. So lebt man seit Jahren im Keller. Die Moniereisen ragen in die Luft. Neben dem Keller ein ausgebranntes Auto.

Lange Zeit begleitet uns ein Mann, der über seinem Hemd einen Büstenhalter trägt und sich bei uns offensichtlich als Fremdenführer verdingen will, den wir aber wohl auch dann nicht verstehen würden, wenn wir die Landessprache beherrschten.

Und hoch im Gebirge unter schwarzbraunen Felsenhöhlen, auf der Aussichtsplattform des Botanischen Gartens bringen Schulmädchen ihren Freunden das Tanzen bei.

Zurück auf Sal, auf unserem verbrannten platten Pfannekuchen, der nach Thymian riecht, ohne dass wir Thymian entdecken können.

Der nächste Tag wieder ein Strandtag. Aus dem Hotel gehen wir diesmal am Friedhof, an der Tankstelle vorbei, kilometerlang über den trockenen Boden mit Geräuschen wie von verharschtem Schnee. Irgendwo im Dunst des *Monte Leste.*

Wir sind zu zweit. Zu zweit staunt es sich besser. Wir kultivieren unsere Sprache des Staunens. Denn immer nur »Das darf doch nicht wahr sein!« ist zu wenig. Und zu zweit hat man immer jemanden, der sich ins Foto stellen kann als Maßstab. Das Winzige da hinten am leeren Strand, kilometerweit Dünen, Strand und Brandung, das ist meine Frau.

Gegen Mittag eine Fahrt mit dem Jeep zum »Blauen Auge« bei Buracona. Einmal am Tag scheint die Sonne in einem solchen Winkel in das mehrere Meter lange ovale Loch im Basaltgestein, dass das unten im Dunkel schwappende Meerwasser himmelblau aufleuchtet. Auf Sinnestäuschungen mitten in der Wüste macht uns unser Fahrer mit einer Selbstverständlichkeit aufmerksam wie ein kölscher Reiseleiter auf den Dom. Mitten in der Wüste fährt ein LKW durchs Meer. Wir sehen sogar die aufspritzende Gischt, da wo sie hingehört, an den Reifen. Den LKW gibt es, das Meer nicht.

»Hast du dich eingecremt?«
»So dick wie nie!«

Der *Salão de Beleza* von Frau Rosario, ein enger Frisörladen, bunt überfrachtet mit Starpostern und Flimmsternen wie das Zimmer einer verträumten Halbwüchsigen. Mein Haarschnitt ist fertig. Ich stehe auf. Die breiten schwarzen Damen im Laden applaudieren. Ich verbeuge mich leicht und grinse.

Wir kommen mit einer Telefonzelle nicht zurecht. Wissen nicht, auf welche Töne wir hören müssen, um nach der Landeswahl weiter wählen zu können. Ein älteres deutsches Ehepaar hilft. Der Mann liest im Display die Vorwahl.

»Das ist ja Gelsenkirchen!«

Sie wohnen in der Heßlerstraße.

Wir stehen am Strand, die Köpfe Richtung Südamerika. Der Mann, sein weißes Hemd hoch geschlossen, zeichnet mit einem Stöckchen einen kleinen Ausschnitt Gelsenkirchens in den Sand.

»Das ist die Wilhelminenstraße, das die Kaue. Und wenn Sie hier über die Ampelkreuzung fahren, beginnt hier rechts die Heßlerstraße.«

Ein Schiffsmotorblock liegt in der Brandung nahe am Steg wo die Fischer landen. Abends fängt der Koch in Kittel und Mütze an zu tanzen.

»Alle Inseln der Welt, sagst du?«

»Genau«, sagt Insa.

»Dann müssen wir unsere Schlagzahl erhöhen.«

Wir fangen an, Pläne zu schmieden. Zum ersten Mal in unserem gemeinsamen Leben. Langfristige Pläne! Insas Plan: Denen beim Arbeitsamt Feuer unterm Arsch machen. Denn an Insa lag es ja nun mal nicht, dass die wenigen eintrudelnden Hinweise auf freie Stellen in Wirklichkeit schon seit Monaten besetzt waren. Und ich wollte nicht mehr auf das Wunder zufälliger Anrufe warten, sah mich auch nicht mehr unterwegs mit Esel und Truhe. Sah mich mit unserem Off-Roader vor allen Fernsehfirmen und Verlagen der Republik einparken als ein Handelsreisender in Sachen Literatur.

Zurück in Deutschland. Der nächste Bluttest. Das Ergebnis: Alle Werte im Normbereich! Olé olé! Da setze ich mich eines Abends in die Küche, Insa schläft schon. Koche mir Kaffee, und fast wie vorsintflutlich fange ich mit Heft und Stift endlich an, sehr feierlich, Silbe für Silbe: Ich hatte nicht vor, eine Truhe zu kaufen. Sah sie zwischen Gerümpel, fragte nach dem Preis …

34 Zwei goldene Hasen später war ich so verrotzt, dass mir der Hausarzt Antibiotika verschrieb. Und der Arm tat mir weh und die Zähne und einfach alles. Nach den üblichen zehn Tagen hatte sich aber nichts weiter verbessert. Er überwies mich zur HNO-Ärztin, die mir noch einmal Antibiotika und Nasenspray verschrieb. Wegen meines Schnarchens war ich schon auf unser ferrarirotes Wohnzimmersofa ausgewandert.

Nach zehn Tagen war die Ärztin es Leid und schickte mich zum Röntgen. Der Arzt sah, dass die linken Stirn- und Nasenhöhlen dicht waren. Seine Kollegin und er tippten auf Polypen.

»Bei Kindern sind es meistens wenige Polypen. Bei denen kann man das ambulant machen. Rechnen Sie besser mit einem Klinikaufenthalt von ein paar Tagen.«

Ich komm nach Hause. Insa sieht aus wie das Entsetzen, lichterloh.

Ich sag: »Ich bin's nur. Und es sind bloß Polypen. Ne Menge davon. Alles neblig.«

Und sie sagt: »So was Einfaches kannst du auch? Ist ja fast wie ein gewöhnlicher Beinbruch. Willkommen in der stinknormalen Menschheit!«

Das *Bergmannsheil* besaß nur eine HNO-Ambulanz. Eine Ambulanz reicht aber nicht. Wir ließen uns beraten. Das Marienhospital im Süden Gelsenkirchens hatte den besten Ruf.

Wir hin. Vier Ohren hören besser als zwei, das hatten wir erprobt. Wir stellen den Wagen ins Parkhaus, fragen an der Rezeption. Werden auf den frisch gewischten Weg gesetzt (Reiter mit: Vorsicht Rutschgefahr!) und durch Schilder geleitet. Ein kleiner, gut überschaubarer Flughafen.

»Nehmen Sie bitte noch Platz.«

Wir warten vor einer Fächerwand wie aus einem Lehrerzimmer. Nur dass die hier – wir sehen es, als eine Ärztin ihr Türchen aufschließt – von der anderen Seite aus mit Akten beladen werden kann. Da sitzen wir dann auf hellgrünen Plastikstühlen in vorgeformten Hintern, um uns herum wehrlose Menschen. Vermummte Türkinnen mit ihren Männern. Kinder mit ihren abgenuckelten Lieblingsstofftieren und eines mit einem Blechspielzeug zum Aufziehen. Eine alte Frau mit Wackelkopf. Einige junge Männer mit Sporttaschen zwischen den Füßen wie zum Joggen, halten Zeitungsschlagzeilen hoch, an die ich mich nicht mehr erinnere.

Ein Alter zeigte auf seinen Bauch: »Hier. Is' im Arsch.«

Drei Ärzte sitzen in der Aufnahme. Und als ich meinen Namen nenne, dreht sich der eine um und ist der, der im Essener Klinikum jahrelang meine Mutter behandelt hat und hier jetzt Professor ist, groß, schlank, im Kittel wie aus dem Lehrbuch, und wir beide freuen uns, uns zu sehen.

Polypen? Kann sein. Erst nach einer OP wissen sie sicher, was es ist.

Ich klopfe ihm fast auf die Schulter und frage für einen normalen Kassenpatienten ziemlich forsch: »Würden Sie mich operieren?«

Und er genauso forsch: »Klar!«, so dass die anderen beiden Ärzte glauben, wir seien Kumpels.

Da fühle ich mich schon wohler. Fast so wie beim Arzt aus dem *Bergmannsheil*. Ich muss den kennen, der in mir rumschnibbelt.

Insa steht hinter mir. Sie streicht mir mit der Hand übers Hemd.

»Schöner dicker Bauch.«

Lottoschein abgeben. Insa spielt mittwochs und samstags. Sie füllt auch alles aus, bei dem es Autos, wahlweise Bargeld, und Reisen zu gewinnen gibt.

Wie viele Tage später, ich weiß es nicht. Aber Insa hat alles in ihren goldenen Kalender notiert. Ich sitze allein am Tisch im Krankenzimmer. Die OP steht bevor. Der Anästhesist kommt.

»Bitte behalten Sie Platz. Herzschrittmacher? Irgendwelche Prothesen?«

An meinem sechsten Geburtstag lag eine tote Katze auf der Straße. Sie war noch ganz. Und wir stehen mit unseren Fahrrädern drum herum. Ich mit meinem neuen mit silbernen Schutzblechen.

Ich soll zuerst drüber fahren, weil ich doch Geburtstag hab. Aber weil ich Geburtstag hab will ich, dass keiner über die Katze fährt.

»Nur einmal. Ganz vorsichtig«, sagt einer.

»Nur mit dem Vorderrad.«

Nicht, dass die Ärzte immer noch nichts weiter als neugierige kleine Jungs sind.

»Schneid ihm was raus!«

»Du zuerst! Hast doch Geburtstag!«

35 Wieder ein kack Tumor, das steht schon mal fest. Professor Merk hat ein Zehntel rausoperiert. Jetzt braucht das Teil einen Namen. Es ist verhext: Da will ich endlich nach langem Hin und Her über meine Krankheit schreiben, habe mich endlich gegen die Beschwörungstheorie *Wenn du über ihn redest, kriegst du ihn wieder* durchgesetzt. Und da ist er!

Meine Augen sind klebrig blind. Ich wische.

Nur kaputtgehen und Gesicht zerfressen. Ich kann an nichts anderes denken. Ein in Kissen ersticktes Schluchzen. Mir ist, als wäre ich gerade fürchterlich zusammen geschlagen worden.

Insa, das sagt sie mir später, wird, bevor sie ins Zimmer tritt, von einem Pfleger zur Seite genommen. Bei der OP ist mit einer Tamponade das eine Auge rausgedrückt worden. Musste man wieder reindrücken. Der Pfleger bereitet sie auf ein blaues und grünes Gesicht vor: »Es sieht nicht so aus, wie ein Gesicht aussehen sollte.«

»Kann mir nicht einfach mal ein Brett auf den Kopf fallen!«

»Du hast zu wenig mit Brettern zu tun.«

Ich muss ein Auge zukneifen, denn jedes Auge entwirft mir ein Bild des Raumes in einer anderen Stellung. Das rechte Auge sieht den Raum, als hinge er rechts unten, im linken schwebt der Raum links oben. Mit den Zehen angle ich nach meinen Pantoffeln. Wenn mir jetzt einer die Hand geben wollte. Meine Hände sind so nass, er würde sich ekeln. Die Angst steht hier überall bis zur Decke. Krieg ich die Angst in den Griff, wenn ich mir nackte Frauen vorstelle?

Ich schäl mich aus dem Bett, bewege mich wie ein Greis. Mein Bettnachbar knackt mit seinem Nägelklipper.

Ich öffne beide Augen. Bei diesen Doppelbildern würde mir kein einziger Schritt gelingen. Der unendlich lange Weg zur kleinen Waschkabine. Meine nasse Hand rutscht von der Klinke ab. Langweilige Toilettenräume, in denen nie jemand was an die Wände schreibt. Mit der Schnur an der Wand könnte ich eine Schwester an mich zerren. Weil ich ein Streicheln brauche, streichel ich mich selbst. Lust auf ein Erdbeben, das nicht nur mich verschüttet. Dann lasse ich mir Wasser über die Hände laufen, seh dabei in den Spiegel und spiele Raum rechts unten, Raum links oben. Ich seh in den Spiegel und sage: »Dich werde ich mir merken!«

Ich suche Streit.

Habt ihr nicht gesagt, ich sei gesund! schreie ich meine Großmütter aus dem Traum an. Wenigstens die eine hat doch gesagt: Du bist gesund! Du bist gesund!

Wie aus dem Nichts erinnere ich mich plötzlich daran, wie ich als junger Schüler dem Hausmeister mein Kakaogeld gab. Dass er einen Schmiss auf der Wange hatte und ein Polterkopf war, vor dem wir Angst hatten, dass er Fasane züchtete und wie es in seinem Kabuff roch.

Einmal hab ich in den Hörer geheult. Wollte ich gar nicht. Insa war bei einer Geburtstagsfete.

»Ich komme!« sagte sie.

Julia, eine Freundin, will sie fahren. Da wehrt ein Andreas ab: »Du musst dich an die Geschwindigkeitsbegrenzungen halten. Ich nicht, ich hab genug Geld und im Moment keine Punkte.« Sein Auto konnte fliegen.

Der Stationsflur ist leer. Kein einziger weißer Kittel. Nirgends. Nur wir mit den verdrahteten Nasen und offenen Hälsen. Flure voll brombeerfarben unterlaufener Augen. Kein Pfleger, keine Schwester zu sehen. Rattenweise Tupfer haben sie uns dagelassen. Ich nehme an Schrecken zu. Das Eis bricht, ich sinke unter dem Pol weg, ins Erdinnere. Ich bin in der Hölle! Der Staubbaum wächst.

Der Staubbaum wächst. Habe ich mir den Satz selbst erträumt oder träume ich Angelesenes?

Dann sind sie auf einmal wieder da: Eiterknechte und Fieberschwestern, die ganze Traumbande singt: Schlaf, krankes Kind.

Insa neben meinem Bett. Sie spricht mehr und mehr mit ihren Eingeweiden.

»Hört auf! Ich will nicht wissen, dass ihr da seid! Macht euren Job und fertig! Oder fallt raus!«

Und erklärend an mich gewandt: »Sie hassen ihre Tausend-Stunden-Woche.«

Ich sehe den Fernseher doppelt, die Schränke, zwei Insas. Beide Insas müssen heute früher gehen: »Wir haben noch die Oma auf'm Zettel.«

Mitten in der Scheiße, ein Auge zugekniffen, betrachte ich die Bilder an den Wänden meines Zimmers. Vom Nolde hat die Sonne die Farben gefressen und nur noch verwaschene Töne stehen lassen. Aber hier weiß niemand, dass Noldes eigentlich anders aussehen. Ich will lesen. Es ist zu mühsam. Ich lasse das Buch lange auf meinem Bauch liegen. Bin besorgt um Insa wegen Kreuz und Eingeweide.

Vorsichtshalber soll die Rippe, die im *Bergmannsheil* nicht herausgenommen wurde, aber auffällig war, punktiert werden. Ich werde samt Bett durch die Flure geschoben. Meine Papiere hat man mir unters Kopfkissen gestopft.

Eine sehr sympathische Ärztin erklärt mir, was alles passieren kann, wenn sie gleich meiner Rippe Gewebeproben entnehmen, Lunge fällt zusammen etc.

»Aber das«, sagt sie, »wird alles nicht passieren.« Dann bin ich dran. Als der vermummte Arzt sagt: »Hände über den Kopf und schön nach hinten, damit ich ein freies Arbeitsfeld habe!«, und als mir eine Helferin die Hände tatsächlich hinter dem Kopf mit einer Plastikschlaufe zusammenbindet, muss ich so lachen.

Plasmozytom. Im Wangenknochen.

»Und all die *eins a* Bluttests?!«

Sie zucken mit den Schultern.

Da läuft Insa zu großer Form auf. Was sie sagte, hab ich nicht mitbekommen. Bekam nur mit, dass die Ärzte sie ernst genommen haben. Sie hatte sich eingelesen. Wann eigentlich? Ich begriff nichts, sie redete. Ich glaub, ich sah aus wie unbeteiligt. Sie sprach Fach mit den Herren.
Was endete mit: »Sie können sich gerne eine zweite Meinung einholen. Wir hier würden Ihrem Mann den Wangenknochen entfernen …«

Ich möchte mal eine Narbe haben, über die ich, wenn sie mir weh tut, einfach sage, ich sei wetterfühlig, und nicht vermuten muss: Da wächst dir wieder was.

36 Da hatte ich meinen Körper so lange vergessen, und dann das! Ich mit halbem Gesicht? Welche Geschichte muss ich mir erfinden, um damit leben zu können? Werde ich eine weiße Maske tragen? Das Gesülze des Phantoms der Oper als lebenslange Begleitmusik kommt aber nicht in Frage.

Wieder zu Hause, gehe ich mit Augenklappe zu einer Fahrschule. Ohne Augenklappe, den Doppelbildern ausgeliefert, würde ich hinknallen. Will wissen, ob man eine Nachprüfung bestehen muss, wenn man plötzlich nur noch ein Auge hat. Die Dame, unsicher, ob ich es unter der Klappe noch habe oder nicht, hat keine Ahnung.

Ich ruf Piper an. Ich sag: »Die wollen mir das halbe Gesicht wegnehmen. Dann wird es mit dem Sprechen erst einmal nichts. Wäre schön, wenn du kurzfristig noch ein paar Aufträge für mich hättest.«

Und erst da, als ich dem Industriefilmer das sage, ahne ich, was ein halbes Gesicht bedeuten könnte: Sie habe sich in meine Stimme verliebt, damals in der Schule, sagte sie. Irgendein Rest Stimme wird nach der Operation noch vorhanden sein. Ich habe keine Angst ums Auge, nur um die Stimme. Wie bringt man sie mit einem halben Gesicht zum Klingen?

Wir gehen ins Museum. Irgendeine Ausstellung wird eröffnet. Ein kleiner Junge kommt bei der Augenklappe auf Pirat. Tanzt um mich herum und findet den schwarzen Filz spannend. An dem Abend habe ich aber noch ein ganzes Gesicht.

Da lag ich weit ab von den Menschen. Wilde Tiere sammelten sich um mich und wollten mich fressen. Aber meine schwarze Seele hatte mein Fleisch und Blut gallenbitter gemacht. Da mieden mich die Löwen und Geier. Was kreucht und fleucht, verließ den Ort. Ich fand mich mutterseelenallein. Nicht Maus noch Laus war um mich her.

Die schlimmsten Riesen der Fantasie haben ein brunnengroßes Maul, gespalten wie die Lippe eines Kamels. Aus dem Maul ragen ellenlange Hauer. Ohren gleich Mühlrädern reichen ihnen bis zu den Schultern herab. Und sobald man die sieht, fällt man um und liegt wie tot. Und nicht einmal die haben ein halbes Gesicht. Man gibt den Dämonen zwei weitere Augen hoch in der Stirn. Aber eben kein halbes Gesicht.

Selbst mit noch ganzem Gesicht musste Insa sich jeden Morgen an mich gewöhnen.

Ich kauf mir Landserhefte, um nach vergleichbaren Schicksalen zu fahnden. Gesichter durch Granatsplitter entstellt. Nichts davon ist beschrieben. Ganz lustig, dass ich auf einmal nicht einzigartig sein will. Was ich lese: Die Landser kann es jede Sekunde treffen, während ich einen Vorrat an Sekunden, Minuten, Stunden, Tage vermutlich sogar Wochen habe, eh es mich reißen wird.

Es dauert, bis ich auch nur wage, die Zeichnungen von Otto Dix hervorzuholen. Protokolle der Hölle, die ich in- und auswendig kannte. Schwarzweiß-Zeichnungen, mit denen ich mir, als ich jung und gesund war, mein Leben verbaute. *Dirne und Kriegsverletzter. Tusche, 1923*. Da war zu sehen, was ich nicht finden wollte.

Ich empfehle, meine Person sorgfältig zu meiden.

Durch eine schwere Krankheit geläutert, beginnt X …, wie oft lese ich das in Künstlerbiografien! Als sei es Standard: … beginnt für X eine neue Art des Sehens und des Schaffens. Lese mit Gier, was die neue Art denn sei, und dann ist sie uralt. Durch schwere Krankheit geläutert malt der Kerl Bauern und Hirten! Nach schwerer Krankheit kommen die meisten auf Acker, Sense, Hacke, Pflug. Da staunt der Bauer!

»Du musst dich doch jetzt schon jeden Tag aufs Neue wieder an mich gewöhnen«, sage ich.

»Da ist was dran«, sagt sie.

»Wenn sie mein Gesicht wieder aufbauen, werde ich mir dann ein Gesicht aussuchen können?« frage ich.

»Nimm das von Robert De Niro«, sagt sie.

»Der hat ne Warze auf der Wange. Die würdest du ständig kontrollieren, ob sie sich verändert.«

Insa schluckt es.

Selbst Knorren in der Rinde eines Baumes sollte man besser kontrollieren lassen.

»Andererseits«, sage ich. Ich sage tatsächlich andererseits, als könnte ich voller Ruhe abwägen! »Andererseits wird es mich so schnell nicht reißen. Sonst würden sie ja nicht vom Gesichtsaufbau sprechen.«

»Dreh dich, kleiner Kreisel, dreh dich immerzu …«

»Bald gibt es mich in einer verbesserten Auflage«, sage ich.

»Deine eine Großmutter im Traum hat nicht gesagt, du seist gesund. Du bist reich! hat sie gesagt.«

Sehr viele Faxe trudeln ein. Oder Mails.

Alles, was Sie schon immer über Krebs wissen wollten!

War es bisher nur Hemingway, der mir was Tröstendes sagte, jetzt haben fast alle unserer Bekannten etwas zu bieten.

Schafsauerampfer, Leinsamen, Tapioka, Luzernensprösslinge, Gerste, Brombeeren, brauner Reis, Gabanzobohnen, Macadamianüsse, Linsen, Limabohnen, Hirse, Walnüsse, Yamswurzeln, Erdbeeren.

Die Forschung von Phillip Day zeigt, dass Leute mit Krebs Aprikosenkerne in großen Quantitäten verbrauchen sollten.

»Wo steckt die Aufforderung zum Kauf?«

Phillip Day schlägt 40-50 pro Tag, aber Aufbau zu dieser Menge stufenweise vor. Leute, die vom Krebs frei sind und ihn vermeiden möchten, sollten 8-10 pro Tag nehmen. Für Krebspatienten ist es wichtig, Pawpaw und Ananas zu verbrauchen jeden Tag, da die natürlichen Enzyme die Schicht auf den Krebszellen abstreifen, damit das B17 in den Kernen arbeiten kann.

Insa (singt wie ein neugieriges Kind): »Wo denn die Kaufaufforderung?«

Zur Zeit nimmt Paul 15 Kerne pro Tag (5 nach jeder Mahlzeit), und er isst Papaya und Ananas jeden Morgen. Wir haben …

Insa, Affenweibchen mit viel blondem Haar auf den Armen (singt wie ein triumphierendes Kind): »DA denn die Kaufaufforderung!«

… eine gute Quelle der Kerne in Australien gefunden. Treten Sie mit uns für Details in Verbindung.

Die Tipps mit den geheimnisvollen magnetischen Kräften kommen natürlich auch. Manche sagen, Krebs käme von zu vielem Katzbuckeln. Das sei die Quelle allen Elends.

Andere fragen mich, ob sie selbst zu Vorsorge gehen sollen. Es nützt nichts, wenn ich sage: »Wenn du wirklich krank bist, bist du ja jetzt schon krank. Die Vorsorge macht dich nicht krank, sie entdeckt nur.«

Sie gehen nicht hin. Würde ich ja auch nicht. Allerdings würde Insa mich hinprügeln.

Allein tauge ich einfach nichts.

»Krebs kriegt man, wenn man mit nichts anderem aufgewachsen ist als mit verdammter Pflicht und Schuldigkeit!«

Auch so eine Theorie.

Mitten auf der Straße hockt ein Dämon auf meiner Schulter. Ich kann die Locken seiner Mähne zählen.

»Selbst eingebrockt!« stichelt er. »Selbst eingebrockt!« Schwatzt es mir ohne Pause auf: »Selbst eingebrockt!«

37 Morgens beim Brötchenholen. Wir nennen ihn Dr. George. (Sprich es englisch aus!) Dr. George ist Gynäkologe. Natürlich hat er auch einen Hausnamen. Den behalten wir aber nicht. Er kommt mit seinen zwei kleinen Kindern auf mich zu.

»Ich hab dich im Museum so verarscht wegen deiner Augenklappe«, sagt er. »Was hast du eigentlich?«

Ich erkläre es ihm.

»Prima«, sagt er. »Das trifft sich gut. Mein Doktorvater ist Mister Plasmozytom.«

38 Wir nahmen den Tipp von Dr. George an. Dr. George und sein Doktorvater, die Verbindung funktionierte glänzend: Das Uni-Klinikum hatte sofort ein Bett für mich. Im Zimmer fanden sich die Gegenstände wieder ein, die ich schon gewohnt war, der schmale Schrank für meine Kleidung, das Bett, daneben sein Freund, der kleine Schrank mit Klapptür und Schublade, damit wir Patienten ein wenig kramen können. Man liegt hier so in den Schwaden seiner Ängste und kramt. Oder dreht Däumchen oder was man hier so dreht. Meine Hände zitterten. Ich schwitzte, als wäre es ein heißer Tag.

Wieder laufen Untersuchungen. Ich werde mit Zetteln losgeschickt, die ich abgeben muss, wenn ich schmale Kammern zum Ausziehen betrete.

»Nur den Oberkörper. Und leeren Sie ihre Taschen.«

»Luft anhalten! – Und weiter atmen!«

»Wir spritzen Ihnen ein Kontrastmittel. Davon kann Ihnen warm werden.«

»Wenn Sie sich unwohl fühlen, drücken Sie diesen Gummiball, dann komme ich.«

Das geht einen halben Tag lang. Noch ist die Schwemme an Daten nicht ausgewertet.

»Und wenn es sich rumspricht?« frage ich.

»Hat es schon. Warum?«

»Sparkasse.«

»Wie: Sparkasse?! Geht's noch kryptischer?«

»… müssen wir Ihnen mitteilen, dass der Kreditrahmen für Menschen mit halbem Gesicht …«

Ich wische mir den Schweiß von der Stirn. Schon wenn nur etwas Schweiß auf meiner Oberlippe glänzt, spüre ich den Abstieg von Nachlässigkeit über Schlamperei und mangelnde Sorgfalt hin zum Chaos und sehe meinen Bankrott vor mir, Geldautomaten, bei denen sich die Pausen zwischen den einzelnen Funktionen ins Unendliche dehnen, sehe, wie die Kreditkarte gefressen wird.

Tageshoroskop: Fische (GELD) Heute sind Ihr Stilempfinden und Ihre Kreativität sehr ausgeprägt.

Mir kommen die irrwitzigsten Pläne, um Geld zu verdienen. Mein Konto noch weiter überziehen zu können ist ja kein Freibrief. Eines Morgens rufe ich Carolyn Cassady in London an. Will wissen, ob ihr *Off the Road* schon ins Deutsche übersetzt worden ist. Sie weiß aber nicht so genau, ob da jemand schon dran sitzt. Die wahren Geschichten über Neal Cassady und Jack Kerouac und Allen Ginsberg, darum drehte sich an diesem Morgen alles bei mir, keine Ahnung warum. Zwei Schluck Kaffee oder vielleicht eine dieser Tabletten und es ging bei mir nur noch um stümperhafte Schmuggelversuche, um Güterwaggons und Hobos oder um Burroughs, wie er mit Siebenunddreißig vom Kopf seiner Frau ein Champagnerglas schießen will – *to imitate William Tell* – und Joan dabei tötet … Wenige Minuten danach habe ich nicht mehr das geringste Interesse an dieser aufgeblasenen Beat-Szenerie.

Mehr Pläne, noch mehr Pläne, sonst bleibt der Kühlschrank leer.

»So viele Pläne«, sage ich. »Ich weiß nicht, womit beginnen. Man kann auch für Grußkartenverlage arbeiten!«

Pläne, die was taugten, waren das nicht. Ich guckte nur bis zum nächsten Bargeld.

Insa bewahrt Ruhe. Oder tut sie nur so? Heute hat sie einen kirschsaftroten Mund.

»Brauchen wir beide viel Geld?«

»Nein«, sagt sie.

»Grundstück, Haus, Garten, dickes Auto?«

Sie schüttelt den Kopf.

»Mehr als ein bisschen Geld schon«, sagt sie. »Damit wir uns auf Flugreisen ausstrecken können und nicht ständig unsere Knie unters Kinn stoßen.«

»Wie haben die Schalker eigentlich gespielt?«

Sie wirkt so, als ob sie lächeln wollte. Ihre linke Hand greift nach meinem linken Ärmel.

Dass wir eigentlich nur übers Wetter reden sollten, leuchtet mir ein. Leider war ich noch nie ein guter Übers-Wetter-Redner.

»Kann ein durchtrainierter Körper von einem halben Gesicht ablenken? Und wenn ich dann noch über den durchtrainierten Körper Armani ziehe. Es gibt diese Fabrikverkäufe. Da wird selbst Armani erschwinglich.

Wenn es sich erst einmal herumspricht«, sage ich, »wird aus dem halben Gesicht ein viertel ohne Hirn.

… müssen wir Ihnen mitteilen, dass der Kreditrahmen für Monster …«

Es ist falsch, davon zu erzählen, was einem und wie es einem durch den Kopf geht. Reden, wie einem zumute ist, ist ja für alle grässlich. Vielleicht brauche ich die Angst vor der Sparkasse, die mich von der anderen Angst ablenkt. Vielleicht brauche ich ja sogar die Todesangst. Man stelle sich vor, ich würde das jetzt laut aussprechen!

Blumen und Kinder unter vierzehn Jahren sind auf dieser Station nicht erlaubt. Jemand muss mir Denken helfen. Ich tauche den Zeigefinger in mein Wasserglas, um einen Tropfen vorsichtig auf den Tisch zu setzen. Wenn es gelingt, wenn er heil bleibt, ist alles nicht so schlimm. Dann bin ich um Daumesbreite, um Haaresbreite …

»Wenn man etwas Gutes über dieses Wetter sagen will, dann: dass es nicht regnet.«

Manchmal übe ich Gesten für den Fall, dass ich ohne Sprache auskommen muss.

Eine Ärztin kommt.

»Wie geht es Ihnen?«

Sie setzt mir das Stethoskop auf den Rücken.

»Atmen Sie tief. Nochmal. Atmen Sie. Weiter.«

Mein Bettnachbar nutzt seine Chance und erzählt der Ärztin wieder mal sein Leben.

»Frau Doktor, retten Sie meinen Arsch!«

Ich hatte vergessen, wer diesmal mein Bettnachbar ist. Nicht an seiner Stimme, aber an den ersten zwei Takten aus seinem Leben erkenne ich ihn.

»Atmen Sie tief.«

»Was Sie da hören, sind meine Untermieter«, sage ich.

Ich seh die Ärztin in der Fensterscheibe gespiegelt. Der Ausdruck auf ihrem Gesicht verrät nichts darüber, was in ihr vorgeht.

»Sie können sich wieder anziehen.«

Ich muss meine Fingernägel reinigen. Und wenn mit einer Gabelzinke. Einiges fällt mir aus dem Kopf.

»Wenne schlafen wills, geh zum Fahrstuhl. Muss dir aber 'n Schlüssel leihen, weil du noch unter U muss. Da liegen die Kollegen, die schlafen.«

39 »Um Gottes Willen keine Operation. Und dann noch eine im Gesicht!« sagt der Professor, klein, untersetzt, freundlich, Iraner mit dem schwer zu merkenden Namen. »Ihre Krankheit betrifft das gesamte Skelett. Was nützt es da, irgendwelche Baustellen zu eröffnen!« Er sagte es irgendwie anders, vornehmer, fachlicher. Ich kriege seinen Ton aber nicht hin.

Hinter dem Professor, dessen Namen ich mir auf einmal leichter merken kann, weil mir eine Eselsbrücke eingefallen ist, hängen Dufys langsame Wellen. Sein Tiefseeblau. Cool blue, lavender blue, deep purple-blue. Hängt sein *Offenes rosa Fenster in Nizza.*

Des Professors Vorschlag: Chemotherapie. Nur die würde den gesamten Körper erfassen. Die Zusammensetzung meiner Chemo war ihm bereits klar.

Die zwei Kunstdrucke an unserer Zimmerwand und die Kunstdrucke im Stationsflur, im Rahmen schief gerutscht, lassen mich dann und wann lächeln. Denn tief in der grünen Truhe, immer noch versteckt, als sei der Diebstahl nicht längst verjährt, aus der schönen Zeit, als die Büchereien von ältlichen Fräulein und ohne elektronische Sicherungen betrieben wurden, kurz vor der Zeit, in der ich mir nichts sehnlicher wünschte, als von Nikotin verfärbte Finger zu haben, liegt ein Buch mit Bildern von Raoul Dufy. Boote mit bunten Segeln. Mit Wimpeln. Barken, beflaggt mit weichem Farbspiel.

Ruderer, Regatta, Schwäne.

Der Hafen von Marseille. Der Strand von Le Havre. Die Bilder waren eingeklebt in jenem Buch. Ich versuchte eines von der Seite zu lösen, beschädigte es dabei. Schon mit Fünfzehn klappten heimliche Verrenkungen nicht. Da nahm ich das ganze Buch. Als ich Fünfzehn war, entdeckte und liebte und klaute ich Dufy.

Für die Chemo wurden mir jedesmal Zugänge entweder durch die linke oder die rechte Halsvene (-ader?) geschoben. Jedenfalls wird eine Nadel tief in eine Ader oder Vene geschoben, und an deren Schlauch sind drei weitere kleine Schläuche. Die baumeln herum. Aber falls irgendwas passiert, schief geht, kann man so direkt ein anderes Mittel einfließen lassen, ohne die gesamte Apparatur herauszuziehen und eine neue einzusetzen.

Ich sah mir den Raum an, in dem sie mir das alles installierten, sah mir die Schwestern, die Ärzte an, ihr gesamtes Gerät, und es hatte merkwürdigerweise nichts Beängstigendes an sich. Sie schnitten und bohrten, aber nicht wie in meinen ganz frühen Alpträumen. Die schnitten und bohrten ganz real, was mich kein bisschen ängstigte.

In der Zeit habe ich dann immer den Hals schief gehalten, mal nach links, mal nach rechts.

Ich blättere in einem Kunstband, dem einzigen, den ich im schmalen Schrank des Fernsehraums entdeckt habe. Bilder mit Unterschriften wie *Selbstportrait mit verschissener Unterhose* sind mir zu nah. Die blättere ich um. Auch düster Gigantisches blättere ich um. Ich will nichts Unergründliches. Keine unauslotbare Tiefe. *Fünfzehn systematische Farbreihen mit vertikaler Verdichtung*, die halte ich mir vor. Horizontal, vertikal. Ordnungssysteme. Linie, Volumen, Raum. In der Schule hasste ich Mathematik. Da mir das Operieren mit Zahlen und Buchstaben fast unbekannt blieb, setze ich ab und zu große Hoffnung in sie. Die Ecken meines Krankenzimmers, Flächen, Winkel, schön streng und berechenbar, kühlen mich ab. Ein trauriges Zimmer? Nein, das ist es nicht. Ich denke über den Lauf der Welt nach.

An einem Morgen nach dem Frühstück glaubte ich, aus einem Dufy an der Wand hätte jemand ein Segelboot geklaut. Nach Stunden fand ich es wieder.

Mein Bett. Mein Bett vorm Schrank ist meine Insel, mein Versteck.

Es ist ein Boot, ein Floß. Mit ’nem Wigwam drauf und säckeweise Proviant und mit Streichhölzern, die auch dann noch zünden, wenn sie klatschnass geworden sind. Und ’ne Knarre hab ich auch. Wie ich überhaupt unbesiegbar bin. Schaut mich nur an! Ich bin der Mann, der wo Plötzlicher Tod und Allgemeine Verheerung genannt wird! Gezeugt von ’nem Wirbelsturm, gesäugt von ’nem Erdbeben, Halbbruder von ’ner Cholera, mütterlich beinah verwandt mit ’n Blattern! Schaut mich nur an!

Ich verschling neunzehn Alligatoren und ’n Fass Whisky zum Frühstück, wenn ich gut bei Kräften bin, und scheffelweise Klapperschlangen und ’n toten Leichnam, wenn ich kränkel! Ich spalte den haltbarsten Felsen mit meinem Blick, und ich mach den Donner alle, wenn ich rede!

Dann ist es das Bett eines versponnenen zu alten Kindes. Ein fast 53jähriger Häwelmann streckt ein Bein in die Luft, spannt mit seinen Zehen ein Laken und bläst hinein und rollt los.

Insa fasst meine Ohren und wedelt damit.

»Flieg!« befiehlt sie. »Flieg!«

»Dass man mit so großen Ohren …«, sie wundert sich, »… nicht fliegen kann! Zum Hören taugen sie ja nicht, dann solltest du damit wenigstens fliegen können.«

»Ich hör alles! Ich hör wie ein …«

»Wie heißt das Tier«, unterbricht sie mich, »das unter der Erde wohnt und wühlt und dazu auch noch blind ist?«

»Wenn du mit mir reden willst, gehst du extra zehn Meter weg in die Kammer und sprichst in die Handtücher. So ist das nämlich. Hat nichts mit meinen Ohren zu tun.«

»Darf ich in deinem Ohr wohnen?« fragt Insa. »Ich würde dir irre Geschichten erzählen.«

Wir haben fürchterliche Angst und geben uns gerade deshalb possierlich, auch dann, wenn wir keine Zuschauer haben.

»Sie hätten mir das Gesicht zerstört und hätten dann bei einer Visite vor meinem Bett gestanden und hätten zugeben müssen …«

»Hat einer angerufen?« will ich wissen.

»Soll ich sie alphabetisch nennen oder in zeitlicher Abfolge? Ich hab schon eine Kurzform deiner Krankengeschichte entwickelt«, sagt Insa, »damit ich außer der Auskunftei sonst noch was schaffe. Alle wollen wissen, wie es dir geht.«

»Die meine ich nicht. Ob jemand wegen irgendeiner Arbeit angerufen hat.«

Insa will wissen, in wie vielen verschiedenen Betten wir schon miteinander geschlafen haben.

»Wir bauen uns einen neuen Reliquienschrein«, sage ich.

»Egal.«

Wir versuchen, uns zu erinnern.

Nachts auf dem Balkon. Eine alte Frau neben mir redet mit einem Unsichtbaren. Der Unsichtbare ist mir sympathisch. Er scheint ein guter Witzeerzähler zu sein. Die Frau lacht. Ich rauche. Ich stecke mir eine zweite Zigarette an. Die Stadt liegt im Nebel. Jetzt sind dem Unsichtbaren die Witze ausgegangen oder er ist gegangen oder eingeschlafen.

40 Brief

… an die Damen mit empfindlicher Haut, die glauben, die Welt sei bevölkert von Fabelwesen wie etwa Einhörnern, an die sensitiven Damen in gebatiktem Flatter, die so was sagen wie: »Auch in meine Stirnblüte flutet der Regenbogen.« Oder die, wenn sie mich auf der Straße treffen, fragen: »Leben Sie, seitdem Sie vom Krebs wissen, nicht viel intensiver?« Also an alle Damen dieser Abteilung:

Wenn ich morgens aufwache, ist mein erster Gedanke Krebs. Ist der zweite Gedanke Tod. Und nicht etwa: Wie wundervoll ist dieser Schmetterling aus Herrgotts Werkstatt!

Wenn man unser neunstöckiges Klinikgebäude betritt, ist man gerade am Flachbau der Kinderonkologie vorbeigekommen. Hat Ähnlichkeit mit einer Baracke. Ein einstöckiges Holzding, wie man sie auf die Schulhöfe setzt, wenn die Schule erweitert werden muss, aber dazu so recht kein Geld vorhanden ist. Wie ein heiliger Samariter kriege ich plötzlich die Idee: Liegst ja doch nur rum in deinem Bett oder stehst auf dem Balkon - Regen, Nebelschwaden, Wind - und rauchst. Du hast Zeit genug, lies den Kindern etwas vor. Ich schell an, mache der Stationsschwester mein Angebot, und die ist so überrascht, dass sie mir sofort ein Buch in die Hand drückt.

Ich sitze zwischen Betten und lese kleinen Krebskindern und ihren Spielzeugwölfen Pippi Langstrumpf vor. Der Text, der aus mir laut herauskommt, ist original Astrid Lindgren. Aber mein Text im Kopf hört sich an wie: *Am Rande* Tod *der kleinen, kleinen Stadt lag ein alter* Tod *verwahrloster Garten* Tod. *In dem Garten* Tod *stand ein altes* Tod *Haus, und in dem Haus wohnte Pippi Langstrumpf.* Und hier habe ich den Tod nur nach *Rande* (Rand der gesunden Gesellschaft in etwa), nach *alt* eingesetzt und nach *Garten,* in dem man was vergraben kann. Habe es extra für Ihr Verständnis leicht gemacht, ihn nur dort auftauchen lassen, wo sein Erscheinen in etwa ordentlich begründet ist. In Wahrheit erscheint der Tod meist unordentlich, vielleicht auch nach kleinen Stadt, wobei es dafür keine Erklärung gibt. Oder vielleicht die: klein – niedlich – Kinderkrankheit – Lieblingsessen. Und dass ich von diesen Assoziationen für immer weit entfernt bin.

Wobei Lindgrens Text von vornherein ungeeignet ist, da ich immer bei Pippi daran denke: Hätten sie mich nur einmal pinkeln lassen, hätten sie den weiter wachsenden Krebs sofort entdeckt. Plasmozytom ist ein Blutkrebs, den man nicht im Blut entdeckt, aber sofort im Urin. In der Literatur geht man davon aus, dass von der ersten verqueren Zelle bis zum Ausbruch fünfundzwanzig Jahre vergehen.

Wo warst du gerade, als Kennedy starb?

Wo warst du, als Jimmi Hendrix starb?

Wo war ich gerade, als die erste Zelle anfing, verrückt zu spielen?

Während ich lese, spielt ein Mädchen mit der einen langen Haarsträhne, die ihr geblieben ist. Sie zu bürsten traut sie sich nicht. Sehr vorsichtig fährt sie mit ihren Händen daran entlang. Besitzt ein Foto von sich beim Schlittschuhlaufen.

Wenn ich Spaß daran hätte, sagt die Stationsschwester, solle ich wieder kommen, den Kindern ihre *Ferien auf Sagrotan* zu erleichtern.

Können Sie sich vorstellen, wie ein einfacher Einkaufszettel in meinem Kopf erscheint, wenn ich im Supermarkt bloß wirklich Unverfängliches greife wie: Klopapier? Kaufe ich jetzt gerade meine letzten zwölf Rollen? Und das wäre bloß wieder eine der ordentlichen Assoziationen.

Wie oft beim Gehen? Beim Autofahren?

Ich will damit nicht andeuten, dass Ihre Frage eventuell geschmacklos wäre. Sie ist doof, das ist alles.

In meinen Schädel flutet nämlich kein Regenbogen, sondern brütet Krebs, die Damen.

Ich finde es rührend, wie sich Ihre Ausdrucksweise, die sonst wahrscheinlich Umgangssprache ist, wenn auch geflötet, wenn Sie mir begegnen, wandelt. Wie Sie mir gedrechselt in Ihrer militanten Schüchternheit Ihr Mitleid bekunden, dazu extra für mich uralt ehrfürchtige Worte hervorkramen, mich anlächeln und zum Beispiel sagen: »Welche Gefasstheit!«

Eure geschwollene Sprache – Schwellungen habe ich selbst.

Mit Stimmen von solch einer Sanftheit, dass es mir kalt den Rücken runter läuft.

PS.
Ihr Ratschlag, ich solle mich zerstreuen … Denken Sie darüber nach.

PPS.

Ich kann diese Puste-Windmühlen nicht ertragen, weil ich auf jedem zweiten Kindergrab welche gesehen habe! Oder auf Opas Grab vom Enkel eingesteckt.

PPPS.
Ich sehe im Garten einen einsamen Tisch und wünsche ihm wenigstens ein paar Stühle zur Gesellschaft.

PPPPS.
Die Kinder, denen ich vorlese, sind Gott sei Dank anders drauf als ich. Als ich das Buch zuklappe, singen sie:

99 Hängebusen
flogen über Leverkusen
einer wurde abgeschossen
Mensch, da ist die Milch geflossen

Ein Mädchen setzte das Köpfchen schief und schnibbelte, während ich las, aus ihrer Barbie eine Chemo-Barbie.

41 Bin mit der Routine des Krankenhauses vertraut. Morgengruß, Fieber messen, Blutdruck messen.

»Verdauung?«

Neue Tabletten. Eine Ladung an Tabletten, die uns Zusammengeschrumpfte wieder aufblasen soll.

Dann das Warten aufs Frühstück. Und da die Schwestern auch mit meiner Routine vertraut sind, kriege ich, bevor sie mit dem Verteilen der Tabletts beginnen, vor allen anderen meine erste Tasse Kaffee serviert. Kaffeeschlürfend mache ich meinen ersten Streifzug zum Balkon, vorbei an alten Frauen mit zerlumpten Puppen, vorbei an alten Frauen, die mich an altmodisch gepresste Blumen erinnern, an jungen Frauen, die aussehen wie Lastwagenfahrer. Vorbei an fremdsprachigen Klagereien. Vorbei an den ersten Ambulanten, die sich im Fernsehraum breit machen. Alles ist in Betrieb. Aus den anderen Krankenhäusern kann ich mich nicht mal an drei Patienten erinnern und an keinen Schwesternnamen. Hier scheint mein Tunnelblick langsam zu verschwinden.

Waschen, Rasieren, Gott anstöhnen.

Und Dinge sagen, von denen man glaubt, sie gingen in Erfüllung, wenn man sie nur oft genug wiederholt.

»Sie haben schon morgens gute Laune!« freut sich Schwester Brigitte.

Manchmal spüre ich die Kluft zwischen meinem Lächeln bei Kaffee und dem, was mich umtreibt. Aber so oft spüre ich die auch wieder nicht.

»Soll ich dir morgen den grünen oder den blauen Pullover mitbringen?« fragt Insa am Telefon. Ich zieh die Stirn in Falten. Und weil ich endlos lang nichts sage: »Hey, du musst dich nicht zwischen zwei Glaubensrichtungen entscheiden. Blau oder Grün?«

»Hat einer angerufen?«

Auf meinem Handy, das ich mehrmals am Tag anschalte, war nichts aufgelaufen.

»Hätte ich dir das nicht sofort erzählt?«

Sie gibt mir durch, was die Post gebracht hat.

Während ich mit ihr rede, sehe ich mir ihr Foto an. Gleich wird sie auf die Straße gehen und alle werden sie sehen. Ein bisschen hässlicher dürfte sie schon sein.

Eine Zimmertür steht auf, und ich höre eine alte Dame sagen: »Wenn es Ihnen nichts ausmacht, möchte ich ein paar Träubchen zum Käse.«

42 Hier der Schnelldurchgang durch die ersten Therapien. Ich will alle Chemos rasch einmal »runter erinnern«, da Insa ja meint, ich sei tüddelig.

DIAGNOSE MANIFESTATION THERAPIE I

Diagnose: 1. Plasmozytom vom Leichtkettentyp Kappa ohne KM-Infiltration, symptomatisches Stadium I n. Salmon u. Durie, ED 08/00

2. superfiziell spreitendes malignes Melanom re. Oberarm (Level III, Tumordicke 0,75 mm, pT2, NO, MO, Stad. Lb; ED u. Excision 06/99)

Manifestation: Zu 1. Sinus maxillaris links mit Infiltration von Orbita, Alveolarkamm und Nasenseptum; 2. und 8. Rippe links

Nebendiagnosen: art. Hypertonus

Therapie/Verlauf: 08/00 Teilresektion der 8. Rippe links, anschl. Nachsorge

08/04 histologische Sicherung des Rezidivs im linken Sinus maxillaris

1. Kurs Chemotherapie mit den Substanzen Vincristin, Epirubicin, Dexamethason (VED), Bisphosphonatthrapie mit Pamidronat. Mir ist keine Sekunde lang schlecht! Aber es ist endgültig Schluss mit gemütlichen Wadenwickeln und streng schmeckendem Sirup und Lutschpastillen gegen Krankheiten.

Zehn Tage Klinik, zwanzig Tage zu Hause, das ist der Rhythmus. Zu Hause als erstes: Paul waschen! Paul ist ein Krankenhausschwein, Gesundheitsschwein, Genesungsschwein. Insa hat es mir geschenkt. Der rosarote Stoff-Paul ist so groß, so klein, dass er in meine geschlossene Faust passt. Zu Hause hockt er in einem Ablagekorb auf meinem Schreibtisch.

Mich lang aufs Sofa strecken und einen Mittagsschlaf einlegen.

»Du hast da gelegen wie ein Tier im Winterschlaf.«

Zwanzig Tage später: Überweisung vom Hausarzt, Taxischein, einen Tag lang Urin sammeln, Tasche packen, Fotos für den Klinikbettisch packen, Bücher, Notizbuch. Und Paul vom Schreibtisch nehmen. Ich schau durchs Fenster. Der Taxifahrer winkt herauf. Wir haben abgemacht, dass er nicht anschellt. Wenn es losgeht, ist es immer sehr früh. Ich übernachte dann immer auf der Wohnzimmercouch, damit Insa durchschlafen kann.

Und wie der Refrain eines Liedes: 2. Kurs Chemotherapie mit den Substanzen Vincristin, Epirubicin, Dexamethason (VED), Bisphosphonatthrapie mit Pamidronat.

Die Chemo dauert immer nur einen halben Tag. Danach wartet man, dass sich die Leukozyten im Blutbild wieder sehen lassen.

Die Jungs und Mädels, die eigentlich auf Bachblüten schwören, wie kriegen die das eigentlich geregelt?

Meine Haare fallen mir aus. Ich zieh daran und halte Büschel in den Händen. Das ist wie Nasebohren. Einige Menschen müssen in der Nase bohren, können nicht anders. Müssen Nägel kauen. Ich muss mir die Haare ausreißen. Egal, wo ich bin. Ich kann die Finger nicht aus meinen Haaren lassen.

Wohin gehöre ich? In die Klinik? Nach Hause?

Zu Hause: Paul waschen. Damit er nicht länger nach Klinikum riecht. Er fährt eine Runde mit der Feinwäsche. Dann in den Ablagekorb mit ihm. Mit seinem kleinen Schweinehintern hockt er auf Rechnungen.

Von wegen Wenn du krank bist, fällt das normale Leben weg. Finanzamt bleibt. Steuerberater bleibt. Miete TÜV, Telecom, Vodafone, Pflege der elterlichen Gräber und so weiter und so weiter. Fälligkeitstermine!

Finger, Augen, Ohren, Nasen und sogar ganze Gesichtspartien liegen verstreut in einer Kassette. Über zwanzig Jahre stellte Bob Barron solche Tarnungen für CIA-Agenten her, gab ihnen neue Identitäten und schützte damit ihr Leben. Je realistischer ein Körperteil aussah, desto sicherer war sein Träger. Deswegen versuchte Barron, immer wirklichkeitstreuere Prothesen herzustellen.

Auf der Suche nach noch besseren Materialien für seine Nachbildungen entdeckte er ein neues Betätigungsfeld.

»Ich sah so viele missgestaltete Menschen – da wusste ich, dass ich diesen Leuten helfen will.«

So wie dem fünfjährigen Peter Dankelson. Das Ohr des Jungen ist von Geburt an fehlgebildet. Barron stellte zunächst nach dem Spiegelbild des gesunden Ohres ein Modell aus Gips her. Die danach geformte Prothese besteht aus Silikon. Von Hand gibt Barron dem Ohr die genaue Hautfarbe des Jungen. Währenddessen erklärt er der Mutter, wie das Ohr abends abgenommen und morgens befestigt wird. Und Peter kann es nicht mehr abwarten, mit dem neuen Ohr in die Schule zu gehen.

Aber wie der Professor meint, ist das alles ja nicht mehr mein Problem.

»Du bist so tüddelig«, sagt Insa.

»Quatsch!«

»Du tüddelst so. Hier mal ein Tüddel, da mal ein Tüddel.«

Nach zwanzig Tagen: Überweisung vom Hausarzt, Taxischein, Urin sammeln, Paul einpacken.

3. Kurs Chemotherapie mit den Substanzen Vincristin, Epirubicin, Dexamethason (VED).

Einmal entdecke ich erst nach einer Visite, dass Paul in meiner Schlafanzugjacke hockt, die Schnauze über der Brusttasche. Aber haarsträubend ist die Geschichte für mich nicht mehr.

Mein lieber wachsbleicher Leser!

Solltest du ähnliche Alpträume wie ich aus deiner Schulzeit herübergerettet haben, denk immer daran: Du musst es nur in deinen Körper tröpfeln lassen. Du sitzt nicht mehr im Chemieunterricht, der verlangt, dass du über das Zeug ein Reaktionsschema entwerfen oder eine Reaktionsgleichung erstellen musst. Einfach laufen lassen.

Einen Siebzehnjährigen haben wir hier, den sie vom Schulstuhl direkt in die Klinik eingeliefert haben. Der paukt für die Schule, während es träufelt. Damit er nichts verpasst. Deshalb komm ich ja drauf. Ich will ihm da nicht reinreden. Aber eigentlich braucht er hier nur zu liegen und träufeln zu lassen.

Auf dem Rücken liegen und auf einmal an der gesamten westlichen Medizin zweifeln, sie revolutionieren wollen – ich habe es nicht getan, ich hatte ja nicht mal ein einziges Mal bei *Jugend forscht* mitgemacht. Bloß: Vorsichtshalber, bevor es losträufelt auf die Flaschen gucken, ob auch wirklich dein Name drauf steht. Willst ja nicht die Mixturen deines Bettnachbarn, und kleinere Fehler schleichen sich in jeden Betrieb ein.

Übrigens wird während der gesamten Zeit im Uni-Klinikum nicht ein einziges Mal das Männerthema angeschlagen, das mir jede Zugfahrt, besonders die an den Wochenenden in den dann überfüllten Restaurantwagen, verdirbt. Losgelassene blaukarierte Hemden mit gelockerten goldenen Krawatten bei Flaschenbier: Da hab ich meinem Chef mal Bescheid gesagt! Da hab ich dem Alten gezeigt, wo der Hammer hängt!

Und niemand spielt Karten. Auch kein Schach, Halma, Krieg der Sterne. Hier wird nichts gespielt.

4. Kurs Chemotherapie mit den Substanzen Vincristin, Epirubicin, Dexamethason (VED). Nicht eine Sekunde lang ist mit schlecht!

Zu Hause: Paul waschen!

Lange in der Badewanne liegen. In heißem Wasser und preiswerten, aber duftenden Essenzen. So lange, bis Insa im Wohnzimmer den Fernseher leiser stellt und ruft: »Lebst du noch?!«

1. Kurs Hochdosis-Cyclophosphamid. Kein Problem!

Zu Hause. Paul waschen!

Gegen Abend geht das Handy.

»Guckt mal aus dem Schlafzimmerfenster!«

Merkwürdige Ankündigung, aber wir tun es. Auf der Straße stehen meine beiden kleinen Patentöchter mit ihren Eltern. Die Mutter gibt den Einsatz. Die beiden singen uns Kindergartenlieder.

»Ich komm runter!«

»Bloß nicht! Die haben die Masern!«

Die Mädchen winken.

Und wenn du wieder in der Klinik bist, immer daran denken: Nicht nach Siggi fragen, ob einer was von dem gehört hat oder nach Anton mit seinen steifen Pranken vom Bau und seiner Aktentasche oder nach der Bäuerin.

Zuhause erzählte ich viel über die Mitpatienten. Ich hatte mir allerhand Notizen über sie gemacht. (Notizen muss ich sofort machen. Schieb ich das auf die lange Bank, kann ich mich an meine Ideen oder an einen Vorfall kaum noch erinnern.)

»Ob es denen gut geht oder nicht«, sagte Insa eines Tages am Küchentisch, »wenn sie noch leben, wirst du sie irgendwann schon treffen. Ein bisschen Freundschaft schließen, okay. Bloß nicht zuviel.

Und wenn du sie triffst: Klasse! Aber wenn von ihnen nichts zu sehen ist: Nicht nach ihnen fragen! Und wenn einer zuviel über Krankheiten spricht, unterbrich ihn mit: ›Und? Hast du schon einen Weihnachtsbaum gekauft?'«

In der Uniklinik haben sie zwei Pastöre. Islam kommt zwar auf der Speisekarte vor, aber nicht in diesem kleinen Holzrahmen an der Wand am Schwesternzimmer. Da gibt es nur evangelische und katholische Telefonnummern und eben nur zwei Passbilder von Pfarrer und Pastor. Beide lächeln.

Meiner kommt. Ein Pole. Hat *katholisch* aus der Kartei. Fragt nicht mal, ob ich gläubig bin. Fragt, ob er mir am Sonntag die Heilige Kommunion ans Bett bringen darf.

Ich lieg da im Schlamassel, will keinesfalls bedauernswert aussehen, und lese was Leichtes. Schmales Taschenbuch. Frühstück bei Tiffany, das Portrait einer charmant verrückten Achtzehnjährigen, das duftet, laut Covertext, nach Gin und Rosen, das wird mich ablenken. So leicht ist das Buch, das schwant mir noch vom ersten Lesen, fünfundzwanzig Jahre zuvor, nicht. Eine Kleine, die sich mit Männern, Zigaretten, Drinks, Quark und Melba-Zwieback am Leben erhält. Auf Seite siebenundsechzig überfällt mich die achtzehnjährige Holly Golightly mit: Lieber möchte ich Krebs haben als keinen inneren Anstand.

Meine Stimme kommt manchmal aus schläfriger Entfernung, das stimmt. Aber tüddelig bin ich keinesfalls. Mein Gedächtnis ist präzise. Hier der Beweis:

43 Manchmal habe ich nichts als meine eigene Stimme, mich zu beruhigen. So rede ich laut. Die Melodie meiner Stimme muss aber wiegend sein. Was ich dabei sage oder laut ablese, ist vollkommen egal. Die Paragraphen des Behandlungsvertrags, oder Narkose und/oder Regionalanästhesie für Erwachsene und Jugendliche: Sehr geehrte Patientin, sehr geehrter Patient, liebe Eltern! , Bedienungsanleitungen Telefon und TV. Was von gelben und weißen Blättern. Egal.

Wenn ich meinen Kopf mit den wenigen Haaren berühre, fühle ich keine alte Glatze, eher einen Kindskopf. Die Hand, die die Schwester behutsam auf meinen Unterarm legt. Ich genieße es und bin weit entfernt vom Krankenschwesternreport Teil 3 im alten Balikino.

Andere atmen tief, saugen die Luft ein und spüren, wie ihre Beklommenheit zerrinnt. Bei mir ist es das Sprechen, der Ton der eigenen Stimme. Ich lese *Er sog die Luft ein* … und verstehe die Figur nur in etwa. *Es verschlug ihm die Sprache* … Das ist meine Abteilung.

Vor dem Fenster eine nüchterne Sonne.

Wenn sie nur eine Minute später als verabredet kommt …

Insa hat sich Schuhe gekauft.

»In Lila?«

»Bei Nutten Insurance ist Werbewoche. Was für 'n Glück: Für zehn Euro Schuhe, die billig aussehen!«

Ich freute mich wirklich, sie zu sehen. Trotzdem sprach ich nicht, und Insa hatte Geduld mit mir.

»Ohne Tumor bist du viel schlanker. Steht dir gut.«

Ich bitte sie, mir alte Notizen mitzubringen. Versuche, mich daran zu erinnern, wo sie in der grünen Truhe liegen könnten.

»Meine Beutelratte!«

»Beutelratte?« frage ich.

»So sagt man doch, wenn man einen wie dich sieht. Oder nicht?«

Ihr Nacken wird steif. Sie versucht, ihren Kopf hin und her zu drehen.

Und wie aus dem Nichts: »Ich lasse dich jetzt allein«, steht auf …

»Warte!« Sie ist sauer auf mich.

…, geht, winkt und schließt die Tür.

Wenn ich ihren letzten Satz jetzt wörtlich nehme, wort-abhängig wie ich bin, bin ich tot. Ich krieg die Angst nicht klein.

Andere hier tun beschäftigt oder sind beschäftigt. Kommen mit irgendwas voran. Und ich lese dieselbe Seite eines Buches noch mal und noch mal und noch mal.

Hinter der Scheibe grüßen zwei Fensterputzer aus ihrer Gondel.

Ich sprühe mich mit meinem Lieblingsparfüm ein, um dem Klinikgeruch was entgegenzusetzen. Aber aus *Armani Mania* wird *Armani Klinik*. Der Geruch vereint sich blitzschnell mit fahrbaren Ständern, an denen Tröpfe schaukeln, mit Familien, die von 36jährigen Männern Abschied nehmen. *Armani Klinik*, das sind Glatzen. Sind dreißig Zentimeter lange Zugänge, die mir durch die Halsvene geschleust werden. Einmal links, das nächste Mal rechts.

Ich schreie meine Käsescheiben an: »Wollen doch mal sehen, wer hier der Stärkere ist! Ich hab die Schnauze voll!« Da habe ich auf einmal mehr Worte mit meinem Abendbrot-Krankenhauskäse gesprochen als mit Insa. Der Käse würdigt mich eines leeren Blickes.

Meine Handschrift gleicht einem fiebrigen Börsentag. Notizen, die ich selbst kaum entschlüsseln kann.

»Wen schreien Sie denn da an?« will die Schwester wissen.

Jeder am Tropf, stehen wir auf dem Balkon, um zu rauchen. Der Regen hat die Zigarettenstummel in den Aschenbechern aufquellen lassen. Ein grobmaschiges Netz reicht von der Balustrade bis zur Decke. Jeder Neue fragt: »Damit wir nicht springen?« Und wir Alteingesessenen grinsen. Dazu taugt das dünne Ding nun wirklich nicht.

»Damit die Tauben uns nicht einscheißen.«

Wütend glühende Zigaretten.

Von hier aus sehen wir nichts als Klinikum. Meine kleine Stadt. Mein Zuhause. Im Gebäude schräg rechts ist Vater gestorben. Station M4, Zimmer 208. Manchmal gehe ich seine letzten Schritte ab, die er im Freien gemacht hat. Nachdem mein Vater die Diagnose Krebs bekam, hat er kein einziges Wort mehr mit uns gesprochen. Weiter rechts, von hier aus nicht zu sehen, die HNO, wo ich Mutter wenigstens einhundert Mal abgab, abholte oder besuchte. Je öfter sie dort lag, je lieber war es ihr. Lieber, als zu Hause im Bett neben Vater zu liegen.

Wie mein Vater im Schlafzimmer auf der Bettkante sitzt und pingelig genau sein Schichtenbuch führt, damit ihn niemand übers Ohr hauen kann. Ich bin noch jung und still und noch nicht in der Schule und seh ihn mir an. Von der Mutter weiß ich, dass man schon mit Ende Zwanzig so haushaltet, dass, wenn man überraschend stirbt, auf dem Sparkassenkonto genügend Geld für die Beerdigung liegt. Das ist so ziemlich alles, was ich über Ökonomie gelernt habe.

Wenn wir den Balkon betreten, ziehen wir die Tür mit einer Plastikschlaufe hinter uns zu, damit kein Rauch in die Station weht. Wenn mir Zigarettenrauch ins rechte Auge kommt, habe ich beide Augen dicht. Manchmal laufen Katzen übers Gelände.

Uns gegenüber wird ein fünfstöckiger Trakt komplett saniert. Oder erst entkernt, dann abgerissen, wir wissen es nicht. Die Arbeiter haben schon alle Fensterrahmen rausgebrochen. Zu Bauarbeitern gehören zwangsläufig alte kalkbespritzte Kofferradios. Und schlimme deutsche Schlager, dass man sich nur wundert. Was die Maurer wohl über uns denken? Ich jedenfalls denke: Ich würde jetzt gerne mauern oder abreißen! Was ich schon im Studium dachte, wenn schlimme althochdeutsche oder altisländische Klausuren anstanden.

Automatisch suchen wir den Kerl, der sich länger als seine Kollegen auf seine Schüppe stützt.

»Immerhin patroullieren hier keine Panzer. Auf dem Dach sind keine Panzerabwehrraketen installiert. Mir wickelt keiner einen benzingetränkten Lappen um den Kopf und zündet ihn an.«

Der Vergleich mit Kriegsgebieten soll mir Trost spenden. Die anderen verstehen nur Bahnhof und sehen mich vorsichtshalber nicht an.

Einige von uns glauben, dass sie eine Strafe erleiden, dass sie mit ihrer Krankheit für Fehler bezahlen, die sie begangen haben. Sie betreiben Gewissenserforschung, ziehen Bilanz.

»Herr, ich weiß, dass ich gesündigt habe. Mit meiner Lebensführung habe ich dich beleidigt, lieber Gott, aber gib, dass ich noch lange für meine kleinen Kinder da sein kann!« Das in der Kapelle der Klinik ausgelegte Klagebuch, Gästebuch, Bittbuch ist voll von Selbstkasteiungen.

Zwei, drei sind dabei so kalt gegen sich selbst, dass es mich schmerzt.

Oder: »Ich hätte nicht alles schlucken sollen, den ganzen Ärger! Ich hätte viel mehr zurück schlagen müssen! Vom zu viel Schlucken, daher kommt der Krebs!«

Was mich anrührt: Die Bitte um ein Körnchen Kraft.

Inzwischen halte ich mich auch nicht mehr an die Amateure, die bei ihrer ersten Entlassung lauthals schwören, sich hier nie wieder blicken zu lassen. Jeder macht sich hier allerhand vor, aber die Profis machen das leise. Ich versuche, mich an die zu halten, die auf vertrautem Fuß mit ihrer Krankheit stehen wie Siggi. Siggi, ein recht unscheinbarer Mann, hat den Krebs im Darm. Zwar will Siggi nicht in den Sarg, weil er Platzangst hat.

»Wenn man sich aneinander festhalten könnte unter der Erde«, sagt er und massiert sich seine Knie. »Meinetwegen an einem, den ich gar nicht kenne.«

Ansonsten hat Siggi nichts Tragisches an sich. Siggi zu mir: »Wenne was brauchs: Einmal laut stöhnen – bin ich da.« Ansonsten erzählt er sehr viele Geschichten vom Darm. Seit heute Morgen hat er hohes Fieber. Wovon er sofort per Telefon seiner Frau berichtet.

Wenn ich mir handschriftliche Notizen mache, kommt es mir inzwischen seltsam vor, das mir kein Korrekturprogramm beim Schreiben was unterstreicht. Ich hab schläfrige Augen.

Einer unserer geläufigsten Sätze: »Und, was hast du für 'ne Prognose?«

Würstchen gibt's. Und Senf genug. Rauch über den Dächern.

Wenn Siggi in Form ist, nennt er die Schwestern nach Pornoqueens Misty oder Jane Darling. Mustert sie von Kopf bis Fuß und sagt: »Guten Morgen, Victoria Swinger.«

Ich mache mir keine Gedanken. Sie kommen von selbst. Ich will sie nicht.

Abends will Siggi fernsehen. Auf dem Zimmer. Ein Nachholspiel.

»Zweimeterzwei ist unser Langer lang und kriegt den Ball nicht aus dem Strafraum!«, schreit Siggi. »Zweimeterzwei und verliert jedes Kopfballduell! Zweimeterzwei! Ich wusste gar nicht, dass man Scheiße so hoch stapeln kann!«

Anton knackt eine seiner Bierdosen. Nimmt einen Schluck und versteckt sie wieder.

»Ich würd' dir ja eine anbieten!«

»Nee, danke.«

Anton hat aus merkwürdigem Grund das Foto seiner Frau auf dem Nachttisch.

»Bis zu meinem Tod werde ich mir jeden Tag dieses Bild ansehen!«

Weil er weiß, dass die Zeit Wunden heilt, sich in der Erinnerung vieles rosa färbt, schaut er jeden Morgen und jeden Abend auf dieses Bild. Denn er will ums Verrecken nicht zu ihr zurück.

Anton hat eine kaputte Lunge. Er sagt immer: »Ich hab die Motten.« Was nicht ganz korrekt ist, das weiß ich von meiner Mutter. Die hatte die Motten, nämlich Tuberkulose. Ich halte mich an Anton und Siggi. Die waschen sich, die rasieren sich, die ziehen sich für den Tag etwas anderes an. Die beiden sind besser für mich als die *Wir sind schon lange nicht mehr vorhanden-Patienten*, die den Tag über im Bett liegen und kaum noch schimmern. Und auch Siggi sagt über die: »Das sind Helfenichtse.«

»Was schreibst du gerade?« will Siggi wissen.

»Siggis Darm. Ein Musical in zwei Akten«, sag ich. »In einer populären und vor allem der Jugend verständlichen Art geschrieben.«

Dann kommt ein alter Western. Ich sehe nur hin, weil er eben läuft. Ich verlege mich aufs Zählen der Uniformknöpfe. Aber die Militärs sind nie so lange im Bild, dass ich mit dem Zählen der vielen Knöpfe durchkäme. Um die stumpfsinnige Nacht hinter sich zu bringen, schaltet Siggi nach dem Western noch um. Auf Pro7 läuft ein Horrofilm auf dem Niveau eines Schulmädchenreports. Die schlechteste Elke Sommer aller Zeiten sagt: »Peter, beeil dich, sonst ist es zu spät! Peter, nein, sieh nur! Blut! Peter! Da ist Blut unter der Tür! Peter! Was haben wir getan?! Peter! Es ist was Schreckliches da draußen!« Dieser Peter hat auch nicht mehr auf der Pfanne. Dialoge, bei denen mir das Blut aus den Ohren schießt.

Bevor er einschläft, schiebt Siggi seine Brille auf die Glatze und mümmelt mit den Händen noch einen Schattenhasen an die Wand für seine Enkel, die unsere Station ja gar nicht betreten dürfen. Seine Schlafanzugärmel rutschen. Er hat dünne Arme.

Habe bisher Gott sei Dank mit niemandem mit Sternenunfug, Ratte im siebten Haus und so, auf einer Bude gelegen, auch mit keinem Eiferer, nie mit jemandem, der darüber sinniert, ob man beim Sterben ein gleißendes Licht sieht, ob sich da ein Tunnel öffnet und wie es danach weiter geht. Eine Nacht lang hat mich ein dürrer ehemaliger Schreinermeister in den Wahnsinn getrieben, weil er morgens um drei seinen Sohn anrufen musste, um letzte Details seines Testaments zu besprechen. Da die Besprechung eh bis fünf dauerte, machte er sich danach sofort ans Frühstück, was hieß, mit mir schrecklich unbekannten Geräuschen stöpselte er an all seinen künstlichen Körperöffnungen herum, blies die Stutzen durch, sag ich mal, damit der Brei, den er an einen der Stutzen anschloss, laufen konnte, und erzählte mir dabei, dass er einst eine großartige Stimmungskanone mit Selbstgedichtetem bei Handwerksfesten in Süddeutschland war. Toppte die mir grässlich fremden Laute mit einem Potpourri aus nachgeahmten Dialekten, von denen er keinen beherrschte. Dann wieder nuschelndes Gemurmel, das ich mir ums Verrecken nicht übersetzen wollte. Er machte ständig Geräusche, ein Gerotze und Gerülpse, auch wenn er sich nicht bewegte und nicht sprach.

»Dein Magen knurrt!«

Wenn er den überhaupt noch hatte.

Ich bat um ein anderes Zimmer, was dem Pflegepersonal sofort einsichtig war. Beim Packen meiner Sachen habe ich ihn nicht angesehen und kein Wort mit ihm gesprochen. Nur darüber nachgedacht, wie es ihm zu Mute sein könnte, denn ich war ganz sicher nicht der Erste, der vor ihm floh.

Ich stehe auf dem Balkon. Organisierte Pfleger und Verwaltungsangestellte ziehen mit roten Fahnen und roten Leibchen protestierend übers Gelände. Ich höre nicht, was sie fordern, da drei Bagger Schutt auf einen gewaltigen Kipplaster laden.

»Basteln sie also doch an einem Streik!«

Die Vögel scheißen befreit auf die Erde. Ich streiche meine paar noch übrig gebliebenen Kopffedern von vorne nach hinten. Ich bin hier nicht der einzige, der nach den Schalkern fragt. Männer liegen nach ihren Notoperationen noch im Aufwachraum, und wenn sie die Augen aufmachen, ist ihre erste Frage, wenn sie denn Anhänger der Blauweißen sind: »Wie haben die Schalker gespielt?«

Siggi, ein alter Mann im Trainingsanzug, will seine Lebensweise ändern. Will, wenn er hier erstmal raus ist, früh aufstehen und zeitig zu Bett gehen. Sichtet Papiere, die ihm seine Frau mitgebracht hat, heftet sie ab. Ein, wie ich finde, ohnehin schon ordentlicher Mensch will noch ordentlicher werden.

»Das ist nicht ändern«, sag ich.

Will sich seine Laster abgewöhnen.

»Du und Laster?«

»Ich war noch nicht drei Käse hoch, da…«

»Hast du schon einen Weihnachtsbaum gekauft?« unterbreche ich ihn.

Antons, Siggis und meine Chemotermine stimmen nicht hundertprozentig überein. Aber fast immer überschneiden sie sich. Wir drei sind am häufigsten zusammen. Manchmal auch über verschiedene Zimmer verstreut, zwei, drei Türen auseinander. Siggi verlässt sich schon gar nicht mehr auf irgendwelche festen Termine. Der wird entlassen, liegt gerade mal so eben zu Hause auf seiner Couch, keine Viertelstunde später kriegt sein Fieber einen Höhenkoller und seine Frau lässt ihn wieder mit Blaulicht einliefern. (Und doch: Wenn ich hier erstmal raus bin …) Als er noch Krebsanfänger war, so erzählt er, habe er sich mal, als seine Frau den Krankenwagen rief, mit lebensgefährlichem Fieber in seinem Keller versteckt.

Was machen Siggi und Anton, wenn sie heulen müssen? Weint Anton beim Bierholen hinterm Kiosk oder hinter Sträuchern? Versteckt sich Siggi auf dem Klo? Oder knicken die nie ein?

Ich sag: »Drei Kilo! Muss man sich mal vorstellen! Übersehen! Einen drei Kilo schweren Tumor!« Und breite meine offenen Hände aus als Maß, als wüsste ich, wie man sich drei Kilo Tumor vorzustellen hat.

»Das war nicht hier«, sagt die Bäuerin.

»Auch da wo du wohnst, können sie nicht alle bescheuert sein. Deine Ärzte haben drei Kilo übersehen? Und wir hoffen hier, dass sie eine einzige Zelle ausfindig machen, bevor die Scheiße bauen kann! Hoffen, dass sie nicht eine einzige Zelle übersehen!«

Die Bäuerin dachte an irgendwas, befreite sich aus ihrem Umhängetuch, spielte mit einem rosa Nähgarnröllchen, sagte aber nichts.

»Eine einzige winzige winzige winzige Zelle!«

44

»Na, was machst du?«

Unser abendliches Telefonat.

»Lieg im Bett und lese.«

»Im Licht einer afrikanischen Lampe.«

»Genau. Und du?«

»Ich telefoniere. Was liest du? Was mit Serienkillern?«

»Ich hab die Tür abgeschlossen. Kann nichts passieren.«

»Und an der Terrassentür hast du einen Turm aus Kochtöpfen gebaut?«

»So kriegt der Serienkiller einen Herzinfarkt und ich werde wach.«

Insa liebt Krimis mit Serienkillern.

»Lies nichts übers Plasmozytom.«

»Tu ich ja gar nicht!«

»Was?«

»Tu ich nicht! Zum nächsten Geburtstag kriegst du ein Hörgerät.«

»Ich bin nicht schwerhörig. Du flüsterst!«

Rituelles Telefonieren vor dem Einschlafen. Ich weiß nicht, ob sowas reicht.

Fast wünsche ich ihr diese nölige Nan und die andere, die Schwester des Ingenieurs zurück, gegen ihre Angst, wenn sie allein ist. Sie hat Angst, da bin ich sicher. Aber vielleicht sitzen sie ja gerade zusammen und zwei halten die Luft an. Dann rede ich heute so lange, bis die beiden platzen.

»Wünscht du dir Riegel vor die Tür?«

»Wenn du nicht da bist, ja. Und Fenstersicherungen. Und Verankerungen.«

»Sprichst Fach?«

»Verankerungen. Ich sage gerne Verankerungen.«

Zu lange Pause beim Reden.

»Jetzt sag ja nicht, ich soll mich zusammenreißen! Ich hasse das! Reiß dich zusammen! Das hab ich gehört, bis zum Erbrechen: Reiß dich zusammen!«

»Sag ich doch gar nicht!«

Sie hasst den Satz, entspricht ihm aber vollkommen. Reißt sich ständig zusammen. Und nachts ist sie tränenverschmiert. Wahrscheinlich lässt sie das Licht die Nacht über brennen. Im Schlafzimmer, im Flur, im Wohnzimmer.

»Gucken deine Füße unter der Bettdecke noch raus?«

»Ich bin doch nicht bescheuert. Gucken Füße raus, kommen Ungeheuer.«

»Und beißen rein?«

»Ich weiß nicht. Vermutlich reißen sie meine Zehe aus der Verankerung.«

»Ich liebe dich.«

»Schlaf schön.«

High Gloss 12 und *Jet-Set Shine, Bold Rasberry 13.* Ich sah Insa mit *Copper Flame,* mit *Blackred Star.* Gerade fällt mir auf, dass ich mich seit den wiehernden Radiomädchen bis jetzt bei Makeup nicht weitergebildet habe.

»Und denk an die Zehe. Und lies nicht so viel von Serienkillern.«

»Schade, dass sich niemand traut, Serienkiller einfach als böse darzustellen. Immer kommt kurz vor Schluss noch eine Mutter ins Spiel, die mal als Nutte gearbeitet hat.«

45 Während irgendeiner Chemo rief Insa an, ein Theaterregisseur, für den ich schon mal gearbeitet hatte, habe sich unverhofft gemeldet. Bei ihm war eine Frau aufgetaucht, die glaubte, in deutschen Dritte-Reihe-Comedy-Shows verschlissen zu werden, die meinte, stark genug für eine Ein-Frau-Show zu sein. Der Regisseur kannte sie von früher.

»Die kann singen!«

Ob ich am übernächsten Tag nach Berlin kommen könne. Ich sei unterwegs, hat Insa ihn vertröstet. Er werde es über Handy versuchen. Sie sofort: »Hat er oft abgeschaltet, weil er in Besprechungen sitzt.« Sie selbst werde alles Mögliche tun, mich zu erreichen.

So sieht das aus, wenn ein Auftrag reinkommt und du hängst am Tropf. Insa hatte vollkommen richtig reagiert. Denn wer lässt dich die Arbeit wirklich machen, wenn du sagst: »Klasse! Mach ich. Ich hab zwar noch die Chemos vor mir …«

Sabine war Jahrgang 68. Und Schwäbin. Sie wollte beim Solo unbedingt ihr Schwäbisch einsetzen. Und das Jahr 68 musste im Programm vorkommen und Amerika. Nach ein paar Telefonaten mit Handy vom Klinikbalkon schrieb ich ihr einen Brief, einen skizzierten Entwurf des Anfangs.

Von Sabine gab es begeisterte Rückrufe, von ihrem neuen Freund, einem Banker, knappe Gespräche über einen arg knappen Vorschuss.

»Mit Schwäbisch Herzen gewinnen? Wie soll das denn funktionieren?« fragte Insa nur. Insa trägt ein weit über die Knie reichendes Kleid, was ihr gut steht.

Ziemlich rasch kam es zu einer Einladung nach Berlin, bei der ihr Freund und sie auf dicke Hose machten. Der Regisseur war dabei, der Arrangeur, und Sabines Problem war: »Wir haben nur zwei Zweisitzer, wie bekommen wir euch denn jetzt zum Thai?«

Keine weiteren Details.

»Wie war das in den Sechzigern, Siebzigern, wenn Langhaarige Krebs kriegten?«

»Frag mich nicht, frag einen deiner Generation«, sagte Insa. Sie wollte nicht, dass ich geschwächt auf Reisen ginge. Ich sollte Berlin absagen.

»Modische Glatze oder Chemo, heute kein Problem. Aber damals starb ich ja, wenn die Bestie von Friseur nur einen Zentimeter …«

Es kam zu mehreren Treffen, und die mussten immer außerhalb meiner Chemos liegen. Unpassende Terminvorschläge musste ich durch wildeste Erfindungen von Arbeitsbelastung ablehnen. Was Sabine wiederum fragen ließ, ob ich mich bei so viel Arbeit überhaupt auf sie konzentrieren könne.

Insas Angst war: »Dein Immunsystem wird in der Deutschen Bahn endgültig seinen Geist aufgeben.«

»Guck auf die Höhe meines Krankengeldes, und dann argumentiere weiter.«

Meine einzige Angst: Wie gestaltet man als Chemo-Mann seine Auftritte in Berliner Hotellobbys? Einen Teil der fahlen Gesichtsfarbe kann man auf eine erfundene vorherige wilde Nacht und auf die Bahnfahrt abwälzen. Wie erklärt man aber das Restgrün im Gesicht?

Frühzeitig im Hotel erscheinen und heimlich aufs Zimmer verschwinden? Sich stundenlang in die Wangen kneifen? Zur verabredeten Zeit aus dem Aufzug steigen in geliehenen teuren schwarzen Schuhen und geliehenem schweineteurem dunklen Anzug als Ablenkung vom Gesicht? Über die Maßen zuvorkommend sein? Womöglich geschminkt ständig lächeln?

Nichts von alldem. Du musst einer Schauspielerin nur beteuern, dass du sie seit Langem bewunderst.

Als Dank retour: »Du hast eine wunderbar tiefe Stimme. Du solltest Hörbücher lesen!«

Eine Schauspielerin, die zweisitzig fährt und offen (Sabine, ich und mein Immunsystem fahren bei offenem Verdeck), arbeitet mit ihrem Autor natürlich im Café Einstein. Dem Café Einstein am Pariser Platz. Viele Leute starren uns an. Nicht wegen er alt sie jung, das ist hier üblich. Nicht, weil ich berühmt bin. Ich bin nicht berühmt. Nicht, weil die Schauspielerin berühmt ist und die Menschen zusätzlich deren Magier, sonst hinter den Kulissen beim Fädenziehen, zum Frühstück vor sich haben. Die Schauspielerin ist nicht berühmt. Die Leute gucken auch nicht, weil ich Hellgrün im Gesicht bin. Die Touristen starren, weil sie es sich nicht verzeihen könnten, auch einen nur halbwegs Berühmten übersehen zu haben.

Ich wisch mir einen Rest Kaffeesahne aus dem Mundwinkel, da drehen sich die Leute auch schon zu anderen möglichen Berühmtheiten und haben mich abgehakt.

Aus dem Solo-Programm ist nichts geworden. Sabine eröffnet mit ihrem Gesang – was ich jetzt erzähle ist aus zweiter Hand – erst einmal weiterhin Bankfilialen.

Egal. Allein wichtig war: Ich merkte, dass ich auch während der Chemos arbeiten und reisen konnte. Ich war nicht nur Patient.

Ich hätte dieser Sabine so gerne das auf den Leib geschrieben, was ich in einem früheren Urlaub gesehen hatte. Damals am Strand erschien ein kleines Mädchen, das sich als Betreiberin eines Knietheaters offerierte: Hinter einem Pappkarton, aus dem sie das Guckloch einer Bühne herausgeschnitten hatte, agierte sie mit ihren beiden Knien, auf die sie unterschiedliche Gesichter gemalt hatte, während die Waden mit Andeutungen von Garderobe verziert waren, in exzentrischen Schlotter- und Quickstepbewegungen.

Sie bekam Applaus, ein paar Münzen fielen in einen bereitgestellten Hut. Sie krempelte sich ihre Hosenbeine runter und stiefelte weiter.

Zumal Sabine auch Schauspielerin und Sängerin war, hätte sie mit den Knien mehr machen können, als die Kleine am Strand. Statt allein mit dem Publikum zu reden oder es anzusingen, wie es die meisten Comediens tun, hätte sie gleich drei Personen, hätte ein kampflustiges Dreieck spielen können.

Bei Zugreisen kostet es mich Mühe, das in Hornheide entwickelte Verwirrspiel, ich säße in einem alten Zugabteil, wo ich Stellwände mit Fotografien als Zugfenster ansah, durch die ich meine Flucht hätten antreten können, nicht umzukehren. Es mit veränderten Vorzeichen weiter zu spielen, gedoppelter Wahn. Nein, der Kontrolleur hat keine meiner Krebs-Daten in seinem schmalen Nachzahl-Computer.

Bei einer dieser Zugreisen, natürlich bei einer gehetzten Hin- und Rückreise am gleichen Tag, wegen einer Sinnkrise Sabines, startete ich einen

Versuch mit dem Unterwegs-Urinsammeln für den kommenden Tag, an dem die nächste Chemo begann. Schwamm drüber.

Die Routine lässt mich manchmal was vergessen, mal die Überweisung, mal den Taxischein. Und wenn ich einen Tag vor der Einweisung noch mit dem Zug unterwegs sein muss, ist eine Tagesproduktion Urin sammeln nicht drin. Die in der Klinik sind nachsichtig. Pünktlich antreten muss ich, dann aber verzögert sich alles eben um einen Tag.

Als meinen persönlichen Taxifahrer habe ich mir Willi Meier ausgesucht, das fehlgeschlagene Experiment der Studentenunruhen. Gegen seinen Sekundenschlaf therapierte er erfolgreich an und hat seinen Job als Fahrer wiedergekriegt. Was immer er nachts fremden Friseusen über vatikanische Geschlechtsteile erzählt, tagsüber, seine Sonnenbrille über den Augen oder auf der Stirn, ist er ein grandioser Begleiter alter gebrechlicher Frauen, ängstlicher Kinder und Kranker überhaupt.

Eine Chemo tröpfelt von morgens früh bis zum frühen Nachmittag. Weil es mir dabei und danach immer gut geht, schlurfe ich also am frühen Nachmittag durch die vielen Ambulanten in ihren Sesseln zum Schwesternzimmer. Mit den unzähligen Ambulanten und ihren Begleitungen geht es hier ab wie auf einem Busbahnhof.

»Kann mich eine mal abstöpseln?«

Dann sag ich: »Ich geh ins Café.« Ich will aber nicht schon zum Abendessen zurück in der Klinik sein, und was folgt, ist das Feilschen eines Dreizehnjährigen mit seinen strengen Eltern. Wer ist gerade besser in Form, Mutter oder Vater, Schwester Petra oder diesmal Schwester Brigitte? Oder als neue Variante die nette Tunte Alex?

Das Café, das ich meine, liegt nicht auf dem Klinikgrundstück. Aus versicherungstechnischen Gründen darf es niemand wissen. Aber alle wissen es.

»Ich will nicht schon wieder um Sechs hier sein!« maule ich ihn an. »Neun Uhr, okay?«

»Acht!«

Und wenn die Chemo zwar den Tumor vom Knochen frisst, den Knochen dabei aber so dünn werden lässt, dass er von selbst einfällt? Vielleicht nicht von selbst, aber bei der kleinsten Prügelei?

Meine Gedanken sind abgekämpft. Ich zerr mir einen Traum vom Stapel. Fjorde sollen es sein. Es klappt nicht. Traumentzug.

46 Jeden Morgen die gleichen Grübelbilder. Wo liege ich? Zuhause? Klinik? Hotel in Kreuzberg? Ich brauchte eine Weile, um zu begreifen. Nein, Insa erträgt keine weiße Bettwäsche und für Kreuzberg ist es zu sauber.

Klinik.

Welche Klinik, welcher Professor? Gibt es ein paar Diagnosen, die mir gefallen? Wer hat was mit mir vor? Schneiden? Nicht schneiden? Die Forscher um mich herum, forschen sie alle in die richtige Richtung?

Ich grüble noch leiser als sonst. Nicht, dass Insa zu Hause in unserem Bett hellhörig wird.

»Dienstag!« sagt Siggi, ist in Form, schwingt aus dem Bett. »Tag der Füße!« Und sucht seine halbmondförmige Nagelschere.

Soll ich ruhig bleiben wie jeden Morgen? Kaffee trinken und lächeln? Oder in meine Schuhe mit den schief getretenen Absätzen steigen und nix wie weg?! Wie ginge es draußen weiter? Ein Vermögen habe ich gerade nicht zur Hand. Auch mein Kinderschwert aus der Kurze-Hosen-Zeit nicht. Das liegt noch in meinem Traum. Hab vergessen, es mitzunehmen. Ich war nie sehr ordentlich. Bin also unbewaffnet.

Beleb dich!

Vieles dreht sich bei mir um nicht vorhandenes Geld. Zu Hause müssen sich die Rechnungen stapeln. Wer begleicht sie? Und drehen sich um den Satz, der automatisch von denen kommt, denen man seine finanzielle Misere eingestanden hat: Hauptsache, gesund!

Die Tochter schiebt ihre Demenz-Mutter über den Flur. Es ist ja nicht so, als könne man nur eine Krankheit auf einmal bekommen. Die Mutter, in rosa Bademantel und Hautfalten gekleidet, fragt ihre Tochter schon wieder: »Kenn ich Sie?«

Und die Tochter zu laut für die Morgenstunde: »Ja, aussem Kreißsaal!«

Glänzendes Finale: Setzen Sie Ihr Haar Tag für Tag ins rechte Licht! Elvital Nutri-Gloss Lichtreflex-Cremekur. Mit Perlen-Protein, Glanz Boost-Effekt, Kaschmir-Gefühl, Spiegel-Glanz. Weil Sie es sich wert sind!

Wieder ist Anton mit seiner Aktentasche unterwegs. Vielleicht hat er Zettel in die leeren Bierdosen geschoben: Oh du Sohn Gottes, tu ein Wunder für mich.

Anton unterwegs mit seiner Dosenpost. Siggi ist mit seinen Zehen zufrieden: »Für den schönen Schein!«

Insa kommt vom Besucherklo.

»Warum schreibt eine Frau ins Damenklo: Thomas, ich liebe dich!«

Ich brauche Bedenkzeit, komme aber dahinter, warum es sie verwundert.

»Wir haben uns nie Briefe geschrieben. Zuerst, weil sie hätten abgefangen werden können. Und jetzt, weil alles immer so schnell geht«, sage ich.

»Den einen bleischweren hast Du ja …«

»Ganz andere Briefe«, sagte ich. »In den Briefen müsste ich mich schön schreiben, als sei ich ein ganz anderer. Nicht gerade hochstapeln, aber mich zum Beispiel zärtlicher machen als ich bin, redegewandter.

Liebling, sei mir nicht böse …

Mein Liebling, ich erwarte dich auf jeden Fall spätestens …«, sage ich.

»Mein Liebling, warum schreibst du mir nicht …«, sagt sie.

»Nein, mein Liebling, nein, ich bin dir nicht böse …«, sag ich.

»Wir sind gar nicht zum Briefeschreiben gekommen«, sagt sie.

Wenn wir so miteinander reden, möchte ich verlegen mit einem Zeh im Sand bohren.

Ich nehme mir vor, für uns als Gegengewicht gegen Narben und Pinkelflaschen und Klinikgestank und Tod eine eigene Sprache zu entwickeln, eine höflich distanzierte, in der man Ein *reizender Platz* sagt oder *Mach du uns den liebenswürdigen Wirt* oder *Mach kein betrübtes Gesicht!* Und als herbsten Tadel *Nun ist es genug!*

»Ich sag gerne Kittel«, sagt Insa plötzlich.

»Kittel?«

»Kittel.«

»Warum?«

»Keine Ahnung«, sagt sie.

Wir sagen abwechselnd Kittel.

»Kittel.«

»Würstchen sag ich auch gerne«, sagt Insa. »Würstchen und Kittel.«
Ich häng an Insas Rockzipfel.

Manchmal fragt Insa: »Was meinst du, gibt es noch Menschen außer uns, die sich so oft nennen? Ich gebe dir immer neue Namen«, sagt sie, »und du nennst mich nie.«

»Du hast eine Drecksbrille, mein Schlamp«, sagt sie.

»Würstchen.«

»Kittel.«

»Heute bist du würmchenklein«, sagt Insa.

47 Einer ist hier, ein Neuer, der sieht aus wie ein sehr alter Mann. Hat unglaublich viel weißes Haar, trägt es lang als Zottelmähne. Hat dazu einen weißen langen Bart, dass ich ihn den Angorakater taufe. Dass er sich fürs Kopfende seines Bettes ein Fell mitgebracht hat, ist nicht zu glauben. Klein ist er, schmal. Mit feudalen Händchen. Wenn ich ihn nicht sehe, muss ich an ihn denken. Ich denke an ihn, während ich sitze, liege, liege, sitze, die Schublade des Blech-Tischchens aufziehe, ordne, zuschiebe, die Klapptür aufklappe, da gibt es nichts zu ordnen, zuklappe. Die Fotos von Insa und mir und die meiner Patentöchter auf dem Tischchen neu arrangiere, die Schublade aufziehe, zuschiebe, mich lege, setze. Angorakater, denk ich, der über kurz oder lang in die Mauser kommen wird. Mauser ist der Federwechsel bei Vögeln, fällt mir noch ein, während ich mich bei offener Tür darüber amüsiere, was die Firma Seidensticker an abwegigen Schlafanzug-Modellen auf den Markt wirft, in denen einige hier versuchen, den eleganten Herrn zu geben.

Aber noch sensationeller als Angorakater:

»Eine Teufelsanbeterin ist die!«

»Quatsch!« sagt die Bäuerin.

»Doch!« flüstert die Frau aus Krefeld. »Die haben sie sofort ins Sterbezimmer geschoben und abgeschlossen, damit wir deren Gebete an den Satan nicht hören!«

»Das ist kein Sterbezimmer, sondern ein Einzelzimmer«, sag ich und schlürfe meinen Kaffee. »Ich hab da auch schon mal drin gelegen.«

»Weil sie geglaubt haben, du gehst über die Wupper!« sagt die Frau aus Krefeld. Bisher hatten wir gedacht, sie sei eine von den Nichtmehrmitspielerinnen. Es scheint ihr aber besser zu gehen.

»Abgeschlossen wird hier nur das Klo, nämlich von dir selbst, wenn du scheisst«, sagt Anton. »Hoffe ich wenigstens.«

»Und wisst ihr, wie sie sich nennt?« stichelt die aus Krefeld.

»Du meinst die Zigeunerin«, sagt Anton und riecht nach Bier. Und auch wir glauben, die aus Krefeld hätte da was verwechselt.

»Trümmergemüt nennt sie sich!« stichelt sie weiter.

»Und Krefeld macht doof«, sagt Anton.

Zu der Zeit liegt hier nämlich eine Roma-Frau im Sterben. Wir sehen sie nicht, aber es sickert durch, dass sie gerade mal über Vierzig ist. Jeden Tag versammelt sich gegen Abend ihre Familie im Flur, das heißt: Will sich versammeln. Zuerst haben es die Ärzte im Guten versucht. Versucht, dem Oberhaupt des Clan klar zu machen, dass es nicht geht, wenn jeden Abend über einhundert Menschen den Flur verstopfen. Aber das Oberhaupt zog nur Geld aus der Tasche, wollte den Ärzten Geldbündel in die Kittel stecken, als täten die auch ohne Extrabezahlung nicht ihr Bestes. Als hielten sie rettende Medikamente verschlossen, die man ihnen nur gegen Cash herauslocken könnte.

»Doktor, stellen Sie sich vor, es sei Ihre eigene Mutter!«

»Trümmergemüt!« Anton kriegt sich nicht ein. Seine Bademanteltasche ist gut sichtbar ausgebeult, und er geht auf die Stationstoilette, um sich mit ein paar Schlucken seinen Pegel an Leichtigkeit zu erhalten.

Wegen der Roma-Frau ließ die Verwaltung Polizei kommen, die aushandelte, dass sich höchsten drei oder vier Verwandte im Flur oder am Bett der Sterbenden aufhalten durften, während die anderen vier Etagen tiefer im Eingangsbereich bei den Kaffeeautomaten bleiben mussten.

In den Nächten, wenn ich nicht schlafen kann, sehe ich mir die Versammlung dort unten an. Dann verziehe ich mich mit Kaffee ins verqualmte Raucheraquarium, ein Raum wie ein Aschenbecher, und beobachte durch die Scheiben diese Menge Menschen jeden Alters. Uralte Frauen, die geführt werden müssen. Herrisch verlangen sie einen bestimmten Stuhl, eine bestimmte Art, wie man ihnen das Umhängetuch um die Schultern legen muss. Die Perlenketten hängen um ihre eckig gebeugten Hälse wie an Kleiderhaken.

Vergoldete junge Frauen. Kleine Jungen in noblen Anzügen und mit der nötigen Haltung. Wie Kommunionkinder aufgeputze kleine Mädchen, rosa und türkisfarbene Prinzessinnen. Alle Männer elegant.

Eine sehr junge Patientin schlurft durch die Reihen. Hält den alten Frauen ihre offene Handfläche hin. Will Rat.

Die drei, vier, die aus dem Aufzug von oben steigen, wischen sich die Tränen aus den Augen und weinen ab sofort nicht mehr. Ihre Ablösung fängt schon vor den Aufzugtüren an zu weinen. Ein Sohn der Sterbenden ist keinem Trost zugänglich.

»Und sie hat sofort gefragt, ob in ihrem Bett schon mal jemand gestorben sei!« sagt die Krefelderin. »Die will sie nämlich noch alle nachträglich mit sich in die Hölle reißen! Die verschachert Seelen!«

Nicht nur den Patienten, auch ihren Partnern liegen die Nerven blank. Doch kaum jemand lässt sich was anmerken. Niemand wird laut. Alle haben Geduld oder spielen Geduld-Haben. Trotzdem merkt man bei den Paaren, wer befiehlt und wer Befehle empfängt und wer Ungehorsam nicht gewohnt ist. Siggis Frau kommt später als verabredet. Er hat so seine Vermutung:

»Du müsstest Möbel haben, die schreien: Hör auf mit dem Wischen! Lass uns endlich zufrieden!«

Und sie: »Ich denk, ich seh da einen toten Mann, aber durchs Fieber siehst du richtig frisch aus.«

Nur der Mann der Bäuerin lässt sich alles anmerken, reißt seiner Frau eines Mittags im Flur wütend ein locker umgebundenes Seidentuch vom Hals, stopft es in seine Jackentasche und stampft ohne ein Wort von der Station. Und weil eben beide nicht sprechen, kein Wort, wirkt die Szene so unheimlich.

Trümmergemüt nennt sich auch Miststyk oder Heiligenblut. Eine junge, schmale kaum volljährige Frau mit einem Gesicht aus Wachs. Und ihr Besuch heißt Fetischiska und Zuckerwatte und Henkersbraut und Phosphorsäure. Freundinnen aus der Gothic-Szene. So viel Besuch, obwohl der aus Gera anreisen muss. Eine Gothic-Modenschau in Samt und Seide, in Schwarz und sehr dunklem Rot, in rauschenden Kleidern über martialischen Stiefeln. Wir sind ja alle schon ein oder zwei Tage, bevor unsere Chemos beginnen, im Klinikum. An einem solchen Tag will sie in die Stadt gehen. Das darf sie nicht. Sie macht es auf eigene Kappe. Aber schon nach einer Stunde kommt sie zurück und ist trauriger als sonst.

»Ich fühl mich so fremd in der Stadt«, sagt das aschfarbene Gespenst, »dass ich hier nichts geklaut habe, nicht mal schwarzgefahren bin.«

Von ihr lerne ich, dass Paraskavedekatriaphobie die Angst vor Freitag dem 13. ist. Einige ihrer Freunde würden darunter leiden. Ihr Freund zum Beispiel auch. Der heißt Commandante Suicide.
Trümmergemüt ist lieb. Selbst die Bäuerin, etwas jünger als ich, die uns das Jahr an Hand von Feldarbeiten aufschlüsselt und noch vom Pflügen, Eggen, Säen mit Pferd erzählen kann und davon, wie ihr Mann Theater machte, wenn die Saat zwar in langen Reihen aufging, aber nicht in vollendeter Geometrie – »Die Pferde liefen ja nicht nach 'm Lineal!» -, und deren Lieblingsmusik, wie sie sagt, das Eurovisionslied ist (gibt es das noch?), selbst die interessiert sich dann und wann für die Gedichte, die Trümmergemüt schreibt. Gibt sie nach dem Lesen kommentarlos zurück. Einmal sagt sie: »Kind! Halt mich nicht für eine herzlose Krähe, aber ...« Spricht nicht weiter.

Commandante Suicide nennt sich auch Seelenzorn, ist aber, wie ich finde nur ein Teilzeit-Gothic. War bei der Luftwaffe und arbeitet jetzt in der Grafikabteilung bei Mercedes. Er besucht sie nie, worunter sie leidet. Trümmergemüt oder Heiligenblut musste alle ihre Piercings ablegen. Die aus den Ohren, das aus der Nase, das aus der Zunge. Das aus dem Augenlid. Von dem durchs Genital trennte sie sich am schwersten, sagt sie, weil es ein Ring mit keltischen Zeichen war, »... um all der Scheiße von Ausbeutung und Unterdrückung ...« zu entfliehen.

Meist ist Trümmergemüt mitteilsam.

Beauty of Pain nennt sich eine ihrer Freundinnen, und eine andere Junger Leib.

Einmal sag ich zu ihr: »Komm, wir gehen klauen!«

Und sie sagt, sie habe sich einen neuen Namen zugelegt: Mondscheinsonate. Dann sagt sie zu mir: »Ich hab eine Liebesvergiftung. Ich muss meine Gedanken ordnen.« Und verschwindet auf ihr Zimmer. Ich steh da noch eine zeitlang rum.

Einmal sagt die Bäuerin, die mit ihren gepflegten Händen eigentlich nicht aussieht wie eine Bäuerin - die hat noch keinem Kalb auf die Welt geholfen, aber da habe ich ja nur meine eine tote Großmutter und die Erinnerungen an all deren tote gleichaltrige Nachbarinnen als Vergleich, und der hinkt -, da sagt die Bäuerin zu ihr: »Dir ist vorher noch nie Bitteres widerfahren, stimmt's?«

Ich sag zu Johann Casimir, so heißt nämlich der Siebzehnjährige mit Leukämie, der ständig für die Schule paukt: »Vergiss die Bücher. Hast du Mondscheinsonate schon gesehen?«
Johann Casimir zeigt auf das gerahmte Foto auf seinem Schränkchen:

»Verlobt!«

Da fiel mir erstmal nichts ein. Ich sah die verkrampften Hände des Jungen.

»Und so taufen wir dich auf den Namen Johann Casimir Spaßbremse.«

»Ich habe eigentlich schon alles über meinen Namen gehört«, sagte er ruhig und gelangweilt. Dann nahm er das Foto und reichte es mir. Ein strenges Verlobungsfoto im Atelier. Er noch mit Haaren und Flaum am Kinn. Sie mit zu dicker Nase, den unausgegorenen Gesichtszügen der Mädchen ihres Alters.

»Wie heisst sie?«

»Wenn Sie ihr Vater wären«, der Kleine war wirklich in allem fürchterlich ernst, »was würden Sie Miriam raten?«

48 Was für eine gute Laune wir plötzlich haben, wenn wir dem Anstaltsessen, das wir auch durch ständiges Nachpfeffern, Nachsalzen nicht Richtung schmackhaft biegen, entflohen sind! Der Algerier kommt aus einer großen Familie, hat sich von einer seiner wunderschönen Schwestern einen Toaster bringen lassen, in dem wir Käse überbacken können. Man glaubt gar nicht, wie gut das Zeug schmeckt.

»Party!«

Siggi mit einer Stirn wie poliert, Anton im Hawaihemd, Mohammed, die Bäuerin und ich, jeder von uns am Tropf, sitzen um einen Tisch im Fernsehzimmer, essen und erzählen, ein irres Geschwätz von Papageien, von früher, vom Kino, von den eigenen Kindern, die alle gut situiert sein sollen und liebevoll zu den Eltern, und enthaken, wenn wir uns neuen Toast nehmen, unsere fahrbaren Galgen, deren Füße und Räder sich ineinander verkeilt haben, dass es knallt.

Nur noch mit Leuten zusammen sein, denke ich beim Kauen, die mir behagen.

Ich weiß nicht, wer auf die Idee gekommen ist. Wir spielen beim Essen: Wie hast du deine Frau kennen gelernt und du, und du, und wie hast du deinen Mann kennen gelernt?

Jeder von uns schabt sich und kratzt sich bisweilen, aber hier in Gesellschaft vergleichsweise diskret. Also, ich hab mich nicht gedrängt, meine Geschichte zu erzählen. Habe den anderen Männern den Vortritt gelassen. Siggi muss sich seine Erinnerungen zusammen suchen und erzählt eher was Blasses. Immerhin keine Geschichte vom Darm. Antons großartige Ankundigung: »Ich werde euch eine Geschichte erzählen, da schrumpfen euch die Eier auf die Größe von Rosinen!« Was er dann erzählte, konnte in Nichts mit seiner Ankündigung Schritt halten. Die Bäuerin mochte dann doch nicht erzählen. Spielte mit dem Zulauf ihres Tropfes wie ein junges Mädchen, das sich seine Locken um den Finger dreht. Die und Jauchefass bring ich nicht zusammen.

Ich frage die grellrotlippige Bäuerin nicht nach ihrem Mann und seiner merkwürdigen Halstuchaktion.

Den Angorakater haben wir auch eingeladen. Er hat genickt. Lässt sich aber nicht sehen. Johann Casimir hat sofort dankend abgelehnt. Er müsse lernen.

Der Geruch von überbackenem Toast, wenn er auch in dem alten Gerät fast verbrennt. Und die goldene Farbe des Käses! Anton klickt Bierdosen auf und blubbert manchmal zum Klicken: »Irgendwas kommt doch immer auf einen zu.« Und schwärmt bei warmem Bier von eisgekühlten Wodkakaraffen. Oder sagt: »Jetzt werde ich euch mal was sagen!« Und sagt dann nichts.

Die Bäuerin dreht sich den Zulauf wieder um den Finger und nennt Antons Bier den flüssigen Trost oder Dosentrost. Hält ihm aber auch ihren warnenden dünnen Finger hin. Die Bäuerin ist die, deren drei Kilo schwerer Tumor in ihrem Heimatkrankenhaus nicht erkannt worden ist. Die mir ein Foto von sich mit Haaren gezeigt hat, weil ich einmal erwähnt hatte, die Frau, die die Essensbestellungen entgegennimmt, sähe gut aus. Eine mit kurzen schwarzen Haaren und durchsichtiger Bluse, Gaby mit weißem BH und schwarzer Hose, wie eine Kellnerin. Meine bürgerliche Vorstellung von Erotik. Die sich mit mir unterhält, nett unterhält – »Ihr Männer haltet euch hier ganz gut. Aber die Frauen, kaum liegen sie auf der Station glauben sofort, sie seien Märtyrerinnen« –, die sich mit mir lange unterhält, dann auf die Uhr sieht und sagt: Ich muss noch auf die Augen und auf die Innere! Und weg stöckelt.

Kellnerinnen wie sie können allein durch ihren Anblick die Welt heil machen. Für sie wäscht und kämmt man sich und putzt sich heraus. Lässt sich ihren Namen auf den Oberarm tätowieren. In Gesellschaft einer guten Kellnerin, eine gute Gaby, Petra, Inge an meiner Seite, fühle ich mich einfach wohl. Ihre offizielle Berufsbezeichnung Essensdisponentin nehme ich nicht zur Kenntnis.

»Was willst du essen?«

»Es war einmal ein kleiner Pommes, …«

Pommes gibt es hier nicht.

»Was meinst du? Ist Mondschein eine Hexe? Ja oder nein?«

Gaby lächelt. »Kaum wieder auf den Beinen und schon Interesse an Hexen?«

Natürlich liegen auch Männer mit Akten und Laptops in den Betten, interessieren sich für Metall- oder Fleischpreise.

»Und, was hast du für ’ne Prognose?«
Der gut aussehende Algerier hat nicht mal eine Diagnose.
»Aber Krebs ist es nicht«, sagt er.
Was denn sonst, ängstlicher Mohammed? Ist es eine katarrhalische Affektion, gegen die man in mondänen Seebädern, aufgerüschte Damen im Arm, Wasser trinkt und tritt und fertig?
»Oh, Mann!«
Mohammed schlurft auf den dunklen Balkon, spuckt über die Brüstung und raunzt was.

Neben Mohammed steht Mondschein. Ich stell mich zu ihnen. Ich tu so, als würde ich die Kleine nicht mustern, was nicht eben meine große Stärke ist. Mondschein hat Angst wegen ihrer Chemo.
»Ich bin das beste Beispiel«, sage ich. »Bisher war mir keine Sekunde lang übel. Laugt dich ein bisschen aus, mehr nicht. Ich mach dir nichts vor. Ehrlich nicht.«

Pickepackevoll von Toast und obendrauf ein wenig Angst. Ich bitte die Nachtschwester um eine Kautablette gegen Sodbrennen und um eine Kapsel gegen das Fürchten. Keine Hammer-Kapsel, dass ich tanze. Eine, die die Furcht gerade so niederhält. Ein kleines Ding gegen das schwärzeste Schwarz.

Die Sirenen der Ambulanzen.
»Sie spielen unser Lied.«

Hier sterben viele. Mit Vielen macht der Krebs Ernst. Aber bisher noch niemand, den wir mit Namen kannten. Der von Zimmer soundso, ist etwas, was wir sagen, wenn wir uns versuchen zu erinnern. Oder einer beschreibt den Bademantel des Gestorbenen oder das Nachthemd der Toten. Der Siebzehnjährige wird vermutlich bald sterben. Er hat zu viele Rückfälle. Lieber Gott, mach, dass ich Unrecht habe.

Wenn ich Insas Vater wäre, wozu würde ich ihr raten?

49 Ich glaube nicht, dass der Angorakater mit irgendjemandem spricht. Deshalb bin ich ja so perplex, als er – für mich geht es wieder mal die übliche Ration an Tagen nach Hause – als er mir hinterher röhrt: »Heim geht's, Kamerad!«

Taxi-Meier schafft einen fünfunddreißig Euro langen Monolog, in dem nicht die Spur von Krankheiten vorkommt, und den mach ihm erst einer mal nach!

Ich schaffe es nicht: »Und was ist mit deinem Einschlafen?«

Bei uns zu Hause. Wir beide haben die Wohnung gemeinsam eingerichtet, aber den letzten Pfiff erhält alles durch sie. Immer empfängt mich Insa wie einen Ehrengast. In jedem Zimmer stehen Blumen. Jedes Blumenwasser hat eine andere Farbe. Oben auf dem Schrank in der Diele stapeln sich Geschenkpapierrollen in Blau, in Hellgrün, in Gold, in Pink, in Rot. Und jede Menge Rollen Einwickelband in noch mehr Farben.

Das sehe ich mir erst alles in Ruhe an, bevor ich mich im Arbeitszimmer auf meine Mails stürze. Auf meinem Schreibtisch eine Rose. Nachts vor meinen vier hohen und schmalen Fenstern im Arbeitszimmer die Leuchtbuchstaben Coiffeur.

Insa hat Angst vor Spinnen. Hat sich eine zu uns in die Wohnung verirrt, kreischt sie nach mir. Dann hole ich ein Glas aus der Küche und nehme die schmale Fernsehzeitschrift. Das Glas stülpe ich über die Spinne, die hocken ja vor Angst ruhig, lüfte es dort, wo ich die Zeitung unterschieben möchte. Immer krabbeln die Spinnen sofort aufs Fernsehprogramm. Ich fahr mit dem Glas nach. Habe die Spinne auf der Zeitschrift und unter dem Glas. Insa öffnet die Tür zur Terrasse, und dort entlasse ich die Spinne ins Freie.

Ich benutze immer dasselbe Glas, unser Spinneneinfangglas, ein Trinkglas mit großem Durchmesser, damit die Spinnen ihre Beine wohl behalten. Was, wenn wir viel Besuch bekommen, auch schon mal auf dem Tisch steht. Es ist sauber gespült. Und dass es eigentlich ein sehr praktisches Spinneneinfangglas ist, sagen wir unserem Besuch ja nicht.

Am Abend, bevor es für mich wieder in die Klinik geht, fragt Insa wie aus heiterem Himmel: »Wann hast du beschlossen, alt zu sein.«

»Ich?«

»Nicht beschlossen, alt zu werden. Du hast beschlossen, alt zu sein. Wann hast du das gemacht? Ich selbst fühle mich nicht alt, weißt du. Ein bisschen mehr performance dürfte es schon sein.«

50 In der Klinik. Mitten in der Nacht werden wir durch einen Wutanfall aus dem Schlaf gerissen. Jemand brüllt wie am Spieß. Wirft Glas durch den Flur, das an den Wänden zersplittert. Wir drehen uns in den Betten, schimpfen, rechnen mit einem Drogensüchtigen, denn auch die erkranken an Krebs. Wir reißen aber nicht die Tür auf, denn auf seltsame Weise, obwohl wir ständig miteinander reden, geht niemanden ein anderer etwas an. Bettnachbarn, die sich jede Nacht ihr Leben erzählen, gehen sich nichts an. So ist das hier. Da können wir noch so oft Seite an Seite schlurfen und miteinander reden. Vielleicht erprobt hier jeder nur, so wie ich, seine Stimme.

Morgens haben wir den Drogi nicht vergessen. Aber im Flur ist er nicht. Wir fragen nicht nach ihm. Können uns gut vorstellen, wie er in irgendeinem Einzelzimmer liegt und in ein paar ruhige Träume geschickt worden ist. Da sehen wir gegen Mittag, wie eine Frau aus einem Zimmer stürzt. Hinter ihr her, die eine Hand in der Jacke der Frau verkrallt, Mondscheinsonate.

Die Frau ist ganz still, nur die Kleine schreit. Will der Älteren mit einer Glasscherbe den Hals aufschneiden. Die Ältere kann sie nicht abschütteln. Mondschein hat komplett andere Bewegungen, als ich sie bisher an ihr kannte. Hat eine andere Stimme. Andere Augen.

Mit drei Mann, drei Mann mit Tropf, reißen wir Mondschein von der Frau weg. Unsere Tropfständer kippen uns auf die eigenen Köpfe, Schläuche reißen von den Nadeln. Einer will sogar mit einem Feuerlöscher dazwischen gehen.

Die Krefelderin hat ihre Tür vorsichtshalber nur einen Spalt breit aufgemacht, gerade so weit, dass wir ihre triumphierenden Augen sehen können.

Wunderte mich schon lange, dass hier niemand wirklich durchdreht. Bekloppt werden wir schon, aber jeder ruhig für sich selbst. Niemand steht plötzlich mit ner Waffe im Ärztezimmer, um wenigstens einen zu verkrüppeln. Kein Mensch nimmt sich ne Geisel. Jeder surrt so vor sich hin, fiept sich was ins Kissen, lässt sich zuviel Buttercreme mitbringen, zu viele M&Ms. Aber sonst?

Da kann die Krefelderin ihr dämliches Gesicht noch so in Siegesfalten legen. Bei Mondschein kommt man ganz ohne Satan aus. Eine einzelne Substanz in ihrer Chemo, die ja immer ein Mix aus weiß ich nicht was ist, hat das aus dem nett traurigen Mädchen gemacht, hat ihr ins Hirn gehauen. Aus dem einen macht es Blumenkohl, aus ihr eine Furie. So erklärt man es mir. Aber erst, nachdem man Mondscheinsonates Mutter in Sicherheit gebracht hat.

Die Bäuerin schluchzt. Sie liegt im Bett und weint. Wir klopfen nicht an Türen und fragen, wie es geht. Wir sprechen nur miteinander, wenn man sich offiziell im Flur sehen lässt. Aber ihre Tür stand auf, und da sehe ich sie weinen. Und selbst jetzt, als ihr die Tränen laufen, sieht sie nicht so alt aus, dass sie das Pflügen und Eggen mit Pferd aus erster Hand haben kann. Vermutlich sind es die Erinnerungen an ihre Eltern oder Schwiegereltern – Pferde gehen nicht nach Lineal –, die sie uns zum Besten gibt. Vielleicht weint sie über ihren Mann. Mit welcher Wut der ihr das Tuch abgerissen hatte. Der war wirklich am Ende.

Aus der Sippe der Roma hat sich nur eine als Wahrsagerin bewiesen. Ein kleines Mädchen. Ich sitz in der Krankenhauskapelle, will meine Ruhe, überlege, ob ich hier eine rauchen soll oder nicht. Da kommt das Mädchen, sieht sich um, kennt wohl diese Klage- oder Bittbücher, geht hin und schreibt. Sie geht hinaus und ich lese:

»Lieber Gott, morgen kommt meine Oma zu Dir.«

51 Insa kommt alle zwei Tage und bringt mir Bananen. Jedes Mal, wenn sie mich sieht, muss sie sich wieder an mich gewöhnen. Mein Misstrauen wächst. Deshalb schaff ich nur ein paar Sätze, wenn sie kommt. Und das, was ich sage, wandert neben dem, was ich sagen will.

»Sprich mit mir!« sagt sie. Wartet.

»Dann nicht«, sagt sie, schiebt den Stuhl zurück und verlässt das Zimmer.

»Kurzer Besuch«, sagt Anton.

»Sie geht aufs Klo. Has nich gehört?«

»Deine kommt nicht so oft«, sagt Anton.

»Alle zwei Tage.«

»Das war 'ne Woche her!« sagt Anton

»Bist du blöd?«

»Das war 'ne Woche her.«

»Bist du immer so schicker?!«

»Nein«, sagt Anton. »Das war 'ne Woche her, als sie letztemal hier war. Also ich würde ihr hinterher gehen.«

»Und hör auf so überheblich zu lachen! Deine lässt sich nie sehen!«

»Das war 'ne Woche her«, sagt Anton.

»Auf unserer Station gibt es kein Besucherklo, deshalb muss sie mit dem Fahrstuhl runter!« sag ich.

»Und wieder rauf«, sagt Anton.

»Und deshalb dauert das!« sag ich.

»Was regst du dich auf«, sagt Anton. »Wir hier sind uns so sicher, dass die Frauen, die Männer uns besuchen, es ist Wahnsinn. Und wenn wir drauf kommen, *Die müssen ja gar nicht!*, dann geht dir der Arsch auf Grundeis. Das ist doch ganz normal.«

»Lass gut sein!«

»Darum geht es nämlich einzig und allein. Kommt sie: Ja oder Nein! Meine sowieso nicht. Ich bin so gut wie single.«

»Halt's Maul!«

Jedenfalls habe ich bis vor ein paar Minuten gedacht, es sei selbstverständlich, dass sie kommt.

»Alle zwei Tage«, sag ich. »Mit der Straßenbahn!«

»Erstens«, sagt Anton: »Niemand kann sie zwingen, überhaupt in die

Straßenbahn zu steigen. Und Zweitens«, sagt Anton: »Auch wenn sie schon drin sitzt, kann sie an jeder Haltestelle aussteigen und umkehren. Ich mein gar nicht, dass da schon irgendein Harry vor ihrem Bett steht«, sagt Anton.

»Kann natürlich auch schon son Harry da stehen.«

»Ramm dir 'n Messer in' Bauch!« sag ich.

»Jedenfalls hast du keine Kontrolle: Entscheidet sie sich heute für bunte Sonnenschirme oder für dein schlaffes Gesicht? Entscheidet sie sich schon morgens nach dem Aufstehen? Eine Stunde nach dem Frühstück? Da sitzt sie schon in der Straßenbahn, guckt nach draußen. Die Straßenbahn hält, die Türen gehen auf. Sie hört irgendwas aus einem Lautsprecher über einem Café. Sieht Kinder mit einem Ball spielen. Sieht auf einer Terrasse einen Klappstuhl und eine halbe Flasche Bier. Sieht einen im Schlenderschritt. Sieht einen mit der Hand in der Hosentasche, da bist du alter Mann schon vergessen.«

»Hast nicht mehr viel Atem, kriegst aber noch son Sermon raus!«

»Ich fänd das schade, wenn's auseinander ginge bei euch«, sagt Anton. »Ihr passt schon gut zusammen. Aber sie sieht was im Stadtanzeiger, eine Annonce. Sieht rosige Äpfel. Sieht einen scheißenden Hund. Will dir ab sofort keine Handreichungen mehr machen. Steigt aus der Straßenbahn. Und geht. Lacht und verschwindet! Kriegt Hunger auf Bohneneintopf und geht.«

»Erstick endlich!« Meine Finger werden zu Eis.

»Vor 'ner Woche, als sie da war«; sagt Anton, »was hast du da gesagt zu ihr? Wie geht's? und noch zwei, drei von diesen Dingern. Was gibt's Neues? Nichts Neues. Hab ich doch gehört! Mehr hast du doch nicht geschafft!«

Da fällt ihm noch was ein und er lacht: »Oder sie kommt, sagt Guten Tag, wie geht es so und verschwindet. Hast ja gesehen. Will einen Sonnenschirmschatten, statt mit anzusehen, wie wir uns hier von einer Grube in die andere wälzen.«

»Nein, sie kommt zurück! Sie hält Wort!« sag ich.

»Nur mal aufs Klo. Dann guck mal auf die Uhr! – Für 'ne Woche aufs Klo? – Fahrstuhl. Klar. Is' stecken geblieben. Die kann schon in eurer Wohnung sein und packen. Schwupp, Zelte abgebrochen. Weg ist deine Bettanwärmerin! – Merkst du?« sagt Anton. »Wenn der Gedanke erst einmal da ist, verändert sich einiges um dich herum. Hinterhältige Sache, das Ganze.«

Insa kommt nicht wieder. Erst nach über einer Stunde. Sie war beim Runterfahren einer Frau mit offenem Gehirntumor begegnet und beim Hochfahren derselben Frau im Rollstuhl mit Pfleger. Da ist sie wieder runter und raus gerannt. Runter vom Gelände. Und was in ihr losging, dass sie trotzdem wieder zurückkam, weiß ich nicht.

Je größer meine Angst, desto sauberer, desto lesbarer wird meine Schrift: Das alles wird mir in den Kleidern hängen bleiben.

Wenn sie mich zu sehr umarmt, wenn sie sich klammert, weiß ich, hat sie geträumt, ich sei gestorben. Und glaubt nicht mehr an diesen Umkehrschluss, den sie sich vor Wochen gebastelt hatte, der Traum bedeute fast ewiges Leben. Sie hat so große Angst vor Krankenhaus und Krankheit, verpasst aber keine einzige Sendung von *Emergency Room*, der besten Krankenhausserie überhaupt. In Sekundenschnelle schwerste Verletzungen, Knochen, Herz, Hirn, mit und ohne Tumor und warum Frau Dr. X bei der OP am Kleinkind nicht ganz bei der Sache ist, wo sich doch ihr drogensüchtiger Bruder nach Jahren wieder hat sehen lassen, dass Dr. Y ein eigenes Drogenproblem hat, was ich alles garantiert nicht wissen will. Reparieren, implantieren – an so was sieht man sich leicht wund – und Dr. C ist in Dr. G verliebt, seine Liebe wird nicht erwidert. Dazwischen geschnitten die Probleme der Zentralen Materialstelle, über komplizierende Faktoren bei der Wiederverwendung von Fieberthermometern.

Insa lässt auch keine Filme über Flugzeugkatastrophen und Schiffskatastrophen aus.

Aber jetzt ist sie da und klammert auch nicht. Unser Hausarzt hat ihr was zur Beruhigung verschrieben. Das erzählt sie mir. Mit ihrer höllischen Angst vor Tabletten knibbelt sie an der Packung. Jetzt überlegt sie, ob nicht eine viertel Tablette reichen könnte. Ein Achtel! Gleich wird sie eine aus der Folie drücken und mit den Nägeln ein Bisschen abkratzen und das von ihren Fingern lutschen.

»Eine Ganze!« sage ich. »Nimm eine Ganze, wirf sie ins Klo und schau ihr konzentriert nach! Das hilft!«

Und vor ihren Augen nehme ich heldenhaft eine die Angst abschneidende Pille. Mondscheinsonate brüllt wie am Spieß.

»Trink Wasser!« sagt sie. »Du trinkst den ganzen Tag nur Kaffee!«

»Besser Klinikum als Toscana«, sage ich. »Stell dir nur dieses dämliche Prosecco-Trinken vor. Parties mit Buchhändlerinnen, die Second Hand Gaultier tragen und Prosecco sagen. Ekelhaft. Zitronensorbet zum Lavazza. Second Hand Gaultiers, die immer wieder Prosecco sagen und über missglückte Zweierbeziehungen reden bei Melone und Schinken.«

»Und pittoresk sagen«, sagt Insa. »Pittoresk ist noch viel schlimmer als Prosecco.«

»Eine Buchhändlerin in Gaultier Second Hand, die in einem pittoresken Fischerdorf bei Prosecco kafkaesk sagt.«

Dann fällt mir noch ein, Insa zu fragen, wie es ihr inzwischen geht. Sie kriegt nur eine Gegenfrage hin.

»Abgesehen davon, Mrs. Kennedy, wie hat Ihnen Dallas gefallen?«

52 Der Balkon füllt sich langsam mit Rauchern. Ich finde in meiner Packung noch eine verkrumpelte Zigarette. Die Visite ist vorbei, und wir glauben mal wieder nur das gehört zu haben, was uns richtig weh tut. Unsere Gesichter sehen aus wie Raubtierhaus. So eine Stimmung ist das hier. Und wie wir so rübergucken zum vierstöckigen Trakt ohne Fenster, steht da plötzlich einer auf dem Dach, nämlich einer von uns, einer oder eine mit Glatze, Trainingsanzug, Bademantel und fahrbarem Galgen samt Tropf. Keine Ahnung, wer es ist, nicht mal, ob Mann oder Frau, ein anonymes Köpfchen. Spätestens nach der zweiten Chemo ähneln wir uns ja. An der Farbe von Trainingsanzug und Bademantel kann man uns oft in Männchen oder Weibchen einteilen, aber in diesem Fall nicht. Was er oder sie vorhat, ist klar. Ich brauche erst gar nicht zu versuchen, mit meinem Galgen zurück in den Stationsflur zu stochern, weil ich weit von der Tür entfernt eingekeilt stehe. Ich glaube, einer ruft dann doch was in den Flur. Da wir dann schon eine Schwester Alarm schlagen.

Noch bevor Pflegepersonal oder wer immer für so was zuständig ist, auf dem gegenüberliegenden Dach erscheint, haben Bauarbeiter was mitgekriegt. Und wie ich so überlege, warum man sich, wenn man springen will, die Mühe macht, mit Galgen und Transfusion fünf Stockwerke hoch zu klettern – aber vielleicht funktioniert drüben ja noch ein Aufzug –, erscheinen zwei Bauarbeiter auf dem Dach. Da fangen wir an, unsern Kumpel zu warnen.

»Da kommt einer! Da kommt einer!«

Nur Anton, der Kerl wie ein Bär, vor dem man sich beinahe fürchtet, obwohl er uns auch wieder amüsiert, dem wir uns mit Vorsicht nähern, denn das Risiko einer Keilerei, benebelt vom geschmuggelten Bier, so glauben wir, ist immer gegeben, nur der brüllt nicht, fiebert aber mit. Noch vor gar nicht langer Zeit hätte ich einfach gesagt: Guckt mal, der Irre da auf dem Dach! Aber eine solch rasche Klassifizierung geht niemandem von uns mehr leicht über die Lippen.

»Hinter dir!«

Als würden wir den Kasperl vor dem Krokodil warnen. Jetzt erkenne ich an einer seiner Bewegungen unseren verdrießlichen Heiligen. Wie flott der sein kann! Anton hält den Kater aus irgendeinem Grund für einen Franzosen. Der Angorakater hat was entdeckt, womit er sich wehren kann, Kiesel vom Dachbelag, kann sein, und schleudert die nach den Bauarbeitern. Die ducken sich. Wir hören ihre Stimmen. Am liebsten würden sie hochfedern und ihrerseits schmeißen. Kleine Schlacht zwischendurch. Durch gekonntes Zielen den Alten wenigstens zum Tanzen bringen. Aber sie erinnern, wo sie sich befinden und ziehen sich zurück.

Wie hat es eigentlich angefangen? Ich weiß es nicht. Wahrscheinlich schleichend. Wahrscheinlich sind meine neuen Wurzeln hier unmerklich und stetig gewachsen.

53 Es ergab sich wie von selbst. War ich zu Hause, brach Insa zusammen. Spürte Knoten in der Brust. Ihr wurde schwindelig, sie sackte zu Boden. Sie dachte an einen Hirntumor.

In der Zeit, in der ich zu Hause war, gingen wir wegen Insa zu verschiedenen Ärzten. Sie wurde untersucht. Tests wurden angestellt. Nach ein paar Tagen kamen die Ergebnisse. Sie waren allesamt negativ.

»Mondschein dies! Mondschein das!« sagt Insa. »Mondschein nennt sich so, Mondschein nennt sich anders! Mondschein nennt sich und nennt sich!«

Insa bleibt dabei ganz ruhig.

»Muss ich jetzt selbst erleben, wie sich deine Frau damals gefühlt hat? Oder ist es doch eher die Frau, die dich nach deinen Essenswünschen fragt? Die hat eine erwachsene Tochter, stimmt's? Ist sie schon Großmutter?«

Ich streiche ihr ein Brot. Rote Marmelade und die Schnitte geviertelt, die Kruste abgeschnitten.

Einmal half ich der Nachbarin über uns bei ihrem komplizierten Strategiespiel, Zwillinge anzuziehen und sie in den unten im Flur stehenden Kinderwagen zu setzen. Ich komme zurück in die Wohnung, da hockt Insa wie ein kleines, zitterndes Tier in der Sofaecke. Ihre Angst muss maßlos gewesen sein. Wir gehen, ich stütze sie, zur Notaufnahme des Krankenhauses uns gegenüber, das ist nur über den Parkplatz und über eine Straße. Die fackeln nicht lange. Insa wird sofort stationär aufgenommen.

Am anderen Morgen begrüßt sie ein Arzt mit: »Sie sind die junge Frau mit dem Schlaganfall?«

Da wird uns ganz anders.

»Würdest du mich umbringen, wenn es gar nicht mehr ginge? Würdest du mir den Gefallen tun?«

Ausgerechnet Insa fragt das. Sie mich, nicht ich sie. Ich sehe ihr Gesichtchen in dem Wust von Haaren und will nicht für eine Sekunde in die Rolle eines Kindermörders schlüpfen. Nicht in die der fetten Krankenpfleger und Pflegerinnen, die man in der Tagesschau vor Gericht sieht,

Gift-Samariter. Gibt es einen Zusammenhang zwischen Körperfett und der Bereitschaft, anderer Leuts Martyrium zu beenden?

Ich grinse nur, wodurch ich wahrscheinlich wieder das Gesicht meiner einen Großmutter kriege.

»Ich dachte, wir wären auf der Siegesstraße!«

Drei Tage Krankenhausaufenthalt. Diesmal für Insa. Da frage ich: »Wie geht es dir?« Und diesmal gibt es kein Behelfsgespräch übers Wetter.

»Na, sag es endlich!« schluchzt sie.

»Sag es! Oder traust dich nicht!

Sag einfach, was du denkst, so schwer kann das nicht sein! Sag: Seitdem ich mit Insa zusammen bin, bin ich ständig krank!

Sag es: Sie hat mich krank gemacht!«

Ich will ihr die Hand auf den Mund legen: »Hör doch! Hör mal, hör doch zu!«

Die Untersuchungen ergeben nichts Handfestes. Nehmen ihr immerhin die Angst. Eine neue Zyste hat sich in einer Brust gebildet. Aber es ist nur eine Zyste, mehr nicht. Eine alte hat sich einfach aufgelöst.

»Durch den Stress«, sagt der Arzt.

Ich ging zurück in die Klinik. Insa bekam wieder alles auf die Reihe.

»Du machst ne Menge durch!« sagt sie, sitzt an meinem Krankenbett und hellt mich auf.

»Du verhebst dich an meinem Krebs«, sag ich.

Am Nachmittag geht ein Gewitter nieder. Ich lese einen Roman, in dem der Autor nicht aufhören kann, Haare zu beschreiben. Er hatte schmutzig blondes kurz geschnittenes Haar/Sie hatte ungepflegte strohige Haare/ihr zerzaustes Haar/rosa Gesicht mit schlohweißem Haar.

Arschgeruch des Todes. Und keiner liegt hier, der nur mal eben mit seiner Handsäge verunglückt ist. There is no more room left in hell. Die Station ist voll belegt, aber nur Anton und Siggi und ich interessieren uns fürs Gesellschaftszimmer mit den abgenutzten Möbeln. Dabei sind die anderen nicht alle bettlägerig. Anton hat sich üblicherweise ein paar Bierbüchsen auf die Station geschmuggelt. Die knackt er eine nach der anderen. Versteckt die angebrochenen für ihn gut erreichbar hinterm Sofa vom Fernsehraum – ein heillos unfreundlicher Raum, wenn nicht gerade die Schalker gewinnen –, die leeren wandern zurück in seine Aktentasche. Er besitzt eine große Aktentasche. Wir gucken die Sportschau. Auf merkwürdige Art sind wir uns sicher, dass wir noch, wenn auch bei schlechter Gesundheit, das nächste *Tor des Monats* sehen werden.

Und zur Tagesschau kommt die Bäuerin, weil sie den Wetterbericht sehen will. Das ist sie so gewohnt.

»Und ich dachte, ihr Bauern könnt ihn vom Himmel ablesen!«

Anton ist morgens immer der erste, der unterwegs ist. Da verteilt er seine leeren Bierdosen über die Gebäude. Nachts hat er sie bis auf den letzten Tropfen ausgenuckelt. Dann hat er sie platt getreten. Dann steckt er sie in eine Plastiktüte und dann erst in seine Aktentasche. Nicht, dass ihm ein allerletzter Tropfen das Innenleben seiner Tasche versaut. Alle wissen, was er transportiert, aber er lebt in der Vorstellung, gewitzt zu sein. Die Büchsen auf der eigenen Station in die Papierkörbe zu stecken, ist ihm nicht geheuer. Also geht ein Schwerkranker jeden Morgen mit der Aktentasche los, als ginge er zur Arbeit. Er verteilt seine Dosen in die Müllbehälter anderer Stationen und kommt nach wenigen Minuten mit flacher Tasche zurück. Volle hat er noch nicht dabei, denn der Kiosk vor dem Klinikum öffnet erst um halb zehn. Die im Müll unserer Station gefundenen Bierdosen sind von anderen Antons aus anderen Klinikgebäuden.

»Was meinst du?«

»Der Kater?«

»Ist er tot?«

»Bei der Höhe.«

»Der war Froschschenkelfresser«, sagt Anton. »Froschschenkelfresser, das sag ich dir.«

Tagelang rase ich: Tick ich noch? Wie ticke ich? Ticke ich richtig? Dann wieder ist es mir sowas von egal. Dann liege ich so und überlege höchstens, ob Mediziner entspannt ficken können nach einer Schicht auf der Krebsstation.

Angst macht Knochen weich.

»Über mögliche Impotenz durch die Chemo«, sage ich, als Insa neben meinem Bett sitzt, »und über das Ewige Leben spricht hier niemand. Diese beiden Fässer macht hier keiner auf.«

Arme Insa, wenn sich im Bad eine Spinne sehen lässt, und ich liege hier.

54 Nochmal: Wie fing es an? Wahrscheinlich schleichend. Dass ich Gefallen am Klinikum fand. Zuerst sind es einzelne Tage, da vermisst man nicht viel. Blumentöpfe könnten sie auf den Balkon stellen. Magnolien wären jetzt gut. Das wäre es aber auch schon. Tage, an denen man kaum was hasst, bloß den Geruch des Wärmewagens mit dem Mittagessen.

In einem alten Hospitalgarten weggeschlossen sein. Bewacht, gepflegt im Garten von Sankt Sowienoch. Ohne zu viel Ehrgeiz über sternförmig angelegte Wege gehen.

»Anders kann es im Paradies auch nicht sein. Guck dir alte Altarbilder an. Nur dass die Heiligen dies Grinsen im Gesicht haben. Aber das kriegen wir bald auch.«

Und wenn es mir dreckig geht, sagt eine Schwester: »Haben dir die Ärzte nicht gesagt, alles wird gut? Leg dich wieder hin!«

Das Wort Schlendrian fällt mir ein. Lange nicht gehört. Ein schlendriges Leben führen. Bei lauem Wetter. Es gibt nichts zu meckern. Wenn bloß das Krankengeld nicht so ein Witz wäre!

Mal können wir Patienten ganz friedlich sein.

Als Beispiel: Ich will spazieren gehen.

»Schaffst du's?« fragt Insa.

»Frag doch nicht immer!«

Das Wetter ist gut. Draußen geht es kaum ein paar hundert Meter weit. Ich bin zu schwach. Wir kehren um. Spazieren stattdessen ohne viel Getorkel durch den Stationsflur. Ein Mann, der noch Haare und Bart hat – nicht so wie wir anderen, die die Friseure draußen weinen lassen –, steckt nur den Kopf aus seinem Zimmer. Da denke ich, Angorakater sei noch am leben. Sein Haupt eines bärtigen Gottes schaut drein wie der Türklopfer eines alten Haustors.

Ich hake mich bei ihr unter. Ich sag ihr was ins Ohr. Insa lacht. Ich schließe meine Augen und lasse mich führen.

Das Kommen und Gehen im Schein der Mittagssonne. Bei solch einem Wetter kann man ja nicht anders, als die Füße auf den Flur zu setzen. In meinem Kopf entsteht Bewegung, erst ein wenig, dann immer mehr. Ich blinzel. Ich habe gern leichtes Fieber. Das ist, als sähe ich durch ein sehr

altes Fenster. Die Struktur des Glases verformt den Ausblick. Um mich herum ist dann alles nicht ganz so wahr wie sonst.
Im Weitergehen sehe ich elegant gekleidete Frauen, fast lauter Ausländerinnen, das Gesicht hinter einem Tüllschleier verborgen. In einigen Zimmern sieht man sie beim Mittagsschlummer.

Nur wenige Einheimische.

»Ah, da ist ja der Fürst von B.!«

»Aber natürlich – Fürst Odo. Der direkte Schwager deiner Cousine Doudeauville. Du erinnerst dich doch, ich war mit ihm auf der Jagd in Bonnétable.«

Meine Krawatte, meine Handschuhe. Meine Handschuhe, meine Krawatte. Mein Spazierstock mit silbernem Knauf. Aus einem Schleichzwerg ist unverhofft ein Galan geworden. Das Papier, das mir die hübsche Schwester reicht, kann ich gut mit einem eiligen Telegramm verwechseln.

»Mit der Welt, wie sie ist, mich abfinden? Ah, das ist doch die Höhe!«

Der Flur ist heute mal frei von Krähen und Wracks. Kein Körperschwund, keine durchsichtige Haut.

Allerliebste Mama, du könntest auf alle Fälle vorsichtshalber Heroin bereitlegen, obwohl ich fest entschlossen bin, keines zu nehmen, weiß man angesichts dieser so ungewöhnlich verlaufenden Anfälle nie, was passieren kann. Es ist also besser, auf der Hut zu sein, als heute nacht einen Apotheker herauszuläuten. Im Augenblick geht es mir besser. Ich hoffe, dass das Wetter meinen Zustand bessern wird. Sorge vorsichtshalber dafür, dass immer Heroin da ist.

»Schon ein Kellner, der auf seinen marmornen Café-Tischchen für Ordnung sorgt«, sagt ein Herr, »ist ein großes Wunder.«

Das Schwesternzimmer kann ich bei diesen hübschen Püppchen gut tauschen gegen einen Modesalon. Nur für das, was ich da an der Leine mit mir führe, was uns Komödianten an der Leine mit sich herum führt, dafür fallen mir keine passenden Täuschungen ein. Was mich nicht weiter beunruhigt. Ein Tropf ist ein Tropf ist ein Tropf.

»Na, wie läuft 's bei dir?«

Die neuen Schneid-ab-die-Angst sind sensationell!

Ein Pfleger, die Kittelärmel hochgekrempelt, grüßt als ein Eisverkäufer, flötet vor sich hin.

Ich kann diese breite, viel besuchte Avenue aber auch gegen die Vorstellung eines Museumsbesuchs tauschen. *Musée des Beaux Arts*, Bildersaal des Zwanzigsten Jahrhunderts. An den Klinikwänden Miros, ein Kandinsky.

Wir betreten den Saal Raoul Dufy.

Er sei die Ausgeglichenheit, die Sanftmut und Intelligenz in Person, las ich über ihn. Ich sah sein Foto: Weißhaarig mit Palette. In hellem Hemd und heller Hose einem ruhigen Bäcker gleich.

»Über tote Maler und Dichter weißt du alles, aber nichts von dem, was man wirklich braucht«, sagt Insa.

Weißhaarig mit Palette. So wollte ich werden. Ich liebte den Anblick alter Männer über alles. Die lagen auf Couchen und tranken Schnaps und gaben unaufgefordert bittere Wahrheiten von sich. Sie standen am Fenster hinter Topfblumen, die Gesichter hatten und Eselsohren und winkten und wünschten mir Glück für die Schulschlacht. Als Kind ging ich, wenn mich niemand beobachtete, an den Stöcken meines Großvaters bedächtig und würdig durch die Wohnung. Mal an dem braunen Alltagsstock, mal an seinem schwarzen mit echt silberner Krücke für sonntags.

»Erst liebte ich Dufy. Und ein paar Jahre später: ›Was der Dufy malt, ist klebrig!' ereiferte ich mich, ›Der reinste Zuckerguss! Ein alter Sack! Bloß ein Dekorateur! Ein Pinselakrobat! Einer, der die Affenkäfige im Botanischen Garten von Paris ausschmückt!'«

Die Musikpflege des Vaterhauses hatte ihn zu irgendwas inspiriert. Wozu konnte ich nicht mal erfassen, so wütend war ich damals beim Lesen: Die Musikpflege seines Vaterhauses! Wenn ich von dieser bourgeoisen Kacke nur lese!

Hätte ich mein erstes geklautes Buch kurz vor dem Abitur zur Hand gehabt, ich hätte es wohl verbrannt. Aber der ohnehin schon kleine Band hatte sich eine Zeit lang weggeduckt.

Das Kasino von Nizza, Karneval in Nizza, Das Fenster in Nizza.

»Da fehlt doch schon wieder ein Segelboot!«

Warum habe ich Dufys Leben nicht einfach kopiert? Ausgeglichenheit, Sanftmut in einer Person. Aber nein! Ich musste ja kurz vor dem Abitur und lange danach aus den besten Arbeiterelementen Abteilungen mit Gewehren und Handgranaten bilden, bewaffnete Aufstände vorbereiten, die

Massen gewinnen, um mit dem Willen der Mehrheit die Bourgeoisie zu stürzen.

Sanftmut und Intelligenz. Das wäre es gewesen. Aber wieder nein! Nach dem Schwachsinn mit den revolutionären Massen kam: Mitmenschen kann man nur ärgern oder vögeln!

Wer damals schon alles in mir wohnte! Und in mir sein geisterhaftes Leben führte! Was ich nicht zulassen wollte. Die Biester mit ihrem ganzen Plunder, die in mir gestikulierten und fuchtelten bis kurz vor der Handgreiflichkeit. Ich wollte eine Auswahl meiner Mieter treffen. Du darfst nicht! Du darfst! Die Pappnasen raus! Dufy und die jungen Mädchen, die ich ausspionierte, die durften, meine Eltern nicht. Ich wollte mich ja entleiben, als ich einmal eine Armbewegung machte, die ich sonst nur beim Vater sah. Aber gerade die, die ich raussetzen wollte, veranstalteten in ihren Wohnungen in mir ein Höllenspektakel.

Genauer: Dufy durfte zeitweise in mir wohnen. Als ich mich bemühte, Nikotinfinger zu kriegen, schon nicht mehr. *Dufy loved to paint the splendid mansions and castles built for aristocrats in the loveliest parts of France.* Da war großsprecherisch erst mal Schluss mit der Dufyserei! Fürstenknecht!

Schade, dass man nicht sieht, wie ich rot werde bei diesen peinlichen Erinnerungen.

Und jetzt zieht er also wieder in mich ein, wie ich in meinen Kissen liege, mit seiner Freundlichkeit und seinen Prunkstränden und seinen Himmelsfarben, mit seinen unzähligen grün-blauen Pflanzen. Das Kopfteil meines Bettes reagiert sacht auf Knopfdruck. Natürlich macht er bei seinem Einzug keinen Lärm, so ist er eben. Niemand außer mir nimmt von seinem neuerlichen Einzug Notiz.

Dufy, so vollkommen aus der Mode, zum Trostspender in Krankenhausfluren degradiert.

Dabei ist auf Leinwänden und Papieren nichts anderes als Farbe aus Tuben, Stiften, Eimern.

Die Schwestern klappern mit Besteck. Zeit zum Abendessen.

»Früchtetee? Hagebuttentee? Pfefferminztee? Schwarzer Tee?«

Auf dem Tablett unterm Warmhalte-Kalthalte-Deckel wieder diese grässliche Scheibe Käse.

Und wer sich alles in mir eingemietet hatte, seitdem ich in Insas Reisebüro aufgetaucht war. Ein Lederarzt und seine Douglas-Peitsche, ein Züricher Liebhaber, ein dumm schwängernder Hemingway und und und. Eine dürre Todfeindin. Der würde ich gerne mal den Stuhl unterm Hintern wegziehen. Nicht, weil ich sie so sehr hasse. Nur um das Geräusch zu hören. Mieter, die man braucht, um über sie zu lästern.

Zum *Zeitvertreib*.

Wieder so ein Wort, das man unbedacht in den Mund nimmt, auf dieser Station aber sofort seine Widerhaken im Fleisch hat. Nur eines der Worte, die man einfach so sagt, wenn man nicht an Schläuchen hängt. Hängt man aber dran, schlagen sie Alarm.

»So viele dieser Worte.«

Es nimmt gar kein Ende.

Und dann erinnere ich mich daran, dass ich all diese Worte wieder benutzen kann. Der Professor hat es doch gesagt!

Arme Insa. Von meinem ganzen Monolog spreche ich nur *So viele dieser Worte* laut. Da hängt sie also mit diesem Blödsatz und versteht Bahnhof.

»Tote Dichter und Maler!« sagt Insa. »Du verkriechst dich ja förmlich in deren Leben!«

Noch zwei, drei Sommer, schätze ich, und auch Dufys Bilder im Klinikflur sind von der Sonneneinstrahlung weg gefressen. Das Blau, das Rot, das Grün der Sonnenschirme, die Farben der Kutschen und Pferde, die Farben der reichen Schlendriane in der Engelsbucht.

Egal, was er malt, er malt immer das Meer, wenn er Paris malt, ist die Bewegung der Häuser wie die Bewegung von Wellen. Sogar seine Rennbahnen sehen wie Meerwasser aus, in dem kleine Pferde schwimmen. Auf seinen Gemälden von Schlössern bebt das Laub wie Wasser.

In meinem Krankenzimmer werden die Möbel dunkler. Drüben geht Licht an. Mein Körper macht sich breit. Atmet auf. Das Bett knarrt. Hier bin ich. Mein Nachbar hat eine Rolle Drops. Dreht sie ganz langsam. Da legt sich was auf meinen Kopf. Sei ein Mann, stark und hart im Nehmen. Ich decke mich zu. Achtung: Nerven und System auf Traum!

So bin ich, wenn ich friedlich bin. Dann ist das Grauen weg. Was durch mein Hirn hin und her kreuzt, tut auf einmal nicht mehr weh. Was an Glück grenzt. Ich könnte Oden auf alles singen. Alles ist bildschön.

Und wenn ich den Tyrannen gebe, kann ich Insa den Besuch nennen. Und Besuch kann man fertig machen. Indem man zum Beispiel nicht spricht. Kein Wort. Oder ich kann im Gegenteil lange gewundene, nicht enden wollende Sätze von mir geben, den Besuch damit auf seinen Stuhl fesseln, wo er doch schon längst gehen wollte, sich aber nicht traut. Oder ich kann den Besuch ignorieren, und das ist vielleicht das Härteste. Das habe ich aber nicht getan.

Was ich getan habe: Ich habe mein kaputtes Gehirn gepflegt, bin, wenn sie schon gehen will, noch einmal aufs Thema zurückkommen: Was kann ich tun, um mit halbem Gesicht nicht nur Schrecken zu verbreiten?

55 DIAGNOSE MANIFESTATION THERAPIE II

1. Kurs Hochdosis-Chemotherapie mit Melphalan mit autologer Stammzellentransplantation.

Während mein Blut aus mir hinausfährt und alles Mögliche mit ihm veranstaltet wird, sitze ich in einem bequemen dunkelgrünen Rollstuhl und friere zum Erbarmen. Mit Socken unter einfacher Wolldecke. Das *zum Erbarmen* stammt von Insa, die dabei sitzt. Sie sieht mich an. Wie oft, wie lange, weiß ich nicht. Jedenfalls lange genug, um später sagen zu können: Es war grauenvoll.

Ob ich sie angesehen habe? Ich weiß es nicht. Weil ich in der Kälte mit Konrektor Kortenbruck, einem Geist am hellichten Tag, beschäftigt war. Sicher heizen sich hier viele ein mit Bildern von Himmeln. Bei mir war es ein Schulraum. Wenn wir achtjährigen Jungen etwas angestellt hatten, mussten wir uns übers Pult beugen, und er bearbeitete unsere nackten Beine unterhalb der Lederhose mit einem Holzlineal. Wenn ein Mädchen Mist gebaut hatte, wurde es nicht bestraft. Stattdessen forderte er einen Jungen nach vorne, der sich freiwillig fürs Mädchen prügeln ließ. Gab es keinen Freiwilligen, mussten alle Jungen nacheinander nach vorne. Meine große Liebe stellte aber nie etwas an. Ich konnte mich nicht für sie übers Pult legen.

Erst jetzt, da ich beim Schreiben in jenem Buch blättere, das sich Insa sofort nach der feststehenden Diagnose zugelegt hat, in dem ich aber nie gelesen hatte, da ich in jenem Buch *Rat & Hilfe* blättere auf der Suche nach Insas Unterstreichungen, Ausrufezeichen, nach Eselsohren an und geschlängelten Linien auf wichtigen Seiten – von alldem ist nichts vorhanden –, stolpere ich über den Begriff Stammzellentransplantation und diese Zeilen:

Insgesamt liegt die Quote tödlicher Komplikationen bei Stammzelltransplantationen allerdings bei 30 bis 40 %. Sind die Patienten jung (> 50 Jahre) und ist ihr Allgemeinzustand gut, so ist das Komplikationsrisiko geringer, und die Heilungschancen sind höher!

Davon habe ich absolut nichts gewusst, als ich da so saß und fror und an abstruse Prügelsysteme dachte und an eine frühere Schulliebe.

Wissenschafts-Insa hatte es sicher Wort für Wort gelesen. Sie hat neben mir gesessen, hat mich angesehen und hat es gewusst.

Zu Hause. Den rosa Paul waschen!

2. Kurs Hochdosis-Chemotherapie mit Melphalan mit autologer Stammzellentransplantation.

Zum Erbarmen mit langer Unterhose unterm Schlafanzug unter zweifacher Wolldecke und in Doppelsocken.

Ein Eisbär wohnt im Frigidaire
Das freut ihn, denn dort
Friert es sehr.
Das Gehackte am Arsch und
Die Nase im Barsch ...

Nach einer Hochdosis Chemo riecht der Patient nach Tomatensuppe. Sein Zimmer riecht nach Tomatensuppe. Wenn er sein Zimmer verlässt, riecht der ganze Stationsflur nach Tomatensuppe.

Zu Hause. Paul waschen! Und ab mit ihm in die Ablage!

Wonach Insa und ich uns sehnen? Sonntags zu Hause auf dem Sofa. Hand im Schritt und Monumentalfilm gucken.

56 Die einzigen Schmerzen, die ich während der gesamten Therapie spürte, waren die, als mein fit gemachtes Blut nach der Transfusion wieder seinen angestammten Platz suchte. Nicht sofort, als es mir zurückgegeben wurde, sondern Tage später, als, laienhaft gesagt, die Blutzellen begannen, sich in meinem Knochenmark wieder einzurichten.

Das erste Mal kam es vollkommen überraschend. Nachts. Ich lag auf dem Rücken. Wollte mich gerade zum Schlafen auf die Seite drehen. Man hatte mir nichts gesagt. Da schoss der Schmerz in mich ein. Ich schellte nach der Schwester. Und eh sie im erhellten Türrahmen erschien, das dauerte. Sie nickte, schloss die Tür. Ich zählte ihre Schritte zum Medizinschrank und zurück. Zählte anscheinend zu wenige Schritte. Hatte nicht bedacht, dass sie einen Schrank aufschließen musste. An ihrem großen Schlüsselbund wohl was verwechseln konnte. Vielleicht hatte jemand im Schrank die Packungen durcheinander gebracht.

Sie kam, gab mir Tabletten. Die nutzten nichts. Es sind so merkwürdige Schmerzen, so stark, dass ich sie nicht glauben konnte. Sie bringen mich nicht um den Verstand. Im Gegenteil: sehr klar, kann ich den Schmerz mit denen vergleichen, die ich schon erlitten hatte. Ich gehe auf niemanden mit einer Glasscherbe los. Ich will nur wissen: Lieber Gott was ist das!?

»Wenn Frauen gebären, und es wird wirklich schwer, haben sie ähnliche Schmerzen«, sagt die Nachtschwester.

Es dauerte eine halbe Geburt lang, ehe ich aus dem Bett zum Schrank gekommen bin, mir meinen Bademantel vom Bügel gezogen habe. Ich achte tatsächlich auf korrekte Krankenhauskleidung. Liegen bleiben kann ich nicht. Mit diesen Schmerzen kann ich einfach nicht liegen bleiben. Ich streife durch den leeren Flur, mal kerzengerade, mal den Oberkörper im rechten Winkel nach vorn abgeknickt. An einem Fensterbrett mache ich Dehnübungen wie ein Sportler. Hände aufs Brett, in die Knie gehen. Ich will den Schmerz auskacken. Es zerreißt mich, aber ich schrei nicht. Ich stöhne. Nicht einmal laut. Fast würde ich sagen, ich stöhne mit einem ironischen Unterton wie: Solche Schmerzen sind ein Witz! Die kann es doch gar nicht geben!

»Bestes Zeichen dafür, dass alles gut läuft«, sagt die Nachtschwester. Sie sagt es so überzeugend, da will ich gar nicht von einem Arzt ausgeknockt werden.

»Wie kann ich dir helfen?«, fragt die Bäuerin, die mich durch die Scheiben des Fernsehraums bemerkt hatte. Gerade war sie vor dem Scharchen ihrer Bettnachbarin aufs durchgelegene Sofa vor dem Fernseher geflüchtet.

»Kannst du bei mir bleiben?«

Ich quäl mich weiter durch den Flur. Sie geht neben mir her.

»Erzähl!« sag ich. »Erzähl irgendwas! Ganz egal! Nur dass ich nicht mehr vor Schmerzen lachen muss.«

»An dem Tag bin ich aus Holland gekommen und wusste nicht weiter«, sagt die Bäuerin. »Da sehe ich dieses Ausflugsschiff, das bald ablegen wird. Mit meinem Vater habe ich manchmal solche Ausflüge gemacht. Damit schipperte ich los. Ne gute Stunde. Einmal legte das Schiff an, da waren nichts als Wiesen. Da bin ich ausgestiegen.

Einen hab ich nach einem Hotel gefragt.

›Höchstens Mittelklasse‹, sagt der.

Da bin ich hin, und die haben geguckt, weil ich doch kein Gepäck dabei hatte.

Ich auf mein Zimmer. Mit fast Nichts an Gepäck. Ich setze mich an einen Tisch am Fenster. Ich stell ein gerahmtes Foto auf: Ich als junge Frau. Fast eine Diva. Ich bestell mir zwei Flaschen Wein aufs Zimmer. Ich trink ein Glas. Ich hole ein Medizinfläschchen aus meiner Handtasche, stöpsel es auf. Stell es neben den Wein. Stell mich vor den Zimmerspiegel, schminke mich nach. Setze mich ans Fenster.

Mein Handy meldet sich. Ich seh die Anzeige. Dann schalte ich das Handy aus.

Ich kipp mir den Wein rein. Wenn ich daran denke. Scheiß drauf. Musste so sein, weil ich das Fläschchen doch noch vor mir hatte. Die Leute glauben immer, du fährst nach Holland und die drücken dir sofort was in die Hand. So einfach ist das nicht. Und das Zeug zu nehmen, ist auch nicht leicht.

Ich hab vielleicht gesoffen!«

»Du hast nie gepflügt«, keuche ich.

»Da gehen im Haus, dem Hotel gegenüber, Lichter an. Ein Mann in meinem Alter macht sich in der Küche zu schaffen. Er versucht, sich ein Abendessen zu machen. So fremd in der eigenen Küche und so ungeschickt kann nur ein verheirateter Mann sein, dessen Frau für ein paar Tage nicht zu Hause ist, hab ich gedacht, vielleicht zur Kur gefahren, oder sie liegt im Krankenhaus.

Wie der Mann stumm gegen die Tücken seiner Küche ankämpft! Hast du mal Monsieur Hulot im Kino gesehen? Wie ihn ein einfacher Toaster überfordert? Genau so.«

Ich stöhne, die Bäuerin lacht frei heraus.

»Ich sehe den Mann, und auf einmal schmeiß ich das Fläschchen gegen die Wand.«

»Gott sei Dank«, sag ich. Ich richte mich auf. Stampfe ein paar schmerzhafte Schritte in den Boden. Mein Bademantel hängt offen. Ich zerre an meinen Schlafanzugknöpfen.

»Scheiß drauf«, sagt sie, »mein kompletter Plan im Eimer.

Irgendwann musste er ja ins Hotel kommen. War ja keine andere Kneipe in der Nähe. Da hab ich ihn angemacht. War wirklich nicht schwer. Seine Frau war nicht zur Kur gefahren, sie war ihm gestorben. Fünf Tage vorher hatte er sie beerdigt.

›Gestern war sie da, heute ist sie tot‹. Das war der einzige Satz, den der Mann rauskriegte. Und ich denk: Der ist genau der Richtige!

Den hab ich quirlig gemacht, das glaubst du gar nicht. Kaum zwei Wochen Witwer, geht der Arm in Arm mit mir durchs Dorf. Ein unbedeutender kleiner Bauer setzt sich mit mir mitten unter die Honoratioren. Was waren die giftig. Aber Walter ging es gut und mir auch. Der war gar nicht mehr hilflos, und auf einmal wollte er mein Leben verschönern.

Lass ihn!, denk ich. Dass ich ihn vorher durchs Fenster beobachtet habe, hab ich ihm natürlich nicht erzählt.

Seine Kinder haben getobt. Haben uns Szenen gemacht. Weil sie glaubten, ich wäre hinter seinem Geld her. Aber sein Haus und sein Hof und sein Land, die waren doch ziemlich überschaubar. Allerdings hat er mir teure Geschenke gemacht. Das machte sofort die Runde. Dafür hab ich ihm Selbstbewusstsein eingeimpft. War also insgesamt ziemlich fair.«

Ich will nur noch in ihre Geschichte starren. Den Schmerz pfeif ich mir zwischen den Zähnen raus.

»Das bisschen Ausbruch, was sich Walter in der Ehe geleistet hat, waren ein paar Besuche in Automatensälen von Spielcasinos mit anschließender monatelang dauernder Reue. Ich hab ihn erstmal von den einarmigen Banditen weggelotst.

›Wenn schon, denn schon!‹

Eine Nacht am Spieltisch mit mir, wenn ich geschminkt bin und alles gut ausgeleuchtet ist, da hättest du auch noch Spaß dran.

Bloß, dass er alles von mir wissen wollte: Wo woher was wann wie?

Manchmal bin ich abgehauen. Dann hat er mich gesucht, das war schon nicht mehr schön. Solche Angst hatte Walter, dass ich für immer weg sein könnte.«

»Und, wo warst du?«

Sie legt den Kopf schräg. Vielleicht hab ich ihre Antwort nicht gehört, weil ich gerade den Kampf gegen den Schmerz aufgeben und mich abschießen lassen wollte.

»Was haben wir beide gezockt! Walter gehört jetzt gar nichts mehr. Land weg, Hof weg. Kinder weg. Freunde weg.

Was er noch hatte, das war ich.

Da hab ich angefangen, ihn zu trietzen. Mein Gott, hab ich ihn gequält. Dass er nicht ausgerastet ist, kapier ich heute noch nicht.

Einmal ist er mir an die Kehle gegangen. Und ich: Nicht den Hauch einer Gegenwehr. Da lässt der Kerl los und ich brüll ihn an: ›Bring mich endlich um, verdammt noch mal!‹

Was hab ich geschrieen! ›Erst bringst du mich dazu, dass ich das Fläschchen gegen die Wand werfe, und deshalb hab ich das Sterben, und zwar ein beschissenes Sterben noch vor mir, und jetzt kneifst du! Hast du denn gar keine Eier!‹

Irgendwann hab ich mich beruhigt und hab ihm alles erklärt.

›Wie, todkrank?‹ fragt er.

›Krebs, du Affenarsch! Und deine selten dämliche Unbeholfenheit hat alles kaputt gemacht!‹

Hat noch Stunden gebraucht, eh es bei ihm gedämmert hat. Ich kann nichts dafür. Im Hotelzimmer hätte ich mich noch umbringen können, aber danach hatte ich dazu keine Kraft mehr. Ich brauchte einen, weißt du. Ich dachte, irgendwann wird er schon ausrasten.

Aber Walter hing an mir. Ich war ja alles, was er noch hatte.

›Ich kann ohne dich nicht leben‹, sagt er.

›Und mit mir zu leben, ist nicht möglich‹, sag ich.

Weißt du, was der wollte? Der wollte einmal erleben, wie ich Schmerzen habe. Sonst war ich ja immer abgehauen, wenn ich Schmerzen bekam. Er wollte mich aber dabei mit eigenen Augen sehen. Um mich dann zu bequasseln, vermute ich. Um mit mir von einem Spezialisten zum anderen. Aber das hatte ich ja schon hinter mir.

›Hör mal, Schätzchen‹, sag ich, ›ich hab alle durch!‹

Dann hab ich zugestimmt, und er hat es mit angesehen. Hat es aber nicht durchgehalten.

Ich meine, der war so lieb mit seinem Rumtelefonieren und seinem ganzen Hoffnungsscheiß. Fast hätte ich ihm geglaubt.

Ich hatte ihm alles versaut. Wir mussten nur noch vor Gläubigern fliehen, und er musste Leute anpumpen, das ging bis zum Betteln.

Wir haben uns so gehasst.

Auf einmal kommt er damit, dass es nur noch einen Ausweg gibt: den gemeinsamen Selbstmord. Er schlägt vor, mit dem Auto gegen einen Lkw zu rasen. Hab ich mich drauf eingelassen.

Wir fahren los, kreuz und quer. Fast jeden Tag sind wir auf Autobahnen und Landstraßen unterwegs. Wir lassen uns treiben, reden darüber, wann es passieren soll.

›Wir nehmen diese Autobahn‹, sagt er. ›Auf Autobahnen funktioniert es nicht hundertprozentig‹, sag ich. Er leiht sich noch mal Geld zusammen. Demütigt sich, dass es zum Heulen war. Abends steigen wir in billigen Pensionen ab. Ich mach ihm Vorwürfe: ›Du hast es schon wieder nicht geschafft!‹

Und dann das Verrückte: Ganz liebe Momente. Er erfindet Wunderheiler, die es gar nicht gibt.

Und ich will nicht mehr, dass er mit mir stirbt. Stemme mich dagegen.

Was habe ich mir nicht alles ausgedacht, wie er mich umbringen kann, ohne entdeckt zu werden. Ich hab mir Halstücher gekauft: Hier, quetsch mir die Luft ab! Er hat meine Halstücher verbrannt.

›Ich hab mit dir das Fest meines Lebens gefeiert! Jetzt kann ich Schluss machen!‹ sagt er. Und dann ist ihm wieder klar geworden, wer ihm das eingebrockt hat.

›Warum hast du, verdammt noch mal, nicht irgendeinem jungen Kerl tausend Euro in die Hand gedrückt und fertig!‹«

»Und warum bist du jetzt hier?« frag ich. Bekomme aber keine Antwort.

»Kannst *du* mich nicht töten?« fragt die Bäuerin, die keine Bäuerin ist.

»Nicht schon wieder«, sage ich.

Sie versteht meinen Satz nicht, er verstimmt sie aber auch nicht.

»Erzähl mir das Ende meiner Geschichte. Du bist doch Dichter.«

57 Gegen Morgen ließen die Schmerzen nach. Nicht ganz, aber ich konnte mir Notizen machen, sorgfältig wie noch nie. Aus der Bäuerin, die keine war, wollte ich keine Zweiminutendreißig, wollte ich neunzig Minuten machen. Wenn der Redakteur es annimmt, sind wir auf Monate sorgenfrei. Na ja, finanziell. Ich schrieb und schrieb, strich das Missratene, schrieb und strich pedantischer, als es die Kellnerin damals auf der Suche nach dem Namen ihres Ungeborenen getan hatte. Dabei probierte ich meine Stimme aus, ob sie sich vollkommen schmerzfrei anhörte. Gegen Mittag war ich fertig. Das war mir zu schnell. Aber an dem, was ich las, konnte ich nichts mehr verbessern. Nur, dass ich keinen Schluss hatte.

Ich wartete, bis niemand mehr auf dem Balkon war. Wieder einmal legte ich mir Worte zurecht. Ich nahm mir vor, kein Mitleidsgespräch zu veranstalten: Kein Wort über meine Krankheit. Dann rief ich den an, mit dem ich schon drei Spielfilme gemacht hatte. Bekam die Sekretärin an den Apparat. Er sei außer Haus. Sie gab mir eine Uhrzeit für den anderen Tag.

Den ganzen Tag über fragte mich die Bäuerin nach dem möglichen Ende ihres Lebens.

»So schnell geht es auch wieder nicht!« sag ich.

Dann hatte ich den Schluss. Ich gab Insa das Skript zu lesen.

»Ich hab keinen Führerschein«, sagte sie »Also kriegen wir beiden die letzte Szene nicht hin. Ich kann dich ja nicht zum Schluss am Kragen bis zum Linienbus ziehen.«

Ich muss hinzufügen: Der Redakteur ist mir gegenüber im Grunde sehr wohlwollend. Ist seines Jobs überdrüssig, das schon. Die Terminverschiebung brachte mich Gott sei Dank auf die Idee, Krebs gegen Migräne auszutauschen. Bei Krebs, so schätze ich ihn ein, würde er sofort auflegen. Ist nicht sein Thema. Ich hätte mich ohrfeigen können, dass ich gestern nicht daran gedacht hatte. Also verwandelte ich Krebs in Migräne. In der Nacht schlief ich kaum.

Schließlich stehe ich mit Kaffee, Zigarette und Handy auf dem Balkon. Ich will erzählen, als säße ich in einem Gartenlokal. Wünsche mir Vogelgezwitscher als Unterstützung. Aber ausgerechnet heute ist Großkampftag der Rettungswagen. Die eine Sirene erstirbt, da heult eine andere auf.

Ich versuche es im Flur. Nicht einmal zwei geschlossene Türen kommen gegen die Sirenen an. Außerdem wird mich alle Naselang jemand auffordern, das Handy abzustellen. Als ich noch einen ruhigen Platz suche, meldet er sich. Ich kann mich gerade noch in die Wäschekammer stürzen.

»Na«, sagt er und verwechselt die Sirenen, »haben dir deine Gläubiger endlich die Bullen auf den Hals gehetzt?«

Ich nehme einen Schluck Kaffee. Kaffee beruhigt mich.

»Da hinten brennt es. Ich seh die Rauchsäule«, sag ich. »Wärst du beim Hörfunk, würdest du hören, dass es keine Bullen sind.«

»Ich liebe Autoren!« sagt er. »Trinken Bier und gucken dabei Katastrophen.«

Ich erzähle knapp und präzise. Keine lange Prosa, alles in vorstellbaren kurzen Szenen.

Ich bin in Form. Brauche fünf Minuten sechzehn für einen komplett erzählten Film. (Der klassische *Elevator Pitch* ist natürlich viel kürzer: Du steigst gemeinsam mit einem Fernsehmann auf E in den Fahrstuhl, und bis zur vierten Etage muss ihn deine Erzählung gepackt haben.)

Am anderen Ende der Leitung sein tiefes Stöhnen.

»Ich hab nur zugehört, weil du es bist. Wie bist du denn drauf? Willst du mir das Leben versauen? Wer will das sehen? Sollen die Zuschauer nach dem Film aus dem Fenster springen? Du hast einfach ein krankes Hirn.«

58 »Warte«, sagte die Bäuerin, die keine war. »Ich zieh mir erst etwas anderes an.«

Sie hat sich schick gemacht, hat sich geschminkt und sieht jung aus. Ihre Sprache passt zum eleganten Aussehen. Sie spricht zwar nicht viel, aber in dem wenigen ist sie wieder die Zurückhaltende, als die sie uns bekannt war, bevor sie ihre *Scheiß-drauf*-Geschichte begann.

Wir gehen aus. Ins Café. Wir bestellen Kaffee und Kuchen. Ich esse meinen Kuchen erst ganz auf, um nicht mit vollem Mund zu sprechen.

»Dein Mann will endgültig Schluss machen. Er sieht auf der Gegenfahrbahn Laster kommen, macht den Gurt los und reißt das Lenkrad nach links. Doch du greifst ihm aus Angst ins Steuer: ›Was ist, wenn wir nicht tot sind, sondern als Krüppel enden?‹

Weil du ungeheure Schmerzen hast, bringt er dich noch einmal zum Arzt. Gegenüber der Praxis versucht es dein Mann noch einmal mit seiner Geldkarte. Die wird prompt vom Bankautomaten eingezogen.

Ihr habt jetzt noch fünfzig Euro. Ihr steigt im billigsten Hotel ab. Dein Mann geht zum Supermarkt, kauft zwei Brötchen, abgepackte Wurst, eine Dose Bier. Du isst nichts. An diesem Abend flehst du ihn an: ›Morgen will ich nicht mehr leben.‹ Er soll dich mit bloßen Händen erwürgen.

›Das kann ich nicht‹, sagt er.

Nach einer durchwachten Nacht fahrt ihr in aller Frühe wieder los. Vom letzten Geld kaufst du dir einen Schal. Das Tuch faltest du vorsorglich zu einem Band und legst es in deinen Schoß.

Dein Mann biegt in einen Waldweg ein und stoppt nach wenigen Metern an einer Schranke. Dein Mann raucht nervös eine Zigarette. Geht dann um den Wagen herum und setzt sich auf die Rückbank hinter dich.

›Tu es endlich!‹, sagst du und reichst ihm den Seidenschal. Er legt das Tuch um deinen Hals und zieht zu. Er hört erst auf, als dein Kopf zur Seite fällt.

Deinem Mann treten Tränen in die Augen. Er fährt mit deinem toten Leib neben sich zur nächsten Polizeiwache.«

59 Ich habe die beste Prognose der Welt!

Sinngemäß, aber wieder fachlicher und vornehmer, hat der Professor gesagt: »Der Krebs ist raus. Er wird wieder kommen. Aber wir vermuten, erst in acht oder neun Jahren. Bis dahin hat die Forschung vielleicht sogar schon eine einfache Impfe gegen das Plasmozytom entwickelt.«

Ein paar Tage muss ich noch für die Abschlussuntersuchungen bleiben. Danach ein paar Bestrahlungen. Und dann: »Denken Sie also nicht zu oft an ihre Krankheit, passen Sie besser auf, dass Sie nicht unter eine Straßenbahn kommen.«

Er bat mich noch um eine Blutspende. Mein Blut spräche so gut auf alles an, mit dem würden sie gerne experimentieren.

60 Was ich von Vater und Mutter über Ökonomie gelernt habe, habe ich bereits beschrieben. Zwei Modelle, die mir nicht wirklich weiter helfen. Als mein Berufswunsch, Schriftsteller zu werden, immer deutlicher wurde – ich hatte mich inzwischen quer durch Rowohlts Monographien gelesen –, kamen ein paar andere Ökonomie-Modelle hinzu. Man schreibt mit siebzehn geniale Gedichte und wird mit einundzwanzig, möglichst durch Drogen, dahingerafft. Das ist das *Modell Französischer Symbolist* und als solches sehr übersichtlich. Kurz vor dem einundzwanzigsten Geburtstag schwenkt man dann gern auf das *Modell Rilke* um: Jammern, bis der Arzt kommt. Oder besser: Es kommen reiche Damen, die aus dem Schoßkind ein Schlosskind machen. Das *Modell Balzac* spielt abenteuerlich mit versteckten Tapetentüren und geheimen Gängen, basiert also grundsätzlich auf der Flucht vor Gläubigern. Wer sich für weitere Modelle von Walther von der Vogelweide bis Thomas Mann und weit in die Gegenwart hinein interessiert, möge mich ansprechen.

Ich hatte mit Siebzehn sechs schlechte Gedichte geschrieben, kannte aber schon an die vierzig Finanzierungsmodelle, bin also wirklich nicht unvorbereitet in Richtung Schriftsteller gegangen. Trotzdem hat mich die Wirklichkeit überrascht, indem sie mir beibrachte, dass nicht das ein oder das andere angelesene Modell für mich gültig war; ich musste zwischen den Modellen ständig hin und her springen.

Und ich musste meine Arbeitsgeschwindigkeit in höchste Höhen schrauben. Während in endlosen Sitzungen die Annahme meiner Manuskripte diskutiert wurde, musste ich längst am nächsten sitzen. Die Rundfunkleute berieten über meine Hörspieltexte, ich saß am Fernsehfilm. Die Fernsehleute beriefen Sitzungen ein, ich saß am Roman.

Und ich lernte, mit Wundern zu rechnen. Um den einen Filmauftrag musst du kämpfen, bis die Schwarte kracht, musst Verbündete suchen, Gegner kalt stellen, Strippen ziehen. Einen anderen – und wie er so stand und gar nichts mehr hatte, fielen auf einmal die Sterne vom Himmel – liefert man dir frei Haus, weil jemand, den du nicht kennst, eine deiner Geschichten ins Herz geschlossen hat. Der sitzt dazu noch an den richtigen Hebeln, dann schellt das Telefon.

Am anderen Ende eine mir unbekannte Dame. Lesung und Bühnengespräch in einem weltbekannten Berliner Theater. Das ist nicht die Lösung aller finanziellen Probleme. Aber in den Sesseln weltbekannter Berliner Theater sitzen Multiplikatoren.

»Mit wie vielen Zuhörern rechnen Sie?« frage ich, um mich nicht sofort gierig aufs Feilschen ums Honorar zu stürzen.

»Wir rechnen mit etwa siebenhundert. Vergessen Sie bitte nicht, uns Ihre Bankverbindung durchzugeben.«

Mehrere Telefonate folgen. Terminabsprache. Ich soll ein Foto von mir mailen. Plakate werden gedruckt.

Mit einer Lesung vor siebenhundert Menschen vor Augen, nur so viel zu meiner Nachbehandlung: Evangelisches Krankenhaus Gelsenkirchen. Neu für mich. Mein wievieltes Krankenhaus? Hier hausen die Ärzte, Schwestern und Techniker im Keller ohne Tageslicht. Im Flur liegt nur ein Gitter über der Kanalisation. Aus ihr weht kein Gestank, aber es gurgeln die seltsamsten Geräusche in den halligen Flur mit Bodenwellen. Man bastelt mir eine exakt auf mich abgestimmte Maske mit Ausschnitten für Augen, Nase, Mund. Mit der Maske wird drei Wochen lang (in dreieinhalb Wochen ist die Lesung) jeden Morgen mein Kopf auf dem dreh- und schwenkbaren Tisch fixiert. Das Bestrahlen des Gesicht ist nun wirklich Millimeterarbeit, da darf ich nicht rucken. Mein Glück: Mir macht das Fixieren meines Kopfes nichts aus. Die Räume sind warm. Manchmal schlafe ich während der Bestrahlung ein. Oder ich arbeite, ohne mich zu rühren, an meinem Leseplan für Berlin.

Auch die kleine Rippe oben wird bestrahlt. Die Zielscheibe auf meinem linken Oberkörper wird errechnet und immer wieder mit schwarzem und grünem Filzstift nachgezeichnet. Ich kann nicht baden, nur umständlich duschen. Sehr lange Zeit wird es brauchen, ehe mein Brusthaar links wieder wächst. Das Rasieren der linken Wange ist auch lange nicht nötig.

Der Professor der Strahlentherapie und Tumornachsorge besitzt eine Jahreskarte für Schalke.

Ein Leseplan für einen Auftritt vor siebenhundert Menschen. Ich öffne die Truhe: Obenauf liegt das fast fertige Manuskript.

Meine grüne Truhe ist endgültig vollgestopft. In den obersten Schichten mit Sados und Masos, mit hölzernen Männchen, mit Ärzten en masse, mit kaputten Autos und Kreditrahmen, mit Großmüttern, deren Auftauchen im Traum ich immer noch nicht verstehe, mit Vätern und Müttern, mit Kunst und Krebs, mit Darm-Siggis und Lungen-Antons, mit verlobten Casimirs, mit Bäuerinnen, die keine sind, mit Mondschein und Tod und Teufel und mit Kellnerinnen, mit Liebe und Insa und mir.

Ich in der Kiste, ich auf der Kiste. Das kann passieren, nachts, wenn ich nicht schlafen kann. Im Licht der Coiffeur-Buchstaben vor meinen schmalen Fenstern werfe ich mich auf die Kiste, presse den Deckel zu, damit er nicht hochschnellt, stopfe mir was in die Ohren, um das Kreischen, Johlen, Schreien, Hämmern der Fäuste, um die Stille der in die Kiste Gepressten nicht länger zu hören. Und bin mir nicht sicher, ob die Siebenhundert so etwas wirklich, wenn auch nur in Ausschnitten, erzählt bekommen wollen.

Das Buch ist fast fertig. Aber noch niemand hat eine einzige Zeile gelesen. Selbst Insa nicht, sagt sie. Dabei kann ich die Truhe gar nicht abschließen. Gelesen hat sie nur das, was ich aus der Erzählung der Bäuerin gemacht habe.

»Ich warte, bis du mir den Roman auf den Küchentisch legst.«

»Soll ich in Berlin aus dem neuen Manuskript lesen?«

Insa denkt immer noch an mein angeschlagenes Immunsystem, zuckt nur mit den Schultern. Dann bekomme ich doch eine Antwort: »Lies Erzählungen. Mit kurzen Erzählungen kannst du besser auf die Stimmung der Leute reagieren.«

Ich kaufe die Bahnfahrkarte. Inzwischen geht Insa über den Markt. Am Stand des Düsseldorfers treffen wir uns.

»Was täte dem Buch eigentlich gut?« will ich wissen, während ich die schwere Korbtasche mit dem Obst schleppe.

»Wenn es gut geschrieben wäre.«

»Ich meine die Verkaufszahlen. Würden mehr Bücher verkauft, wenn ich beim Erscheinungstermin tot wäre?«

Abends sitze ich mit Insa vor dem Fernseher und sage, als wäre es nichts: »Wenn ich aus Berlin zurück bin, werde ich zum Arzt gehen. Ich hab einen dicken Hoden.«

Insa sagt eine Stunde lang nichts. Dann sagt sie:

61 »Wenn du mir erzählst, du hättest keine Zeit gehabt zum Arzt zu gehen, werde ich dich verlassen. Wenn du sagst, du hättest Angst gehabt, bleibe ich.«

62 Ein kleiner harter Ball. Ich hab ihn *übers Wochenende in der Schultasche gelassen.*

Am Morgen vor der Abreise schnell zum Hausarzt. Jochen jongliert meinen dicken Hoden.

»Plasmozytom im Hoden? Ist in der Literatur nicht bekannt. Sieht eher aus, als hätte dir einer in die Eier getreten. Tut 's weh?«

Er verschreibt mir ein Antibiotikum. Ich reise mit dickem Hoden nach Berlin.

Mit geschwollenem Hoden steige ich im Hilton ab. Ein Zimmer mit Blick auf den Gendarmenmarkt. Alle Kosten trägt der Veranstalter. Ich richte mich ein. Lasse mir Kaffe kommen. Lasse die kleine, sehr nette blaue Hilton-Badeente schon mal in meiner Kulturtasche verschwinden, ehe ich die morgen früh vergesse. Grauer Anzug, schwarzes Hemd, glänzend schwarze Jil Sander Schuhe (Ebay). Ich wisch noch einmal über die Schuhe. Auf Insas Anraten lege ich mir einen rot gemusterten Schal um den Hals. Als Parfum: Baldessarini. Das unterscheidet den Mann vom Jungen.

Der Portier winkt einem Taxi. Ich genieße die Taxifahrt. Das Brandenburger Tor erscheint orange. Das dicke Ei schmerzt nicht.

Ich betrete die Bühne, setze mich an den Tisch mit der Leselampe, lege meine Tasche ab, breite die Seiten meines Krebsmarathons aus. Der Zuschauerraum ist verdunkelt, als ginge hier vorne wirklich ein Drama ab. Und weil ich die Zuhörer erst einmal nicht sehe, glaube ich nicht so recht an die Siebenhundert.

Ich nehme die ersten Seiten in die Hand. Will anfangen zu lesen. Tu so, als läse ich vom Blatt, rezitiere stattdessen eine meiner Geschichten, die ich auswendig hersagen kann. Danach bücke ich mich rasch zu meiner Tasche und greife mir einen Erzählband und bin ich Sicherheit.

63 Ich wache auf. Für Sekunden ist alles gut. Ich hiev mich aus dem Bett. Mehr schaff ich nicht, als mich auf die Bettkante zu setzen. Sehe klar vor mir, was alles noch zu tun bleibt. Allein das, was alles im Bad zu geschehen hat! Danach Stück für Stück für Stück das Ankleiden. Ich könnte vier Kluften übereinander ziehen, dann hätte ich mir das Kofferpacken erspart. Es bleiben aber immer noch unendlich viele Handgriffe, um den Trolley zu schließen. Dann die Uhr umschnallen, den Ring an den Finger stecken. Das Handy, der Netzstecker, die Brille. Kilometerlang hin und her durchs Hotelzimmer, ob ich nicht doch etwas vergessen habe.

Mich auf die Bettkante setzen, gut, das kann man von mir verlangen. Mehr nicht.

Ich erinnere mich an meinen Traum. Ein offiziell aussehender Mann sagte mir, es blieben nur noch sieben Euro dreißig für meine weiteren Behandlungen.

Dann die ersten Schritte. Wie ich da auf bleiernen Stelzen im Bad stehe, bin ich ganz wenig. Ich muss mich abstützen, mich auf den Klodeckel setzen. Ich mache mir die Nägel sauber. Starre aufs Mäandermuster im weißen Handtuch. Ich möchte ein gepflegter Mensch sein. Ich komme nicht unter die Dusche. Ich zieh mich an. Kann kaum den Trolley packen. Drücke, stoße. Zerre wie wild am Reißverschluss bis ich schweißnass bin. Ich steh an der Hotelrezeption, will mich bei der Dame für ein CT anmelden. Ich suche nach meinen Krankenpapieren.

Zittere mich viel zu früh aus dem Hotel an einem Busfahrer vorbei, der nicht verstehen kann, dass sein Diesel eingefroren ist. Nehme ein Taxi zum Bahnhof Zoo. Will nicht fast eine Stunde in der Eiseskälte warten. Gehe zurück über die Ampeln. Kriege die Blechtreppe zu einem Youth-Hostel und lasse mich in der zugigen Empfangshalle in einen kalten Plastiksessel fallen.

Schon früh am Morgen Swingmusik von der Bar. Fahrräder im Ständer vor der Rezeption. Sorgloses Hin und Her von Reisenden in Blond oder Schwarz oder Violett, die sind kaum ein Drittel so alt wie ich. Trinken Kaffee, verteilen Brötchenkrümel, checken in Ruhe ihre Mails. Breiten knisternd übergroße Stadtpläne aus.

Nichts interessiert mich an Sechzehnjährigen. Nicht, wie sie sich gegenseitig eine Creme ins Gesicht fingern. Nichts von dem, was sie sagen.

Keine ihrer Bewegungen. Nicht, wie sie ihre Zigarette halten, wie sie ihr Kaugummi kauen. Nicht, wie sie schnell sprechen, sich verhaspeln, ob sie wüsste, dass sie wüsste, dass er wüsste … Nicht mal ihre Wimpern, ob angeklebt, ob echt. Sie sind so lang!

»Und dann hat der Typ mich so angeguckt, und ich hab so zurück geguckt!»

Wenn sie plötzlich ihre Socken ausziehen, so wie jetzt gerade die zwei Lachenden, die Strümpfe über die Hände stülpen, die Finger bewegen und es sieht so aus, als spräche Kermit der Frosch, dann interessieren sie mich für eine halbe Minute.

Ich will mir einen Krankenwagen rufen. Egal wer, sie sollen mich aus dem Verkehr ziehen, wegschließen.

»Heineken!« ruf ich durch die Halle.

Dass die Sechzehnjährigen mich zwischen zwei Rotkreuzhelfern anstarren würden, ist mir dann doch nicht recht. Ich kipp das Bier in mich. Hebe die Flasche wortlos Richtung Bar, da krieg ich mein Zweites. Ein junger Mann sagt gerade ins Handy: »Und Sie sind sich sicher, dass mein Konto nicht gedeckt ist?« Da kommt in mir ein Liebesschwall für diesen Jungen auf.

Ich stemme mich aus dem Sessel. Holpere die Blechtreppe runter, an deren Ende rechts eine Fußballkneipe öffnet. Da gehe ich rein. Setze mich unter schwarzweiße Tute Lehmanns, Männe Hahns und Hanne Sobeks, Hertha BSC 1931, und bestelle ein Bier. Von hier aus werde ich anrufen. Hier schneien nur Erwachsene rein, übermüdete Touristen und Wracks der Nacht, der ein oder andere unbefugte Waffenbesitzer in hohen Kalbslederstiefeln. Die werden meinen Abgang zwischen zwei Weißkitteln gar nicht richtig mitkriegen.

Ich warte noch mit dem Anrufen. Trinke Bier. Ziehe mir Zigaretten. Lächle die Bedienung an. Bestelle Bier. Blättere in der *BZ. Hat ein Stricher den Schuster von Neukölln erstochen?*

Sechs Bildschirme versorgen uns hier mit alten Fußballspielen. Fußball gucken. Egal, wer gegen wen spielt.

Ich bin 58 und arbeite im Bordell!

Ein Handy in der Kneipe meldet sich mit dem Ton eines Jagdhorns.

»Das isn Ding, alter Chinese! Was macht die Baustelle? – China is gut, die haben Einwohner ohne Ende! – Und was machen die Hühner? Soll ja ganze Hotels voller Hühner geben. – Einmal mit «nem chinesischen Huhn in die Falle fünf Euro? Nicht wahr!«

Ich kämpfe mit den Zeitungsseiten, bügel sie mit der Hand glatt.

Zwei ältliche Schwestern waren in ihrer gemeinsamen Wohnung tot aufgefunden worden. Zuerst hatte man die gefunden, die auf der Matratze lag. Als man sie abtransportiert hatte, öffnete man nur der Gründlichkeit halber die Klappcouch und fand die jüngere im Bettkasten liegend. Eine Stunde später war der Mord aufgeklärt, eine sehr ekelige und sehr banale Sache.

SAN FRANCISCO. Als lebender Charakter hätte es Chuck Lamb nie so weit gebracht. Davon ist der 47-jährige blasse, rundliche und fast kahlköpfige Computerprogrammierer überzeugt. Doch als »der beste Tote, den man sich vorstellen kann«, ist der sechsfache Vater aus Columbus, Ohio, jetzt auf dem besten Weg zur Leinwand-Karriere. Eine Rolle in der Komödie »Stifft« hat er schon bekommen.

»Ein Bier, bitte!«

Um Filmstar zu werden, hat sich der Amerikaner in letzter Zeit geradezu umgebracht – zumindest vorübergehend. Für Fotos stellte er sich tot: nackt mit Föhn in der Badewanne, unter der Garage eingequetscht, in einem Teller Hühnerbrühe liegend – in dem Fall unter der Überschrift »an Vogelgrippe gestorben«. Die Bilder stellte er auf seine Webseite deadbodyguy.com. Damit traf er wohl einen Nerv. Talkshows reißen sich um den Freizeit-Scheintoten, 300 Radioauftritte hat er bereits absolviert. »Ich wollte nicht auf dem Sterbebett liegen und bereuen, es nie versucht zu haben«, sagt der angehende Leichendarsteller.

Dem ICE werden fünfzehn Minuten Verspätung vorausgesagt. Daraus werden schnell fünfundvierzig. Weichen vereist, hör ich. Aus dem Steinboden steigt die Kälte.

Insa ruft an. Bei der Geräuschkulisse wird es ein kurzes Gespräch mit Küsschen.

»Alles hat Verspätung!«

Ich knacke eine Dose Antons Trost.

Ich könnte eine der Frauen der Bahnhofsmission ansprechen. Die verteilen hier heiße Getränke. Meine Versichertenkarte habe ich dabei. Ab in die Charité, egal in welche Abteilung. Morgens werden ordentlich Blutdruck und Fieber gemessen. Die Betten werden gemacht. Danach gibt es Kaffee und Brötchen und Schinken und Pflaumenmus.

Dann steh ich doch im Zug, und der fährt an.

Stilvoll schluchzen mit dem»FlennDoch Kissen«
Aus hellem Leinen mit integrierter Kleenexpackung. 85 €.

64 Was man sich im Zug so vorstellt, wenn man dabei ist, sich an der nächsten Station der Bahnhofsmission in den Eingang zu werfen, damit die einen einweist in ein Haus mit tausend weißen Betten, in ein Haus der Ordnung und des *Du Glücklicher hast keine Verantwortung mehr!*

Was man sich so vorstellt, wenn man das mit der Bahnhofsmission ums verrecken nicht will. Im Bordbistro meterweise Bier anfordern und im Kopf: Hundert Frauen auf einem riesigen Bett mit wertvollen Stoffen. Überm Lotterbett ein Baldachin an Bestiensäulen. Das alles in einem Schloss. Das Schloss überreich an Dekor. Zackenbögen und Hängezapfen. Gewölbe wie Stalaktiten. Der Torso einer Tänzerin.

Die nächste Bahnhofsmission ist in Wolfsburg.

Reliquie: Wir lagen miteinander im Bett, mahnten, dass wir es nicht tun sollten, stöhnten, sühnten, weil wir es taten und leckten gleichzeitig. Leckte ich, mahnte sie, trug nichts unterm Kleid, als der Winter vorbei war. Hatte blond behaarte Arme und Beine, mein Affenweibchen, und zwischen den Beinen ein ganz durchsichtiges Fell.

»Beiß! Beiß zu!«

Ich biss und kratzte. Dann zog sie sich an, steckte noch ihre Nase in mein Haar über dem rechten Ohr, roch daran und flüsterte: »Hier möchte ich wohnen, in deinen Haaren. In deinem Ohr wäre mein Garten.« Und verschwand zu ihrem offiziellen Freund, der nur wenig älter war als sie selbst. Wieder war nichts aufgeflogen. Ich zog das Laken glatt, sammelte Haare auf, krause und glatte. Ich war erleichtert.

Der Zug stoppt auf freier Strecke. Hüsteln über Lautsprecher.

»Meine sehr verehrten Damen und Herren. Unser Zug hat soeben ein Reh beziehungsweise ein Wildschwein überfahren. Wir müssen überprüfen, ob unser Zug noch fahrtüchtig ist.«

Ein katalanisches Schloss. Ich schmecke den Sand auf der Zunge Eine herrliche Regellosigkeit von Mauern, Dächern, Türen, Bögen, Fenstern, Terrassen, Säulen, Pfeilern. Hals an Bauch, Bauch an Hals liegen wir. Schallende Reden werden gehalten, die Schenkel hinauf zu den geröteten Hintern.

Wer will schon in Wolfsburg im Krankenhaus liegen! Ich arrangiere es so, dass gerade bei offener Tür der Kellner mein Bier zapft und ich zahle. Da fahren wir auch schon, verlassen den Wolfsburger Bahnhof.

Schließlich ist das Bett voll mit ganzen Riegen von Frauen und Männern, die mit mir ein lustiges Kesseltreiben veranstalten, ohne viel Konversation, Überkreuzvögeleien, zuerst gegen bar. Einmal zahlen, alles erleben! Selbst meine wüstesten Träume sind von Geld durchsetzt. Und ständig kommt mir mein kleiner harter Ball ins Gehege.

Wer will schon in Hannover ins Krankenhaus!

Erst haben mir die Weiber weisgemacht, alles sei pauschal. Doch ab einem bestimmten Zeitpunkt bezahle ich jede ihrer Verrenkungen einzeln. Immer fällt mir noch etwas ein, was ich schon immer mal hatte probieren wollen. Ich unterschreibe Scheck auf Scheck.

Breites Behagen bei Bielefeld. Kaum noch ein Gedanke an Klinik. Zumal ich den Blödsinn um das katalanische Schloss streichen kann, da ich jetzt wirkliche Unterhaltung habe.

»Achttausend Mark!« sagt er und kann es immer noch nicht fassen.

»Euro«, sag ich.

»Achttausend D-Mark! In «ner Hülle einer uralten LP vom Flohmarkt!«

Er zeigt mir das Geld und gibt vor Begeisterung erst mal ne Runde. Der Freudenspender im blank gewetzten Cordanzug hält mir das Cover hin. Von Andy Warhol entworfen: vorne die schwarz lederne Hose mit echtem Reißverschluss – »Sehen Sie, der funktioniert sogar noch!« –, hinten ein Kerl mit großem Gemächt in seiner weißen Unterhose. Mein hartes Ei. Ich versuche, die Angst von heute Morgen im Hotel wieder herzustellen, nur mal probehalber, nur als Spiel. Sie hat keine Chance gegen das Bier.

Er gibt noch einen aus. Wir stoßen an. Ich erzähle ihm, dass die Ägypter Anfang des Zwanzigsten Jahrhunderts ihre Eisenbahnen häufig mit Mumien heizten.

Ich muss aufs Zugklo, genieße, dass ich in dem abschließbaren engen ruckelnden Gehäuse in Sicherheit bin. Und betrachte meine Knie.

Zuerst denke ich, es sei Grind. Vom Berliner Hiltonbett – da werde ich denen aber einen Brief aufsetzen, dass ihnen die … – oder vom Lotterbett unterm Baldachin. Oder von der Deutschen Bahn. Mit der Hose an einen Sitz gestoßen, und durch den Stoff frisst sich Grind ans Knie. Aber es sind …

… auf meinem rechten Knie wie eine Kinderzeichnung Punkt Punkt Komma Strich ein männliches Gesicht (Bartstoppeln), auf dem linken Knie ein weibliches Gesicht (lange Wimpern) gemalt.

Ich geh zurück ins Bistro. Schaukel mich hinter den Stehtisch. Trinke das Bier, das mir Sticky Finger hinstellen lässt. Rauch mir eine.

»*Sticky Fingers* plus achttausend Mark! Ich denk, ich werd nicht mehr! *Brown Sugar*, *Wild Horses*, *Sister Morphine* noch auf Vinyl! Plus achttausend Mark! Ich hab noch nie so viel Geld gehabt!«

»Kriegste die immer noch umgetauscht?« frag ich.

Meine Knie jucken. Zurück aufs Klo. Hose runter. Ein männliches Gesicht, ein weibliches Gesicht.

Noch immer denk ich, es ist Dreck. Ich reib meine Knie und reib … Es geht aber nicht weg!

Es sind meine Eltern.

Sie streiten sich. Daran erkenn ich sie. Sie veranstalten eine Wortschlacht darüber, ob meine Ex nun krank ist oder, wie Mutter sagt: »Aber sie kümmert sich doch so!« Und ich als Trotzkopf schrei das eine Knie an: »Kein Satz über die Liebe fängt mit *aber* an!«

Vor der Zugtür ein: »Hört, hört!«

Beide Knie sind beleidigt.

»Ja, guckt nur weg! Das juckt mich nicht!«

Da tun sie so, als sei ich nicht vorhanden.

»Es wird heute wieder regnen«, sagt das Vater-Knie.

»Ist aber nicht schlimm. Davon werden die Gurken groß«, sagt das Mutter-Knie.

»Ja, große Gurken können wir brauchen«, sagt das Vater-Knie.

Die Gesichter werden groß und mächtig. Ich sitze wie gefroren.

»Jetzt seid doch nicht sauer!» versuche ich es.

»So leben also heutzutage Dichter, wenn sie nicht dichten!« beginnt das Vater-Knie. Sich in einem Zugklo wohl zu fühlen, dazu hätten er mich nicht gezeugt!

»Du Hornochse! Könntest du größere Sprünge nicht wenigstens mal üben?!«

»Also ich wollte nicht, dass er Schriftsteller wird!« schnaubt das Vater-Knie weiter.

»Der Junge musste doch im Interview nur sagen: ›Mein Vater hat mich das erste Mal mit auf den Fußballplatz genommen!‹«, kontert das Mutter-

Knie, » da hast du doch getanzt und gebrüllt ›Ich bin im Fernsehen! Ich bin im Fernsehen!‹ Dabei hat der Junge nur *mein Vater* gesagt!« Und an mich gewandt: »Was macht deine Rippe?«

Das Mutter-Knie ist natürlich nicht auf dem neuesten Stand. Was soll ich es beunruhigen.

»Mir passiert schon nichts!« sag ich lächelnd und erzähle ihr, wie es ablaufen wird …

»Wie gewohnt. Das Gespräch mit dem Anästhesisten. Die Tablette gegen die Angst. Morgendliches Aufwachen. Die Fahrt im Bett zur OP. Entfernung des linken Hodens. Aufwachen im Aufwachraum. ›Wie hat Schalke gespielt?‹ Und fertig!

Ich weiß ja nicht, wohin sie mich diesmal stecken, aber auch da wird es Siggis geben und Antons und Mohammeds. Und einer will einem Russen erklären, dass er selbst zur Zeit wie eine Gießkanne pinkelt. Der Russe kapiert Gießkanne nicht.

›Du weißt doch, du gehst auf 'n Friedhof, und an der Kanne ist so 'n Filter … Musst du viel mitmachen, eh du den Arsch zukneifst.‹

Pfleger Eins sagt: ›Is' der im Koma?‹

Pfleger Zwei sagt: ›Awatt!‹

Pfleger Drei sagt: ›Schlimm, wenn man kein Vertrauen mehr in seinen Körper hat.‹«

USA: Hundebesitzer lassen kastrierten Hunden Silikon-Hoden einpflanzen

Eine pfiffige Geschäftsidee hatte ein Unternehmer aus den USA. Seine Firma stellt künstliche Hoden für kastrierte Hunde her.

Die ungewöhnliche Tierliebe rechtfertigt Erfinder Miller folgendermaßen: »Wenn ich meine Dinger verlieren würde, würde ich auch Implantate wollen.« Es gibt zwei Varianten: festes Polypropylen oder weicheres Silikon. Die Firma Canine Testicle Corp. verkauft in mittlerweile 36 Länder und stellt auch Kunsthoden für Stiere oder Kater her. Es wird eine Operation für die Implantate benötigt.

»Wer sich hier am Hoden kratzt«, sag ich, »muss nicht wetterfühlig sein. Jedenfalls gäbe ich auf all ihre Voraussagen nie irgendwas.«

»Besuch uns«, sagt das Mutter-Knie. »Dann reden wir über alles in Ruhe.«

Wenn ich so richtig besoffen durch Zugfenster guck, halte ich alles für Paris.

Der Zug fährt in Gelsenkirchen ein. In meinem Zustand kann ich mich Insa nicht präsentieren. Ich buche eine Nacht im *Ibis*. Liege so auf dem Bett, telefoniere mit ihr, erfinde glaubhaft Winterverspätung auf Winterverspätung, dass sie mir rät, irgendwo ein Hotelzimmer zu nehmen, mich warm zu halten, statt mich der Kälte auf Bahnsteigen auszusetzen. Das Fenster auf Kipp. Lärm kommt von der Straße. Ich schalte den Fernseher ein. Es ist furchtbar, wie langsam das Bild erscheint.

65 Vom Hausarzt direkt zum Urologen. Der sieht sich das an, telefoniert. Die Praxis des Urologen ist durch eine einfache Glastür mit dem *Bergmannsheil* verbunden.

»Am Besten, Sie bleiben gleich hier. Morgen früh haben wir für Sie einen OP-Termin. Lassen Sie sich Wäsche kommen.«

»Das kann ich meiner Frau nicht am Telefon sagen.«

»Gehen Sie zu ihr und kommen Sie in eineinhalb Stunden wieder.«

Ich sag es Insa.

»Dazu fällt mir nichts mehr ein«, sagt sie. »Außer: Wir haben kein Mineralwasser im Haus.«

Ich ziehe mir die Schuhe wieder an.

»Zwei Kästen?«

»Kannst du denn Autofahren?« fragt sie.

Nach der OP. Ein Psychologe kommt zum Frühstück. Locker im Parka.

»Gut so!« sagt er.

Ich begreife nicht.

»Dass Sie die Bildzeitung lesen. Die Meisten nehmen sich fürs Krankenhaus was Besonderes vor, eine Bismarck-Biografie. Oder den *Zauberberg*.«

Ein Pfleger, als er die wunderbar zurechtgemachte Insa sieht: »Ach du Scheiße, wie kommt man denn an so was?!«

66 Dies ist mein Bett. Dies ist mein Nachttisch. Drüben im Bad unterm Spiegel liegt mein Rasierzeug. Der mittlere Schrank ist meiner. In meinem Bademantel stecken Zigaretten und Feuerzeug. Hier meine Uhr, meine Brille. Dies ist mein Notizbuch, dies mein Kugelschreiber. Dies sind meine Tabletten. Auf dem Stuhl in der Ecke liegen meine Socken.
Der große dicke Pfleger Klaus ist freundlich. Er serviert das Abendessen mit: »Na, Mädels, seid ihr schon hungrig?«

Ich danke ihm noch einmal, dass er vorgestern den Dauerquasseler vom Zimmer genommen hat. Dem konnte man mit 'ner Zange den Mund zuhalten, dann redete er durch die Ohren weiter. Aber was er redete, war stinklangweilig. Jetzt ist es im Zimmer angenehm.

Mein Los ist ein gar nicht so unglückliches. In einem guten Krankenzimmer dahinträumen zu können, ohne beständig Ansprüche erfüllen zu müssen, und in jedem Bett stecken Geschichten, die ich, aber nur wenn ich will, mitschreiben kann, ist bestimmt kein Martyrium.

Dies ist mein eines Ei. Die Histologie wird zwei Tage brauchen, um zu sehen, was im wegoperierten anderen Hoden steckt. Ich denke, ich werde hier wenigstens noch acht Tage Aufenthalt herausschlagen können. Dann wird man weiter sehen.

Die Tür geht auf. Insa kommt ins Zimmer. Ich beiß gerade in eine Käseschnitte und sag: »Setzt dich!« Ich kaue. Mit vollem Mund sag ich: »Ich hab Geschichten im Kopf, das glaubst du nicht. Ne Klinik ist ja überhaupt der beste Ort, um Geschichten abzufischen. Ich lieg im Bett, lieg nur so rum und jeder erzählt mir was. Sie kommen sogar aus anderen Zimmern, um bei mir ganze Romane loszuwerden.

Und dieses konzeptlose Sammelsurium an Bildern in den Zimmern und in den Fluren, das muss aufhören. Im Evangelischen im Erdgeschoss, da haben sie einen ganzen Flur nur mit Matisse. Zwei seiner blauen Akte. Dann diese bunten Dinger, die er aus Papier schnitt, die aussehen wie Unterwasserpflanzen. Genau so muss das hier auch sein: Ein Matisse-Flur, ein Dufy-Flur. Und nicht nur die klassische Moderne …«

»Komm!« sagt Insa.

»Warte, sag ich, ich nehm meinen Kaffee mit.«

Ich ziehe meinen Bademantel vom Bügel. Insa ist schon durch die Tür. Ich geh ihr nach, knote noch am Gürtel des Bademantels herum, da ist sie am Ende des Gangs, wo er eine Rechtskurve macht.

»Bist du sauer oder was?!« ruf ich und versuche, sie einzuholen. »Du richtest doch auch ständig irgendwelche Zimmer ein, damit es dir gemütlich wird! Ganze Hotels krempelst du um!«

Ich um die Ecke, da verschwindet sie im Fahrstuhl. Ich hetz die Treppen herunter, so gut es drei Tage nach einer OP geht.

»Oder Filmplakate. Ein ganzer Flur mit Filmplakaten.«

Insa ist längst am Ausgang. Die Außentür öffnet sich. Insa bleibt aber nicht an den Standaschenbechern stehen.

»Ich dachte, wir wollten eine rauchen!«

Geht weiter. Verlässt das Klinikgelände.

»Ich bin nicht versichert!« ruf ich hinter ihr her. »Ab hier bin ich nicht mehr versichert!«

Ich kann es nicht glauben! Ich will keine Scheiße bauen. Ich will zurück in mein Bett.

Ich gehe sehr schnell, aber es reicht nicht. Insa hat ein Tempo, dem ich kaum folgen kann. Es ist entsetzlich kalt.

»Auf einmal ist dir mein Immunsystem scheißegal, ja?! Ich hab nicht mal Socken an!«

Mitten auf einer Kreuzung rutsche ich aus einem Latschen. Fang ihn wieder ein. Meine Wunde brennt wie Feuer.

»Warte auf mich!«

Sie sagt kein Wort, dreht sich nicht nach mir um.

In den ersten Straßen ist es ja noch relativ dunkel. Aber jetzt: Ich in Gänsehaut und Schlafanzug und wehendem Bademantel in einer überfüllten Geschäftsstraße kurz vor Ladenschluss. Wo die Leute noch schnell an die Regale hetzen oder zu ihren geparkten Autos. Ich werde die Kaffeetasse nicht los.

»Guck mich wenigstens mal an!«

Insa tut 's nicht. Aber hundert andere. Ich möchte mich in irgendwas wickeln, renne meinen Zahnarzt um. Ich sterbe vor Scham. Zwischendurch werde ich vollkommen blöde, finde kein Wort, stottere.

Sehe noch, wie sie in unserer Haustür verschwindet. Ich komme endlich an, da ist die Haustür durch die Fußmatte aufgesperrt. Ich quietsch die alten Holztreppen hoch. Oben in der Wohnung schnappe ich erstmal nach Luft. Dann sag ich: »Paul sitzt noch auf dem Nachtschränkchen!«

67 Zwei Heizstrahler, die hohen, die so aussehen wie alte Straßenlaternen, stehen bei den Tischen, Bänken und Stühlen. Ein Strahler am Kickerkasten. Dazu die Hitze vom Grill. Dickköpfig eröffnen Barbara und Martin die Freiluftsaison. An den weißen Haus- und Hofwänden, auf dem Boden und an den Gartensträuchern klebt der Schnee.

»Wollte er kommen oder anrufen?« frag ich.

»Nicht schon wieder«, sagt Insa. »Abwarten und fertig.«

Es ist ein anderer Hof als der mit dem offenen Feuer, mit der Leinwand und den Dias. Ein kleinerer. Die, die nicht kickern, lümmeln sich unter Wolldecken. Aber die Daunenjacken haben wir ausgezogen, so dicht bei den Strahlern. Ein verwirrendes Bild. Die Musik dezent. Hier gibt es auch keine mahnenden alten Damen am Fenster, nur dutzende flackernde Kerzen. Hoffentlich haben die beiden vom anderen Hof nicht wie ich die dpa-Meldung vom Klappcouchmord gelesen.

Leo, der Star am *Leonhart Turnier- und Kneipenkicker* verliert die Nerven: »Hat sich schon einer mal totgefummelt! Mensch, gib das Ei nach vorne!«

Ich versuche, mangelnde Technik durch Kampf wettzumachen, bringe die Stangen zum Rotieren, stoße und zerre an ihnen, dass mir die rote Karte droht, da fällt das letzte Gegentor, mein signalroter Torwart ist machtlos, wir haben vergeigt, und ich kann mich setzen. Leo ist giftig, sagt aber nichts. Ein schöner Platz. Die Leute sind angenehm. Ich sag mal: Hier gibt's keine schiefen Umarmungen.

Immer warten Insa und ich auf irgendwas. Das könnte auch mal aufhören.

Die Euro-Münzen werden knapp. Der Münzkasten des Kickers wird aufmontiert, einer legt einen Zwanziger rein, nimmt Münzgeld raus, dann geht es weiter. Es wird soviel gekickert, dass Barbara und Martin wahrscheinlich mit Bier und Essen plus minus Null davonkommen. Nur die Kerzen gehen auf Barbaras Kappe.

Die Hunde werden von ihren Besitzern wegen ihrer Bettelei gescholten und von anderen Gästen heimlich gefüttert. Besonders der eine, weil der ein Knickohr hat. Christiane erzählt, wie schwer es ihr gefallen war, Mäxchen kastrieren zu lassen.

»Wenn einer der Köter an den Tisch pisst, dreh ich durch!« droht Leo.

»Du bist eben nicht mehr in dem Alter, in dem du dir täglich an den

Eiern spielst«, sagt Julia, als kurz der dicke Hoden und mein Schweigen darüber *(die Schultasche am Wochenende)* ins Gespräch kommen.

»Ich hab mir heute morgen zum ersten Mal deine Narbe angesehen«, sagt Insa.

»Leben mit Frankenstein«, sag ich.

»Sie ist nicht eklig schlimm. Sie ist zum Weinen schlimm.«

Mehr wird übers Thema nicht geredet.

Eigentlich ist es bereits stockdunkel. Barbaras Kerzenmeer kommt spielend dagegen an. Als brenne die Wohnung. Eine Stunde braucht sie, um sie alle anzuzünden.

Wieder sind Leo und ich eine Mannschaft. Diesmal spiel ich im Sturm.

»Der kommt nicht mehr. Also konzentrier dich aufs Spiel«, sagt Leo.

Als er dann im Hof steht, geht es zu wie in der Kneipe *Zum Stillschweigen*. Ich hab gerade Schokolade gegessen und bekomme die Mundwinkel nicht sauber gewischt. Die anderen wissen nicht, ob sie weiter kickern und weiter essen sollen. Ist die Musik angebracht? Ich rieche an Insas Haar, und wir denken alle einen ziemlichen Scheiß. Barbaras Kerzenmeer kippt in meinem Kopf zu Fürbittkerzen vor der Muttergottes im Dom.

Wenigstens Barbara benimmt sich normal: »Schön, dich zu sehen, Herr Kollege.«

Jochen, unser Hausarzt, setzt sich zu uns und schnorrt von mir eine Zigarette. Dann sagt er: »Der alte Bekannte.«

»Nichts anderes? Wirklich nichts anderes?«

»Plasmozytom im Hoden. In der Literatur unbekannt. Du solltest Lotto spielen.«

Jochen hat eine Telefonkonferenz hinter sich. Die Urologen vom *Bergmannsheil* hätten sogar am Telefon deutlich sichtbar mit den Köpfen geschüttelt. Und sind froh, das Kommentieren des Befundes dem Professor im Klinikum überlassen zu können. Mit dem hat er auch telefoniert. Und der ist ganz ruhig geblieben. Sinngemäß: Der Hoden sei halt ein anderes Gewebe, da könne die Chemo nicht die Kraft aufbringen, die eigentlich nötig wäre. Hoden weg sei überhaupt das Beste. Das alles natürlich wissenschaftlicher und vor allen Dingen höflicher als Jochens Kurzfassung. Keine andere Art Krebs. Und: Nichts in den Lymphen, nichts in der

Lunge. Er werde mich noch mal anrufen, lässt der Professor mir ausrichten, aber wie er vermutet, läuft alles auf normale Nachsorge alle drei Monate hinaus.

»Es ist nur Blutkrebs!« ruft Insa erleichtert in den Hof, damit alle weitermachen können mit Essen und Trinken und Kickern.

»Strike!« sagt Insa, knickt den Arm und ballt die Faust und lacht mich an.

Dieser Roman ist ein Werk der Phantasie.
Jede Ähnlichkeit mit lebenden Personen wäre rein zufällig.

Lektorat: Ulli Langenbrinck
Umschlaggestaltung: Hansen
Druck und buchbinderische Verarbeitung:
freiburger graphische betriebe, Freiburg
Printed in Germany

ISBN 10 3-938834-15-3
ISBN 13 978-3-938834-15-2